B. B. Stiffers

**Unnoticed**

Du siehst mich nicht

Dark Romance
Band 1 von 2 einer Reihe

# B. B. STIFFERS

# Unnoticed

## DU SIEHST MICH NICHT

B. B. Stiffers
c/o Block Services
Stuttgarter Str. 106
70736 Fellbach

Herstellung und Verlag:
BoD – Books on Demand, Norderstedt

ISBN: 978-3-75433-762-2

# HINWEIS

Sobald du diese geschriebene Geschichte betrittst, wirst du in eine Welt gezogen, die dich triggern könnte. Deshalb pass auf, welche Stufen du nimmst. Manche führen dich in die Höhe, andere vielleicht in tiefe Dunkelheit. Wenn du also Probleme mit Gewalt, dominantem Sex und ganz viel Thrill hast, klapp das Buch besser wieder zu.

Zudem möchte ich darauf hinweisen, dass du in dieser Story auf BDSM-Inhalte stoßen wirst. Diese sind jedoch nicht als Anleitung zu BDSM-Praktiken zu verstehen, sondern als Beiwerk zur Story.

Generell liegt das Hauptaugenmerk meiner Protagonisten auf der körperlichen Anziehung und nicht auf der rational (sofern das überhaupt möglich ist) erklärbaren und aufbauenden Liebe. Und wie es in einem dunklen Liebesroman nun mal ist, dürfen auch alle eine gehörige Portion Darkness in sich tragen.

Sofern du dir also bewusst bist, dass dies hier eine fiktive Welt ist und in keinerlei Zusammenhang mit realen Personen steht, ... tritt ein! Fühl dich wohl und lass dich entführen.

# PLAYLIST

Sam Smith – How Do You Sleep?

Prince – When Doves Cry

Demi Lovato – Anyone

Bruno Mars – Grenade

Corpse, Savage Ga$p – E-GIRLS ARE RUINING MY LIFE!

Michele Morrone – Watch Me Burn

Olivia Rodrigo – drivers license

The Red Pill – What Is Love? (feat. Alan Watts)

Labrinth – Still Dont´t Know My Name

Sofia Karlberg – Crazy in Love

Sam Tinnesz – Play with Fire (feat. Yacht Money)

Disturbed – A Reason To Fight

Butcher Babies – Last Dance

Arabrot – Hallucinational

Evanescence – Bring Me To Life

Limp Bizkit – Behind Blue Eyes

*This one's for …*
*alle, die Vertrauen erst noch lernen müssen.*

# PROLOG

S ag mir, wo sie ist!« Meine Hand zittert genauso wenig wie meine Stimme. Ich bin bereit, ihn zu töten. Egal, ob er mir gibt, was ich will, oder nicht. Ich halte das Schwein fest im Griff und drücke ihm das Messer an den Hals. Und ich weiß nicht, wie lange ich noch die Kontrolle darüber habe, es nicht tief in sein Fleisch zu stoßen.

»Damit kommst du nicht durch«, zischt Panait, wenn er auch angestrengt dabei klingt.

Seine gefesselte Frau schreit im Hintergrund und ich ertrage ihre schrillen Töne nicht mehr lange. »Sag ihr, sie soll die Klappe halten, sonst stopfe ich sie ihr.«

»Sag es ihr doch selbst«, faucht Panait.

Abrupt ziehe ich das Messer zurück, was ihn kurz keuchen lässt, und bin mit einem Schritt bei seiner Frau, die jetzt noch lauter schreit. »Sag ihr, sie soll still sein, das war meine letzte Warnung!«

»Zur Hölle mit dir, kleiner Wichser«, keift er.

Meine Wut ist sowieso schon ungezügelt, doch als ich sehe, wie wenig ihm seine Frau bedeutet, fühle ich mich fast gut dabei, als ich das Messer in ihr Herz stoße und sie endlich nur noch erstickte Laute von sich gibt. Jetzt ist sie zumindest von diesem Arschloch befreit. Meine Augen richten sich wieder auf das Oberhaupt des *Panait-Kartells*.

»Mir ist egal, ob du mich kaltmachst, Junge. Mein Sohn wird dich finden, und er wird dir erst die Haut in aller Ruhe abziehen und danach jeden deiner Muskeln einzeln heraustrennen.«

Er beeindruckt mich nicht mit seiner Warnung. Ich fürchte mich weder vor ihm noch vor seinem Sohn oder irgendwem anderen. Ich lebe nur für die Rache. Vor einem Jahr wurde mir alles genommen. Von diesem Schwein. Und dafür wird er zahlen. Heute Nacht. Selbst wenn er mir nicht die Informationen gibt, die ich haben muss. Ich werde sie bekommen. Zur Not von seinem Sohn.

»Du bist schon tot, bevor die Sonne morgen früh über Miami aufgeht«, sagt er und schert sich nicht ansatzweise um seine Frau, die ihm gegenübersitzt. Endlich stumm.

»Zumindest sind wir dann beide tot«, sage ich mit rauer Stimme und setze das Messer, an dem noch das Blut seiner Frau klebt, auf sein Brustbein. »Wie war das? Erst die Haut und dann die Muskeln?« Ich schiebe meinen Stiefel auf den Stuhl zwischen seine Beine und drücke das Messer so tief, dass sich seine Kleidung und darunter seine Haut mit einem Spalt öffnet. Endlich bekommen seine Augen die Angst, auf die ich seit einer Stunde warte.

»Verrecken sollst du«, zischt Panait, und ich ziehe die Klinge bis zu seinen Eiern hinunter und genieße dabei seine qualvollen Schreie. Endlich fühle ich so etwas wie Glück.

# I

## $\mathcal{L}$ iz

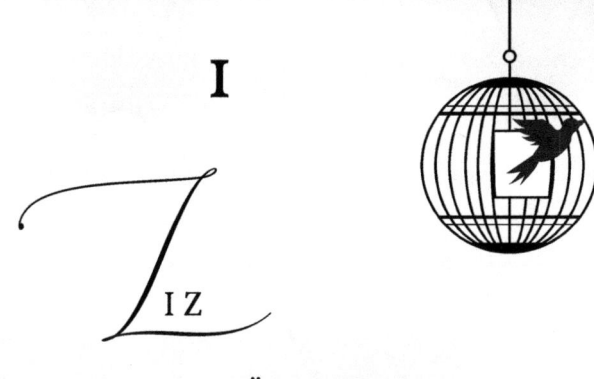

## ... BESSER SPÄT ALS NIE

D u kannst mich mal, Easton!« So schnell mich meine Füße tragen, stürme ich aus dem Wohnzimmer hinaus in die Halle.

»Wenn du nicht augenblicklich zurückkommst, Elizabeth!«

Mein Bruder schreit mir so laut nach, wie ich ihn noch nie habe schreien hören. Und das habe ich schon oft. Aber es ist mir egal. Er kann mich mal lecken. Und zwar dort, wo die Sonne niemals scheint. »Leck mich!«, brülle ich ihm über meine Schulter zu und erreiche die erste Stufe der breiten, hölzernen Treppe. Ich nehme immer zwei Stufen auf einmal und haste dann den Gang zu meinem Flügel entlang. Erst als ich die Tür meines Schlafzimmers hinter mir ins Schloss geknallt und den Schlüssel gedreht habe, beruhigt sich mein Atem etwas. Ich sacke gegen die Tür, fühle panisch nach meinem Herzen und sinke dann auf dem Boden zusammen. Das kann alles gar nicht wahr sein. Es darf nicht wahr sein! Das haben Mom und Dad so nie gewollt. Niemals! Da kann mein älterer Arschloch-Bruder mir erzählen, was er will.

Tränen fließen über meine Wangen und mir entweicht ein

Schluchzer nach dem anderen. Ich fühle mich wie ein Teenager und nicht eine einundzwanzigjährige Frau.

»*Morgen wird uns Owen Sticks besuchen.*«

»*Von mir aus.*«

»*Du wirst dich nett anziehen und deinem zukünftigen Mann und mir Gesellschaft leisten.*«

»*Wie bitte?*«

»*Du hast mich sehr genau verstanden, Elizabeth. Und nur für die Akten: Testamentarisch haben unsere Eltern festgelegt, dass ich bestimme, wen du heiratest. Nur so kommst du auch an dein Erbe. Also beschwer' dich nicht.*«

»*Spinnst du jetzt komplett?*«

Daraufhin hatte mein sauberer Bruder mir eine Akte auf den Tisch geknallt. Moms und Dads Testament. Ein Testament, welches ich bis zu diesem Zeitpunkt noch nie gesehen hatte, dabei ist der Unfall unserer Eltern schon fünf Jahre her. Da war ich gerade sechzehn gewesen.

Während mir weiter heiße Tränen die Wangen hinunterlaufen, frage ich mich, wie man eigentlich so naiv sein kann, wie ich es bin. Ich habe nie danach gefragt, wer alles geerbt hat, da ich Idiotin davon ausgegangen bin, dass Easton und ich es gleichermaßen sind. Zumindest, was das Geld angeht. In den letzten Jahren wollte ich oft von hier fortgehen. Dad war in dem, was er beruflich gemacht hat, schlimm. Aber Easton ist schlimmer. Nur war mir klar, dass ich alleine außerhalb unseres Geländes nicht zurechtkommen würde. Deshalb habe ich mir gedacht, solange mein Bruder mich nicht wie früher schlägt, bleibe ich und komme auch damit klar. Was er beruflich von meinem Dad übernommen hat, das blende ich einfach aus. Etwas anderes bleibt mir auch gar nicht übrig, auch wenn ich wünschte, es wäre anders. Vielleicht benehme ich mich manchmal wie ein Teenager, aber eigentlich bin ich stark. Ich kann es zumindest sein, wenn es darauf ankommt. Meine Lehrer und Ammen haben mir immer gesagt, dass sie noch nie ein Mädchen getroffen haben, dass so wissbegierig sei wie ich. Und es war wirklich so. Ich habe ihnen Löcher in den Bauch gefragt. Habe alle Bücher unserer Bibliothek in mich aufgesaugt. Aber all diese Geschichten, all diese Antworten, die ich im Laufe der Jahre von meinen Lehrern bekommen habe, sie können mir nicht das wahre Leben, das außerhalb unseres Anwesens stattfindet, erklären. So etwas muss man selbst erleben. Selbst fühlen. Ich habe immer davon geträumt, irgendwann meine Neugier auf dieses *draußen* in die Tat umzusetzen. Irgendwann wirklich so stark zu sein, um auch nach draußen zu gehen. Jetzt bin ich endlich an diesem Punkt. Und kein Easton dieser Welt wird mich noch davon abhalten. Und schon gar nicht lasse ich mich von dem einen Gefängnis in das nächste umsiedeln. Ein Gefängnis, mit einem Oberaufseher namens Owen Sticks.

Hier auf unserem Anwesen fehlt es mir an fast nichts. Materiell gesehen. Ich bin sicher vor der kranken Welt da draußen, vor der Dad mich immer gewarnt hat. Und mein zwölf Jahre älterer Bruder hat auch nie versäumt, mir mitzuteilen, dass ich keine halbe Stunde außerhalb unseres Anwesens überleben würde, sobald bekannt wäre, dass Easton Panaits kleine Schwester jetzt ungeschützt in den Straßen Miamis herumläuft. Damit ist jetzt Schluss.

Ich stampfe auf dem Boden auf wie ein kleines trotziges Kind und fühle mich so einsam und verlassen wie schon lange nicht mehr. Das kann er doch nicht ernsthaft wollen? Owen Sticks ist ein fetter, ekelhafter alter Mann, der mich jedes Mal mit seinen Augen auszieht, wenn er zu Besuch kommt. Gut, jetzt weiß ich auch, warum das so ist, wenn mein Bruder mich ihm versprochen hat.

Langsam hieve ich mich wieder hoch, schlurfe mit hängenden Schultern hinüber in mein Bad und stelle den Kaltwasserhahn an. Meine türkisblauen Augen sehen völlig verheult aus und mein langes schwarzes Haar hängt in Strähnen an mir herab. *Selbst schuld*, schimpfe ich mit mir. Jede andere Frau in meinem Alter wäre schon längst das gewesen. Eine Frau! Und nicht wie ich, ein kleines naives Mädchen, das nur Angst vor dem wahren Leben hat. Selbst wenn ich schon einiges weggesteckt habe … vor dem Leben da draußen habe ich doch Angst. Aber genauso interessiert es mich auch. Ich kann dieses Gefühl nicht beschreiben, das ich schon in mir spüre, seit ich vernünftig denken kann.

Nachdem ich mir das Gesicht gewaschen habe und mir eines der flauschigen Handtücher aus dem Regal greife, fällt mein Blick auf das kleine Polaroidfoto von Allegra und mir, das am Spiegel hängt. Allegra … natürlich!

Sie ist seit vier Monaten meine Amme. Wobei Amme in meinem Alter vielleicht nicht mehr das richtige Wort ist, aber Easton nennt alle Angestellten, die nur für mich zuständig sind, so. Allegra ist meine sechste Amme. Die Frauen vorher waren immer alt und ich mochte sie, aber so etwas wie Freundinnen waren sie nie. Wenn eine starb, kam die nächste. Und dann stand plötzlich Allegra vor mir. Eine junge Frau, bloß ein paar Jahre älter als ich selbst, und wir verstanden uns auf Anhieb. Allegra hat vor vier Monaten gleichzeitig mit ihrem Bruder Roberto angefangen, für uns zu arbeiten. Er ist im Security-Team meines Bruders tätig. Na, und Allegra, die ist bei mir.

Als ich vor ein paar Wochen wieder einen heftigen Streit mit Easton hatte, war es so weit, dass ich abhauen wollte. In meiner Vorstellung für immer. Leider neige ich zu solchen Übersprungshandlungen – oder sagen wir Denkweisen. Zumindest wenn ich sauer bin. Natürlich erzählte ich Allegra davon und sie machte mir einen anderen Vorschlag. Sie ist der Meinung, ich brauche einfach mal ein bisschen Abwechslung. Etwas Zeit für mich, und dass ich mal etwas anderes sehen muss als nur das riesige Anwesen der Panait-Familie. Denn viel mehr kenne ich tatsächlich nicht. Also beschlossen wir, am ersten Juli dieses Jahres mit Robertos Hilfe auszusteigen. Denn vom ersten Juli an ist Easton jedes Jahr für zwei Wochen nicht da. Allegra und ich hatten vereinbart, dass, wenn wir dann zurückkämen, ich einfach alle Schuld auf mich nehmen würde. Ich behaupten würde, dass ich Allegra und Roberto mit irgendwas erpresst hätte. Wir wollten uns noch genau ausmalen, wie wir die ganze Sache angehen, damit das Geschwisterpaar im Höchstfall eine milde Strafe zu befürchten hätte. Genaugenommen war uns noch gar nicht klar, wo wir diese eine Woche unterkommen wollten, aber das spielt jetzt keine Rolle mehr. Nichts spielt jetzt mehr eine Rolle. Easton will mich verheiraten. Verkaufen wie ein Stück Vieh.

Ich stopfe ein paar Shirts und Jeans in einen meiner Rucksäcke. Überprüfe, ob ich das Geld und meine Ausweispapiere in meine Handtasche gesteckt habe und sehe mich danach in meinem riesigen, leeren Zimmer um. Es ist nicht leer, was das Mobiliar betrifft. Ganz im Gegenteil. Doch es fühlt sich leer an. Alles in meinem Leben fühlt sich leer an. Und seit Mom nicht mehr da ist sowieso. Lediglich Allegra hat es in letzter Zeit geschafft, dieses klaffende Loch etwas zu stopfen. Ich weiß, dass das jetzt wieder so eine unüberlegte und naive Sache ist … aber was ich noch sicherer weiß, ist, dass ich nie im Leben Owen Sticks heiraten werde. Allerdings, wenn Easton etwas will, dann setzt er es durch. Notfalls auch mit Gewalt. Weshalb mir jetzt gar nichts anderes übrigbleibt, als das Leben außerhalb des Panait-Anwesens kennenzulernen.

Nachdem ich die Kissen und Decken auf meinem Bett so

drapiert habe, dass es im ersten Moment so aussieht, als läge ich schlafend genau dort, ziehe ich langsam meine Tür auf.

Vorhin, als ich die Tür hinter mir zuschlug, habe ich noch die Klingel vom Tor gehört. Klar, Freitagabend. Wieder mal eine von Eastons Schlampen. Wobei ich ihr dankbar sein muss, egal welche ihn gerade beglückt. Weil er mir nur aus diesem Grund nicht auf mein Zimmer gefolgt ist. Ich schleiche leise hinaus auf den Gang, trete vor bis zur Treppe und dann höre ich ihn schon.

»Ja, Baby.«

Galle steigt meinen Magen hinauf. Der Idiot besitzt noch nicht mal den Anstand, seine Weiber mit auf sein Zimmer zu nehmen. Jede Woche ist es eine andere, die sein Geschlecht bearbeitet oder die er fickt. Vornehmlich auf unserer Couch. Die Lichter in der großen Halle sind mittlerweile erloschen und nur der Wohnzimmerkamin wirft seinen Schein bis kurz vor die Treppe, die ich nun langsam hinuntersteige. Wenn jetzt eine der Stufen knarzt, bin ich am Arsch. Ich kann nur hoffen, dass die Kleine so gut ist, dass mein Bruder alles um sich herum ausblendet. Ich muss hinüber in die Küche, damit ich dort durch die Hintertür hinauskann, um zu den Angestellten-Baracken zu kommen. Eine davon bewohnt Allegra mit ihrem Bruder.

Als ich die vorletzte Stufe erreiche, bleibe ich kurz stehen. Genau die letzte Stufe ist die, die immer knarzt. Ich will es gar nicht, aber wie automatisch wandert mein Blick hinüber zum Wohnzimmerbereich, fünf Meter weiter. Easton sitzt mit heruntergelassener Hose und breitbeinig auf unserer weißen Couch, während zwischen seinen Beinen ein Mädchen mit langem blondem Haar kniet, das sich um seinen Penis kümmert.

Ich selbst habe bis auf ein paar heimliche, verbotene Küsse von ein oder zwei Wachen meines Bruders nie etwas Körperliches erlebt … wenn man davon absieht, dass ich mich seit Jahren selbst berühre. Aber das da … mein Bruder, der jede Frau nur ausnutzt … Es geht mich nichts an. All das hier geht mich nichts mehr an, und diesen Entschluss hätte ich besser schon vor fünf Jahren getroffen. Denn dann wäre ich jetzt schon wesentlich weiter … oder bereits tot.

Ich lasse die letzte Stufe aus, schiebe mich langsam um das Geländer herum und tapse vor, bis ich die Ecke erreiche, die mich zur Küche führt. Dann husche ich auf leisen Sohlen in eben diese hinein und kann nur hoffen, dass die Alarmanlage noch nicht scharf ist, weil Eastons Schlampe noch mit ihm beschäftigt ist. Und dass ich keiner von seinen Wachen in die Arme laufe. Aber genau das passiert, als ich einen Fuß hinaus in die Dunkelheit setze und direkt gegen eine harte Brust knalle. Shit!

»Liz?«

Oh mein Gott! Es ist Roberto. Allegras Bruder. »Psst! Ich muss hier weg. Sofort«, zische ich leise.

»Hier weg?«, fragt er in normaler Lautstärke, und ich haue ihm meine Faust in den Bauch, was eher mir wehtut als ihm.

»Easton darf mich nicht finden. Bring mich bitte zu Allegra und dann müssen wir hier verschwinden.« Er sieht sich kurz um und ergreift dann fest meinen Arm.

»Wie meinst du das?«

»So wie ich es sage. Unser Urlaub beginnt früher und jetzt lass uns bitte gehen.«

# 2

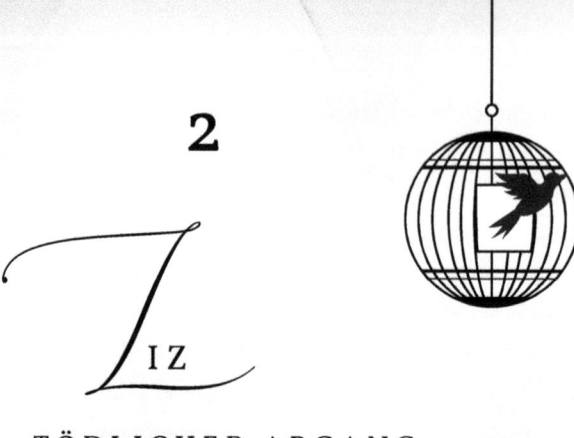

## $\mathcal{L}$IZ

## ... TÖDLICHER ABGANG

D ie Baracken für die Angestellten stehen hier dicht an dicht. Unsere Familie hat viel Personal.

Ungeachtet dessen, dass es noch früh am Abend ist, sitzt keiner von ihnen auf der Veranda oder hält sich sonst wo draußen auf. Und das liegt nicht an der hereinbrechenden Dunkelheit, sondern an dem abgesperrten Areal ein paar hundert Meter weiter. Dass mein Bruder und davor mein Vater in den Menschenhandel verstrickt sind, ist mir erst vor kurzem klar geworden. Zum ersten Mal habe ich mit etwa zehn Jahren darüber nachgedacht, dass bei uns nicht alles so ist, wie es bei anderen Familien abläuft. Zwar hatte ich mein ganzes Leben lang kaum bis gar keine Kontakte nach außen, aber fernsehen, das durfte ich. Ein Handy oder einen Computer besitze ich bis heute nicht. Erst hat mein Vater es nicht erlaubt, und danach war es Easton, der es mir verbot. Nach und nach kam ich dann dahinter, dass meine Familie das größte Mafia-Konstrukt der Südspitze Floridas ist. Was das letztendlich bedeutet, konnte ich meiner Mutter nur schwer entlocken, aber immerhin war sie die Einzige, die mir überhaupt diesbezüglich etwas erklärt hat.

Das gesperrte Gebiet hinter den Angestellten-Baracken ist laut meiner Familie eine Fabrik, in der hochentzündliche Stoffe hergestellt und gelagert werden. Zumindest war es das, was Dad mir früher erzählt hat. Dass er dort seine eigene Menschenzucht betrieb und Easton dies genauso weiterführt, habe ich erst vor Kurzem von Allegra erfahren. Diese Menschen gehen entweder sofort in den Verkauf oder sie arbeiten für meine Familie. Aber manchmal schafft es laut Allegra auch der ein oder andere, den vorderen Bereich unseres Geländes zu betreten. Das Gelände, auf dem ich gerade stehe.

»Rein«, sagt Roberto relativ streng und schiebt die Tür zu seiner und Allegras Baracke auf.

Meine Freundin liegt auf einer kleinen versifften gelben Couch und sieht mich überrascht an. »Liz? Was ist passiert?«

Ich war noch nie in ihrer Baracke. War noch nie in irgendeiner der Baracken. Das höchste der Gefühle war vor vier Wochen auf dem Platz davor. »Unser Urlaub … wir müssen ihn vorziehen«, sage ich beinahe panisch. »Und ich für meinen Teil, werde auch nicht zurückkommen.«

»Was?« Allegra springt auf und kommt auf mich zu, während Roberto immer noch hinter mir an der Tür steht.

»Ich soll den alten Sticks heiraten. Und das schon in vier Wochen. Easton hat es mir vorhin gesagt. Bitte, Allegra! Wenn ihr nicht mit mir kommen wollt«, haspele ich und wende auch Roberto kurz meinen Blick zu, »dann verstehe ich das. Aber ohne eure Hilfe schaffe ich es nicht hier raus.«

»Das ist scheiße!«, zischt Roberto hinter mir und Allegra wirft ihm einen strafenden Blick zu. »Es ist zu früh«, setzt er hinten an, und ich höre, dass er aufgeregt ist.

»Sei still«, sagt Allegra ruhig zu ihrem Bruder. Bei den beiden läuft es anders als bei mir und meinem Bruder. Meine Freundin gibt den Ton an. »Bevor Liz unfreiwillig verheiratet wird … natürlich helfen wir dir«, wendet sie sich dann an mich und geht danach auf einen winzigen Schrank zu, aus dem sie eine Tasche zieht. »Pack alles ein«, weist sie ihren Bruder an. »Und wir werden dir nicht bloß helfen, Liz, wir begleiten dich. Was soll ich hier ohne dich?«

Mir fällt ein Stein vom Herzen, als sie das sagt und zeitgleich ihre wenigen Sachen in die Tasche packt. Auf der anderen Seite verstehe ich nicht, warum sie mir überhaupt hilft. Bei Roberto weiß ich es. Niemals würde er ohne seine Schwester hierbleiben. Aber Allegra … Die beiden haben doch nichts. Sie sind vor einem halben Jahr aus Italien verschwunden, weil sie dort gesucht wurden. Ladendiebstähle und solche Sachen. Easton begegneten sie laut Allegra nur durch Zufall, und ich kann mich glücklich schätzen, dass er sie bei uns aufgenommen hat. Meine Freundin spricht allerdings nicht darüber, wie es dazu kam, dass mein Bruder sie einfach mit zu uns nahm. Sie sagt, das sei etwas, über das sie nicht reden darf, laut Easton. Geschäftsgeheimnisse oder so was. »Ich komme zwar ohne eure Hilfe nicht hier raus … aber ihr müsst nicht mit mir gehen. Easton wird mich suchen und dann wird er euch auch verfolgen.«

»Das ist mir bewusst«, sagt Allegra und weist ihren Bruder mit den Händen an, sich zu beeilen. »Easton ist ein Arschloch und ich lasse dich nicht alleine da raus. Hast du Geld?«

Ich nicke. »Alles, was ich gespart habe.« Und das ist nicht wenig. Meine Mutter hat schon während meiner Jugend angefangen, unter meiner Matratze Geld für mich abzuzweigen. So, als hätte sie geahnt, dass ich es irgendwann brauchen werde. Dass ich irgendwann genau an den Punkt komme, an dem ich mich jetzt gerade befinde. Und ich war zumindest so schlau, genau das nach ihrem Tod weiterzuführen.

»Ich habe Freunde«, sagt Allegra. »Dort wird er uns nicht so leicht finden. Hat er wieder eines der Mädchen da?«

Sie blickt mich an und in ihren dunklen Augen liegt ein böses Funkeln. »Ja, sie ist seit etwa dreißig Minuten an ihm dran.«

»Wann haben die Anderen Wachablösung?«, will sie von Roberto wissen, der sofort auf seine Uhr blickt.

»In exakt zehn Minuten«, antwortet er und zieht den Reißverschluss seiner Tasche zu.

»Perfekt«, sagt Allegra. »Wir nehmen den Ford und nimm das Handy mit«, spricht sie geschäftig weiter.

»Über das Handy können sie uns sofort orten«, gibt Roberto zu bedenken.

Ich stehe einfach nur da wie ein kleines dummes Mädchen und fühle mich auch genauso.

»Sobald du uns einen Privatflieger organisiert hast, zerstören wir das Handy und wechseln den Wagen.«

»Privatflieger, Auto?«, frage ich angespannt.

»Ich erzähle dir später, wohin uns der Flieger bringen wird. Nicht hier.« Ihr Blick geht demonstrativ durch den Raum, als ob klar wäre, dass die Baracken verwanzt sind.

Ich glaube ehrlich gesagt nicht, dass Easton sich so sehr für die Angestellten interessiert, dass er ihre Behausungen verwanzen würde.

»Fertig?«, will Allegra wissen und sieht zu ihrem Bruder.

»Ich gehe bis zum Parkplatz vor. Ihr folgt in zwei Minuten, wenn ihr nichts von mir hört.«

»Wird keiner Verdacht schöpfen, wenn du um diese Uhrzeit mit dem Wagen das Gelände verlässt?«, will ich wissen.

»Nein«, antwortet er mit einem Grinsen und zieht sein Arbeitshandy aus seiner Hose. »Ich habe zufällig in genau zehn Minuten Feierabend. Und warum sollte ich den nicht in der

Stadt verbringen und mir dazu eines der Fahrzeuge leihen.«
Er zwinkert, aber wirklich entspannt sieht er nicht dabei aus.
»Ich schicke Easton kurz eine Mail, dass ich mir den Ford bis
morgen ausleihe. Also, in zwei Minuten folgt ihr mir.« Keine
Sekunde später ist er in der Dunkelheit verschwunden.

Mein Herz schlägt mir bis zum Hals. Ich tue es wirklich.
Ich verlasse dieses Gefängnis. Ich verlasse meine Familie. Als
Allegra mich aus der Baracke herauszieht, muss ich daran
denken, dass ich eigentlich schon lange keine Familie mehr
habe. Easton fühlt sich nicht nach Familie an.

Der Weg von den Baracken bis zum Parkplatz beträgt nur
ein paar Meter, und als ich hinten in den Ford einsteige, ohne
dass jemand auf uns aufmerksam wird, atme ich schwer aus.
Doch wir sind noch nicht draußen. »Was, wenn doch jemand
mitbekommt, wie sich das Tor öffnet?«

»Fahr los«, weist Allegra ihren Bruder an. »Die sind alle im
Besprechungsraum. Wenn gerade niemand auf die Kameras
sieht, dürfte uns auch keiner hören. Falls doch, erzählt Roberto seine Version von einer Nacht in der City verbringen. Und
Easton …« Sie führt den Satz nicht aus und ihre Stimme klingt
irgendwie seltsam.

Sobald Roberto den Wagen startet, werde ich noch nervö-
ser. Nicht mal nur wegen dem, was uns draußen erwartet.
Eher aus Sorge, dass mein Bruder gerade seine Schlampe
zur Tür begleitet. Doch es passiert nichts davon. Das große
schmiedeeiserne Tor öffnet sich vor uns und keine drei Sekunden später befahren wir die Straße. Draußen. In Freiheit.
Außerhalb meines Lebens. Einundzwanzig Jahre habe ich auf
dem Panait-Anwesen verbracht. Exakt drei Mal war ich draußen. Aber auch nur, um von einer meiner früheren Ammen
und vier Wachen meines Vaters zu einem Geschäft gebracht
zu werden, damit ich mir jeweils Kleider für ein Fest bei uns

kaufen konnte. Und selbst das war schon ein Kraftakt gewesen, damit mein Dad das damals zugelassen hatte.

»Wir benötigen in dreißig Minuten einen Flieger nach Bogotá«, spricht Roberto in ein Handy.

»Bogotá? Das liegt in Kolumbien«, sage ich.

»Mach dir keine Sorgen«, wendet sich Allegra leise an mich. »Wenn wir erst im Flieger sitzen, sind wir sicher. Easton kann in Kolumbien nicht wirklich etwas ausrichten.«

»Wir zahlen bar. Das Ganze muss aber diskret ablaufen«, spricht Roberto weiter in sein Arbeitshandy hinein und hält zeitgleich an einem etwas weniger belebten Straßenrand an. »In dreißig Minuten«, wendet er sich nach dem Gespräch an seine Schwester und steigt aus dem Wagen.

»Wo will er hin?«

»Uns ein anderes Auto besorgen.«

»Um diese Uhrzeit?« Ich folge Roberto mit den Augen und sehe, wie er sich an einem alten roten Wagen zu schaffen macht, der direkt neben unserem steht.

»Jetzt«, fordert Allegra mich auf, als Roberto in das rote Auto einsteigt.

Ich komme nicht dazu, noch weitere Fragen zu stellen, sondern folge ihr panisch. Sobald ich auf dem Rücksitz des anderen Autos bin, fährt Roberto los und schmeißt das Handy einfach aus dem Fenster. »Mein Rucksack!«, rufe ich aufgebracht. Ich habe ihn hinten im Ford liegen lassen.

»Hast du das Geld?«, fragt Allegra hektisch.

»Geld und Ausweis habe ich hier in meiner Tasche«, sage ich und deute auf meine Handtasche. »Aber den Rucksack, den habe ich liegen lassen.

»Den brauchst du nicht«, äußert sie fast erleichtert. »Welche Orga hast du für den Flieger genommen?«, will Allegra von Roberto wissen.

»Die Opton-Brüder. Die wissen nicht, dass wir zu Panait gehören, und man kann sich einigermaßen auf sie verlassen.«

Allegra nickt und ich drehe beinahe durch. Ich sitze in einem gestohlenen Fahrzeug. Ich bin auf dem Weg nach Kolumbien und ich befinde mich außerhalb unseres Geländes. Ein heftiger Zitteranfall erfasst mich, obwohl ich doch all das hier genau so gewollt habe. Und dann setzt genau das in Gang, was auch sonst nach einem Streit mit Easton passiert. Ich frage mich, ob ich das Richtige tue. Ob ich nicht einfach überreagiere. Wie von einem Faden gezogen schüttle ich meinen Kopf. Nein! Das, was ich hier und heute mache, ist richtig. Er hat nicht das Recht über mein Leben zu bestimmen und mich zu verheiraten.

»Hey«, sagt Allegra ruhig und ich spüre ihre Hand auf meiner Schulter, während ich meine Augen hinter meinen Händen verborgen habe. »Du bist nicht alleine. Wir schaffen das schon.«

»Warum tut ihr das?«, frage ich schluchzend und sehe sie an. »Ihr setzt euer Leben für mich aufs Spiel. Das hier ist etwas anderes als der Ausbüchsurlaub, den wir geplant hatten.«

»Weil dein Bruder ein Arschloch ist«, murmelt Allegra fast beiläufig und zieht ihre Hand wieder zu sich.

Wieder klingt ihre Stimme seltsam. Fremd. Vielleicht bilde ich es mir auch nur ein. Sie muss genauso angespannt sein wie ich. Wenn Easton uns in die Finger bekommt … Er würde das Geschwisterpaar töten, dafür, dass sie mir zur Flucht verholfen haben.

»Wie wollen wir ihm Bescheid geben?«, fragt Roberto seine Schwester.

»Sobald wir in Bogotá landen, nehme ich Kontakt auf.«

»Bescheid geben?«, frage ich nach.

»Unserem Freund, bei dem wir unterkommen können.«

»Und wenn er damit nicht einverstanden ist?«

»Er wird einverstanden sein, er schuldet mir noch etwas.«

»Scheiße«, zischt Roberto in diesem Augenblick.

»Was?« Allegra wendet sich mir zu und blickt an mir vorbei, auf die Straße hinaus.

Seit zehn Minuten haben wir das Zentrum Miamis hinter uns gelassen. Ich habe keine Ahnung, wo genau wir uns jetzt befinden, aber alles sieht einsam und verlassen aus.

»Das kann Zufall sein«, sagt sie, nimmt ihre Augen aber nicht von der Heckscheibe.

Als ich mich umwende, erkenne ich nur ein paar Lichter in einiger Entfernung. »Was ist los?«

»Da kommen Autos«, sagt Roberto.

»Und?«, frage ich vorsichtig, da er sich ziemlich angespannt anhört.

»Wer nicht zu dem privaten Start- und Landeplatz der Opton-Brüder will, kommt nicht hier raus. Hast du ein Handy dabei?«, fährt Roberto mich an.

»Idiot! Du weißt, dass sie keins besitzt«, zischt Allegra.

»Sie hat recht«, sage ich kleinlaut. Ich fühle mich echt beschissen. Wenn ich mir vorstelle, was Easton mit Allegra und Roberto macht, sollte er uns in die Finger bekommen … Ich mache mir wirklich keine Sorgen um mich, aber um meine beiden Freunde da vorne umso mehr.

»Hier ist die Einfahrt«, ruft Roberto und biegt auf einen engen Waldweg ab, der kaum wie die Einfahrt zu einem Flugplatz aussieht.

Immer wieder wendet Allegra ihren Kopf zu mir und blickt angestrengt nach draußen. Aber für den Moment sehe auch ich keine uns folgenden Lichter mehr.

»Der Flieger steht schon bereit«, ruft Roberto, und ich richte meinen Blick wieder nach vorn.

Das was ich sehe, ist kein Flugplatz, sondern ein kleiner geteerter Platz, auf dem ein Propellerflugzeug steht. Mehrere Scheinwerfer sind um das Gelände herum angebracht und ein Mann in einem grauen Overall steht neben dem Flieger und hantiert etwas an einer schmalen Treppe. »Wo sind wir hier eigentlich?« Ich meine, wir sind mitten in einem bewaldeten Gebiet. Ich wusste nicht einmal, dass Miami so etwas vorzuweisen hat. Aber was weiß ich schon von meiner Heimatstadt.

»Mach dich bereit«, sagt Allegra angestrengt, und als ich ihrem Blick folge, erkenne auch ich wieder die Lichter etwa fünfhundert Meter hinter uns.

»Ich gebe euch Deckung und folge euch«, merkt Roberto mit scharfer Stimme an. »Du weißt, was zu tun ist, sollte ich es nicht schaffen.«

»Ich weiß«, antwortet Allegra, und Roberto stoppt den Wagen am Rand des Platzes, der von hunderten von kleinen Pfeilern umgeben ist, sodass man nicht mit dem Wagen bis an den Flieger heranfahren kann. »Los, Liz. Blick dich nicht um, egal was du hörst. Renn einfach so schnell du kannst zum Flieger.«

Sie reißt die Autotür zeitgleich mit Roberto auf und in der nächsten Sekunde bin ich alleine. Ich denke nicht weiter nach, was Roberto damit meint, was zu tun ist, sollte er es nicht schaffen, sondern drücke meine Tasche an meine Brust und springe ebenfalls hinaus. Allegra ist schon ein paar Meter weiter, während ich plötzlich Roberto mit einer großen Waffe hinter seiner Autotür hocken sehe, mit Blick auf die Lichter, die uns jede Sekunde erreichen. Das alles geht so schnell. Zu schnell für mich, seit ich vor einer Stunde erfahren habe, Owen Sticks Frau zu werden.

»Renn los verdammt«, schreit Roberto mich an und holt mich damit in die Wirklichkeit zurück.

Und dann laufe ich. Ich renne Allegra hinterher, die bereits die Hälfte des Platzes hinter sich gelassen hat und dem Mann im grauen Anzug etwas zuruft. Ich verstehe es allerdings nicht, da zur selben Zeit Schüsse durch die Nacht ziehen und dabei einen ohrenbetäubenden Lärm von sich geben. Ich kann nicht anders. Wie automatisch bleibe ich stehen und wende meinen Kopf um. Und dann sehe ich sie. Die Männer meines Bruders, die sich ebenfalls hinter den Autotüren der drei Wagen verschanzt haben und sich mit Roberto ein Kugelgefecht liefern.

»Elizabeth!«, höre ich meinen Namen.

Und dann kapiert mein Gehirn erst, was gleich passiert, wenn ich mich jetzt nicht umwende und weiter renne. Entweder sie erschießen uns oder bringen uns zurück. Meine Füße setzen sich in Bewegung. Werden schneller, und ich sehe nur noch Allegra, die bereits die Treppe zum Flieger erreicht hat, sich umwendet und jetzt ebenfalls eine Waffe in der Hand hält.

Mein Atem überschlägt sich. Die Schüsse hinter mir verklingen. Aber ich drehe mich nicht mehr um. Nur noch wenige Meter. Der Flieger startet, der Propeller dreht sich und erneut gehen Schüsse hinter mir los. Laut. Dicht. Zu dicht. Ich bin fast da. Als ich die erste Stufe erreiche, gibt Allegra den ersten Schuss ab.

»Rein, wir starten!«, schreit sie und feuert erneut.

»Roberto«, äußere ich weinerlich, aber sie reagiert nicht. Schießt erneut und ich springe in den Flieger. Roberto … Vorhin kurz die plötzliche Stille …

»Los!«, höre ich meine Freundin schreien, sehe, wie sie

die Leiter mit einem heftigen Stoß wegtritt, einen letzten Schuss abgibt und die Luke zuzieht. Im selben Moment setzt der Flieger sich in Bewegung und Schüsse treffen auf Aluminium.

»Roberto«, flüstere ich wieder und will mich einfach sacken lassen. Doch schon steht Allegra vor mir, zieht mich hinüber auf einen der Sitze und legt einen Gurt um mich.

»Geschafft.« Sie hält mir ihre Hand entgegen. »Das Geld. Gib es mir.«

Wie mechanisch reiche ich ihr meine Tasche, höre erneute Schüsse, die die Maschine treffen. »Roberto?«, frage ich leise.

»Der hat es nicht geschafft.« Sie geht an mir vorbei, auf die Kabine des Piloten zu und ich erbreche mich zeitgleich auf den Boden.

# 3

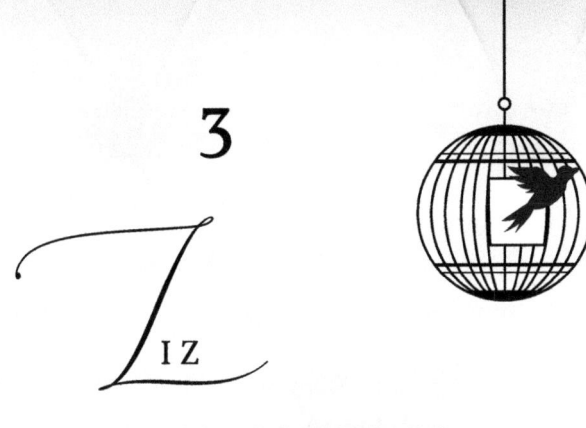

## LIZ

### ... STREIT IM REGENWALD

Ich werde wach, als die kleine Maschine leicht ruckelnd tiefer sinkt. Mein erster Gedanke gilt Roberto, sofort gefolgt von Allegra, die kurz nach unserem Start mein Erbrochenes aufgewischt, mir danach eine Decke umgelegt und dann befohlen hatte, ich solle die Augen schließen.

Ich weiß nicht, wie ich überhaupt habe einschlafen können, nach allem, was geschehen ist, aber innerhalb von wenigen Minuten bekam ich nichts mehr mit. Ganz im Gegensatz zu jetzt, und es erdrückt mich beinahe. »Sind wir da?«

Sie schüttelt den Kopf, während sie aus dem winzigen Fenster neben sich sieht. Ihre kurzen dunklen Haare wippen dabei hin und her. »Bloß ein Zwischenstopp, zum Tanken. Einen Großteil der Strecke haben wir aber schon geschafft. Noch etwa drei Stunden, bis wir in Bogotá landen.«

Ich richte mich auf, ziehe die Decke fester um meinen Körper, weil ich das Gefühl habe, dass sie mir Halt gibt und sehe meine Freundin an. »Allegra«, sage ich leise, doch sie winkt ab.

»Ich möchte nicht darüber sprechen. Er wusste, was er tat, als er uns vorlaufen ließ.«

Wie kann sie nur so gefasst sein? Selbst wenn es Easton gewesen wäre, der erschossen worden ist, glaube ich, ich wäre bedrückter, als sie es jetzt ist. Vielleicht ist meine Freundin auch einfach härter, als ich es bin. Ich denke immer, ich bin stark, aber wobei denn? Ich lasse mir von meinem Bruder alles bieten und statt mich zu wehren, laufe ich davon. Und jetzt bin ich auch noch für den Tod des Bruders meiner einzigen Freundin verantwortlich.

»Mach dir keine Sorgen, Liz. Ich gebe dir nicht die Schuld an seinem Tod. Einzig und alleine Easton ist dafür verantwortlich.«

Ich nicke leicht und grabe meine Finger in den Sitz, weil der Flieger jetzt holprig über die Landebahn ruckelt. Oder weil ich ihr nicht glauben kann, was sie sagt. »Wo sind wir hier?«

»Panama«, sagt sie. »Eine befreundete Orga der Opton-Brüder. Wir warten einfach nur hier. Sobald aufgetankt ist, heben wir wieder ab, um bis nach Bogotá weiterzufliegen. Von dort aus müssen wir leider nochmal mit einer öffentlichen Fluggesellschaft bis nach Leticia fliegen.«

»Warum bringen uns diese Opton-Brüder nicht bis dorthin?«

»Dieses Gebiet fliegen sie zurzeit aus privaten Gründen nicht an.« Sie greift neben sich, nimmt meine kleine schwarze Tasche hoch und wirft sie mir zu.

»Haben wir jetzt noch Geld?«, will ich wissen.

»Genug. Da hast du ja ganz schön was angespart.«

Sie spricht so nett mit mir. Zu nett. Doch ich fühle mich trotzdem wie der letzte Dreck.

»Hier, nimm die und lenk dich etwas ab.«

Sie drückt mir eine Zeitschrift in die Hand. Normalerweise kann man mich mit so etwas leicht herumbekommen, denn solche Zeitungen sind nichts, was mein Dad und Easton gerne in meiner Nähe gesehen haben. *Die Dinger verderben dich,* hat Dad immer gesagt. Ich nehme die Zeitung an mich, schlage sie auf, aber die Models und Artikel über Promis erreichen mich heute nicht so, wie sie es sonst tun. Eigentlich erreicht mich gar nichts. Ich fühle mich einsam, verloren und schuldig am Tod eines Unschuldigen. Als der Flieger wieder abhebt und Allegra ihren Kopf zurücklehnt und die Augen schließt, bin ich beinahe froh, irgendwie mit mir alleine zu sein. Nicht, weil ich alleine sein will. Ganz sicher nicht. Doch Allegra muss mich hassen. Wie könnte sie es nicht?

\*\*\*

Es sind nicht ganz drei Stunden vergangen, als der Flieger erneut in den Sinkflug geht.

Allegra ist bereits seit einer Stunde wieder wach. Doch statt wie sonst unbeschwert mit mir zu quatschen, trommelt sie unentwegt mit ihren langen Fingernägeln gegen die Scheibe und sieht hinaus in den Sonnenaufgang.

»Wie geht es jetzt weiter?«, frage ich.

»Von hier aus buchen wir einen neuen Flug nach Leticia. Dort suchen wir meinen Bekannten auf.« Sie blickt mich an.

»Wo ist das? Leticia?« Ich schäme mich, dass ich so wenig weiß. Es ist nicht so, dass ich dumm wäre. Ganz im Gegenteil. Während meines Privatunterrichts all die Jahre, mit verschiedenen Lehrkräften, die zu uns nach Hause kamen, habe ich allerhand gelernt. Trotzdem weiß ich so viele Dinge nicht. Nicht, weil ich mich nicht dafür interessiert hätte. Doch wie willst du nach etwas fragen, von dem du nicht einmal weißt, dass es existiert?

»Leticia ist wunderschön und eigen. Es liegt im Südosten des Landes. Man sagt, die kleine Stadt ist das Tor zum Regenwald.«

Ich wusste gar nicht, dass meine Freundin so viel von der Welt kennt. »Ich dachte, bevor du nach Amerika gekommen bist, seist du nur in Italien gewesen?«

»War ich auch eigentlich. Aber einer unserer Cousins ist damals, statt mit uns nach Amerika zu kommen, nach Kolumbien gegangen.«

»Und was schuldet dir dein Cousin?«

»Ich habe ihn bei bestimmten Leuten nicht verraten, das schuldet er mir«, antwortet sie und richtet ihren Blick wieder der Scheibe zu.

Ich frage nicht weiter nach, da sie offensichtlich nicht darüber sprechen will, auch wenn ich nicht verstehe, warum. Sonst haben wir uns alles erzählt. Sie war die Erste, der ich von meinen Schwärmereien für manche Wachen meines Bruders erzählt habe. Die anderen Ammen hätten mich sofort an Easton verraten.

Der Flieger kommt komplett zum Stillstand, und als ich nach draußen sehe … sehe ich eben solch eine Landebahn wie die, von der wir in Miami gestartet sind.

»Auch eine Orga der Opton-Brüder. Ein Taxi steht bereits draußen, es wird uns zum richtigen Flughafen bringen.«

Ich nicke bloß und folge Allegra, während unser Pilot die Luke öffnet und von draußen eine Leiter angeschoben wird. Kaum, dass ich die erste Stufe betrete, erdrückt mich eine schwüle Hitze und das bereits früh am Morgen. Gehetzt sehe ich mich um. Ich kann mir zwar nicht vorstellen, dass Easton weiß, dass wir hier sind … aber schließlich ist er uns auch gestern Abend gefolgt, obwohl ich nicht verstehe, wie er das angestellt hat.

»Komm, Liz. Wir sollten zusehen, dass wir weiterkommen.«

Ich laufe ihr die Treppe hinunter nach und genau so, wie sie es gesagt hat, steht ein Taxi am Rand der Teerfläche. Allegra steigt neben dem Fahrer ein und ich wähle erneut die Rückbank. Sie spricht Spanisch mit dem Mann. Ich selbst kann zwar kein Spanisch, aber ich kann wenigstens ein paar andere Sprachen voneinander unterscheiden. In den letzten Wochen hat Allegra mir sogar ein paar Fetzen Italienisch beigebracht, weil wir unter anderem überlegt hatten, ob wir unseren geheimen Urlaub in Italien verbringen sollen. Gut, jetzt hat alles eine ganz andere Wendung genommen.

Im Taxi ist es so heiß und stickig, dass mir meine Jeans und meine Bluse bereits am Körper kleben und ich die obersten Knöpfe öffne, was aber auch keine wirkliche Linderung bringt. Erneut spricht Allegra den älteren Fahrer an und im nächsten Moment zieht er ein Handy aus seiner Tasche. Sie wählt eine Nummer und hält sich das Handy ein paar Minuten an ihr Ohr, bevor sie fluchend dem Mann sein Telefon zurückgibt.

»Geht dein Cousin, oder Freund nicht ran?«

»Er ist nicht mein Freund«, fährt sie mich an. »Sorry, Liz. Ich wollte nicht…«

»Ist schon gut«, spreche ich dazwischen. Wie könnte sie nicht noch mehr durch den Wind sein als ich? Ihr Bruder wurde erschossen, wegen mir. Sie musste in ein fremdes Land fliehen, wegen mir.

»Er nimmt nicht ab«, sagt sie dann versöhnlicher und lächelt. »Er wird uns trotzdem empfangen.«

Als ich in ihr vertrautes, hübsches und freundliches Gesicht sehe, fühle ich mich gleich etwas besser und weniger alleine. »Er wird es doch sicher nicht umsonst tun?«

»Nein, das wird er nicht«, sagt sie und richtet ihre Augen zurück auf die Straße.

\*\*\*

Nochmal drei Stunden später landen wir in Leticia. Es ist fast Mittag und die brutale Sonne steht im Zenit. Allegra hat einen weiteren Anruf mit dem Handy des Taxifahrers getätigt und uns zwei Flüge hierher gebucht. Das Ganze war einfacher gewesen, als ich es mir vorgestellt hatte. Buchen, State ID vorzeigen, einsteigen. Meine Sorge, schon beim Abholen der Tickets, oder beim Betreten des Flugzeugs von Eastons Männern abgefangen zu werden, war Gott sei Dank unbegründet gewesen.

Nachdem wir eine Einreisesteuer für das Amazonasgebiet bezahlt und das kleine gelbe Flughafengebäude hinter uns gelassen haben, meine ich, jeden Moment ersticken zu müssen vor Hitze und kann mir kaum vorstellen, dass mein Bruder hier jemals nach mir suchen wird.

»Etwa zehn Minuten zu Fuß bis zum Stadtzentrum«, sagt Allegra über ihre Schulter zu mir.

»Okay«, gebe ich zur Antwort. Mehr fällt mir gerade nicht ein. Ich werde erschlagen von den ganzen Eindrücken um mich herum. Genauso wie von den Geschehnissen der letzten Stunden. Viele Autos sind nicht unterwegs. Wahrscheinlich ist selbst den Einheimischen viel zu heiß. Der ein oder andere Dodge fährt an uns vorbei – allerdings sehen die Wagen aus, als würden sie jeden Moment auseinanderfallen. Für Autos habe ich mich schon immer interessiert. Einen Führerschein durfte ich von Dad aus nie machen, aber zumindest hat er mich manchmal auf unserem Gelände mit einem der älteren Fords im Kreis fahren lassen. Sehr zum Leid von Easton, der immer neben mir sitzen musste.

Allegra läuft immer zwei Schritte voraus, aber ich halte sie auch nicht auf. Sie ist anders als zuhause. Ich gebe ihr Zeit. Bestimmt hat sie mich, seit wir in den Flieger in Miami geflüchtet sind, schon hundert Mal in ihren Gedanken erschossen. Statt dass ihr Bruder erschossen wurde. Als ich an Roberto denke, wird mir gleich wieder schlecht.

»Die Stadt«, ruft meine Freundin, und als ich ihr Gesicht sehe, das sie mir kurz zuwendet, erkenne ich endlich wieder ein entferntes Lächeln darin.

Ermutigt von ihrer besseren Laune, schließe ich zu ihr auf. »Kannst du mir etwas über diesen Ort erzählen?« Es interessiert mich wirklich. Im Gegensatz zu dem eher verlassenen Flughafengebäude vorhin, scheint die Stadt zu pulsieren, auch wenn sie ganz anders ist, als ich es mir vorgestellt habe. Ich kenne nur Miami. Und auch nur durch die Eindrücke, die ich vom Auto aus hatte.

»Leticia trennen fünfhundert Kilometer Regenwald von der restlichen Zivilisation«, sagt sie, während einige Kinder und Erwachsene mit alten Fahrrädern dicht an uns vorbeifahren.

»Sind Fahrräder das Hauptverkehrsmittel?«

»Nein«, antwortet sie lachend, »Boote sind es.«

»Boote?«, frage ich erstaunt.

»Liz, wir sind direkt am Amazonas und dort drüben ist Brasilien.« Mit einem Fingerzeig weist sie irgendwo vor uns.

Und dann erinnere ich mich an eine Lehrstunde. »Tres Fronteras. Das Dreiländereck Kolumbien-Brasilien-Peru.« Sie sieht mich erstaunt an. »So dumm bin ich nicht«, bemerke ich grinsend. Grinsen tut gut, selbst wenn es nicht ganz unbeschwert geschieht.

»Das habe ich nie behauptet«, sagt sie matt.

»Hier gibt es ganz schön viele Restaurants. Und so viele Menschen …« Ich staune wirklich über die ganzen Menschen, die nicht reich wirken, aber glücklich. Ganz im Gegensatz zu mir.

Allegra bleibt vor einem der Straßencafés stehen. »Wartest du hier kurz? Ich versuche meinen Cousin zu erreichen.«

»Hier?«, frage ich und blicke zu dem Café neben uns.

»Wenn du nicht inzwischen auf magische Weise an ein Telefon gekommen bist, dann hier, ja.«

»Natürlich«, sage ich und hocke mich auf die Mauer, während Allegra im Inneren des Cafés verschwindet. Ich muss nicht lange warten. Nach fünf Minuten ist sie wieder zurück.

»Und?«

Sie sieht wieder schlechter gelaunt aus. »Ich erreiche ihn nicht. Wir leihen uns jetzt einfach einen Wagen an einer der Stationen und versuchen, so zu ihm durchzukommen.«

»Ist es denn noch weit?« Die Hitze macht einem wirklich zu schaffen, und ich bin froh, dass ich ansonsten fit bin. Sport war immer eine meiner Ausgleichsmöglichkeiten zu Hause. Zu Hause … das gibt es jetzt nicht mehr.

»Es ist nicht weit, aber schwer zu erreichen. Und für einen Fußmarsch definitiv zu viel.« Schon zieht sie weiter und ich folge ihr.

Nach nur wenigen Minuten kommen wir an einen … ich weiß nicht … Bauwagen? Um diesen Bauwagen herum stehen fünf furchtbar aussehende Autos. »Hier leihen wir einen Wagen?«

»Genau«, gibt Allegra zur Antwort, als schon ein Mann, mittleren Alters aus dem Bauwagen steigt.

Er trägt eine ausgebeulte, beige Cordhose und dazu ein Unterhemd, das wahrscheinlich einmal weiß gewesen ist. Nach einem Gespräch von etwa drei Minuten wird Allegra der Schlüssel übergeben. Ich bezahle den Mann und das Ganze ist schneller erledigt, als ich angenommen habe.

»Dann mal los«, ruft sie und wirkt mit einem Mal gelöster, während sie auf eine der Schrottkarren zuhält.

»Ich fahre«, sage ich kurzerhand und weiß selbst nicht so genau, wo das herkommt. Sie sieht mich skeptisch an.

»Wie stellst du dir das vor?«

»Ich kann fahren.«

»Auf dem Hof eures Geländes. Nicht im Regenwald, durch den man sowieso kaum mit dem Auto durchkommt.«

Ich gehe an ihr vorbei, nehme ihr den Schlüssel aus der Hand und öffne die quietschende Tür. »Dann sollte ich schnellstmöglich lernen, auch hier zurechtzukommen, wenn wir den Rest unseres Lebens hier verbringen wollen.« Mit einem Grinsen steige ich ein und wohl oder übel nimmt Allegra auf dem Beifahrersitz Platz. Das Starten geht genauso, wie ich es kenne. Bisher habe ich alles unter Kontrolle.

»Du fährst von dem Parkplatz runter und dann immer die nächste Möglichkeit rechts hoch, bis wir zur Calle 15 kommen. Von da aus wird's schwieriger zu fahren. Ab da sollten wir tauschen.«

Ich antworte ihr nicht, folge ihren Anweisungen und kurz darauf tut sich eine ganze Menge Wald vor uns auf. Der Regenwald. Doch statt auf ihr erneutes Bitten, die Plätze zu tauschen, einzugehen, fahre ich einfach mitten hinein. Und es macht einen Höllenspaß.

»Tu mir zumindest den Gefallen und versenke uns nicht im Amazonas«, ruft Allegra genervt.

»Ich werde mich bemühen«, antworte ich lachend und versuche, keinen der Bäume zu erwischen. Hier ist es ganz schön grün, ganz schön eng und trotzdem so frei wie nichts, was ich je zuvor gefühlt oder gesehen habe. »Woher wissen wir, ob wir in die richtige Richtung fahren?«, frage ich, als erste Regentropfen durch das Dickicht und die ich weiß nicht wie viel Meter hohen Bäume auf unsere Scheibe treffen.

»Fahr langsamer«, sagt Allegra plötzlich angespannt.

»Was ist?« Ich blicke sie nur kurz an, und als ich wieder nach vorn sehe, hat der Regen sich innerhalb von Millisekunden so verstärkt, dass ich kaum noch etwas erkenne. Ich stelle die Scheibenwischer zur Hilfe an, aber die funktionieren kaum noch. »Scheiße.«

»Fahr vorsichtiger«, ruft Allegra streng. »Der Regen weicht hier sofort den ganzen Waldboden auf. Ich habe keine Lust steckenzubleiben.«

»Ich auch nicht«, sage ich und sehe angestrengt nach draußen. Sie kennt sich hier auch nicht besser aus als ich, und ihre Augen sind nicht schärfer als meine. Weshalb sie mir das ruhig zutrauen könnte. Schließlich bin ich schon öfter bei uns auf dem Gelände gefahren. »Ich schaffe das schon«, gebe ich nochmal hinterher, wobei ich wirklich fast nichts mehr sehe, so stark wie der Regen mittlerweile auf das Auto schießt. Vielleicht sollten wir einfach anhalten und warten, bis das Gröbste vorbei ist.

»Halt an, Elizabeth!«, schreit sie zeitgleich zu meinem Gedanken und erschreckt mich fürchterlich damit.

Doch im selben Moment ist es bereits zu spät. Direkt neben uns schlägt ein Blitz ein und ein viel zu dicker und breiter Ast kracht auf den Boden. Unseren Wagen verfehlt er nur um Haaresbreite. Ich verliere die Kontrolle und der Wagen rutscht unvermittelt ab. Das alles geht viel zu schnell. Mein Kopf prallt auf das beschissene Lenkrad vor mir und ich höre Allegra schreien.

# 4

## MICHELE

### ... UNERWARTETER FUND

Erst als der Starkregen nachlässt, verlasse ich das Dickicht, in dem ich Schutz gesucht habe.

Starkregen ist nicht ungewöhnlich für diese Gegend und das Amazonasgebiet ist ständig überflutet, aber dass der Himmel ausgerechnet jetzt aufreißt, während ich auf dem Weg zur Hütte bin, das habe ich nicht gebraucht. Ich hieve mir den Rucksack mit den Vorräten für vier Wochen über die Schulter und setze meinen Weg endlich fort. Bis zum Flugplatz in Leticia war ich mit meiner eigenen Maschine gekommen. Besser gesagt, Nicolo hatte mich geflogen. Und wenn ich es ihm nicht ausdrücklich untersagt hätte, sicher wäre er auch noch bis zur Hütte mitgekommen. Aber das, was bevorsteht, das will und muss ich alleine regeln. So, wie ich immer alles alleine regle. Und zwar, seit ich ein zwölfjähriger Junge war.

Mehrmals muss ich aufpassen, nicht abzurutschen. Der Boden ist komplett aufgeweicht und fast nicht passierbar. Von der drückenden Hitze erst gar nicht zu sprechen. Eigentlich bin ich zu früh dran. Zieldatum ist der 1. Juli, aber, als ich gestern Morgen aufgewacht bin, da war es wie ein

Mantra. So, als würde mein Geist mir befehlen, sofort aufzubrechen, um alles zu kontrollieren. Vorzubereiten und mich einzufinden in das Leben des Regenwalds.

Endlich kommt kein Wasser mehr vom Himmel, nur noch von den Bäumen tropft es herunter, und vielleicht habe ich Glück und meine Hose ist in spätestens dreißig Minuten von der Hitze getrocknet. Zumindest fühlt die Luft sich heute nicht ganz so feucht an wie sonst. Trotzdem wäre es mir lieber, man käme mit dem Boot näher in das Gebiet der Hütte, die ich extra für den Zweck, der bald bevorsteht, von meinen Männern habe bauen lassen.

Andererseits ist es gut, dass sie so tief verborgen liegt. Dass Easton Panait uns dort finden wird, ist nahezu unmöglich. Während ich weiterlaufe, denke ich noch einmal darüber nach, ob es nicht doch besser gewesen wäre, seine kleine Schwester auf mein Land zu bringen. Easton wäre es schier unmöglich, dort einzulaufen, ohne nahezu alle seine Männer dabei zu verlieren. Trotzdem habe ich mich damals bewusst dagegen entschieden, obwohl Nicolo ebenso wie Roberto mir davon abgeraten haben. Doch die Kleine hier draußen zu halten, ohne dass ihr Bruder sie finden kann, oder auch nur eine Ahnung hat, wo sie sich aufhält … das verleiht dem Ganzen doch direkt noch etwas Erfrischendes.

Ich will nicht viel von Panait. Nur seinen Tod und dass er mir darüber hinaus zurückgibt, was mir gehört. Und das wird er nur tun, wenn ich das habe, was er am meisten braucht. Seine kleine Schwester.

Mit Allegra und Roberto habe ich deshalb seit über sechs Monaten nicht mehr gesprochen. Jeden einzelnen Schritt sind wir hundert Mal durchgegangen, bevor sie für zwei Monate in unserer Heimat untergetaucht sind. Nur, um danach nach Miami aufzubrechen und Panait abzufangen. Sich bei ihm einzuschleichen. Mein Plan ist perfekt. Er ist hart, brutal – vor allem für die kleine Panait – aber es ist zu viel Blut geflossen, als das ich es anders handhaben könnte. Dieser Plan ist nicht meine erste Wahl gewesen. Ich bin zwar ein verfluchter Mistkerl, aber eigentlich liegt es mir fern, Unschuldige in etwas hineinzuziehen. Aber egal wie ich es drehe und wende … Das Mädchen ist meine einzige Chance auf Rache. Und nur diese Rachegedanken halten mich seit fünf Jahren am Leben. Hätte ich früher gewusst, dass es da noch jemanden in der Panait-Familie gibt, dann hätten wir das Ganze längst hinter uns. Doch das tote Arschloch Panait, genauso wie sein Sohn, haben diesen für sie kostbaren Schatz wohl gehütet.

Es gab rein gar nichts über sie herauszufinden. Keine Fotos, kein Name, nichts. Nicht mal bei der Geburtenstelle konnten wir etwas erfahren. Fast, als gäbe es das Panait-Mädchen gar nicht. Sie ist beinahe so gut unter Verschluss gehalten worden wie ich von meiner Familie. Der Unterschied liegt nur darin, dass ich besser bin. Und ich bin tödlicher. Vielleicht habe ich länger gebraucht, um hinter dieses Geheimnis zu kommen, aber es hindert mich nicht daran, bald das zu tun, was getan werden muss. Für meine Familie. Für meinen Seelenfrieden, sofern ich den in diesem Leben überhaupt noch finden kann.

Die extreme Anhöhe liegt vor mir. Wenn ich diese überquert habe, sind es noch etwa sechzig Minuten bis zur Hütte. Ich greife mit den Händen jeweils links und rechts in die Äste zweier Bäume und ziehe mich daran hinauf, über den rutschigen Boden. Als ich oben ankomme, folgt mein Blick einer Gruppe Affen, die aufgeregt auf dem Weg rechts hinunter in eine Senke sind. Und dann sehe ich etwas, das dort nicht hingehört. Etwas, das mitten in diesem Regenwald so grotesk aussieht, dass ich kurz meine Augen zusammenkneife. Nur um festzustellen, dass mein Blick mich nicht getrübt hat. Das Auto liegt mit der Schnauze tief im Morast versunken und das Heck hängt halb in der Luft. Autos sind nichts, was man hier so tief im Wald regelmäßig findet, und mein Blick richtet sich nach links, um nachzusehen, aus welcher Richtung der Wagen gekommen sein könnte. Je nachdem, von welcher Stelle aus man das Gebiet betritt, beziehungsweise befährt, ist es möglich, bis zu einem gewissen Punkt mit einem Wagen zu kommen. Doch schon alleine durch die Regenfälle, die einen immer wieder überraschen können, unterlassen die meisten solche Aktivitäten. Manchmal sind es Touristen, die mit Guides unterwegs sind. Doch selbst die nutzen eigentlich die Boote und wählen den Amazonas als Straße. Hier, mitten im Dickicht ein Auto … das kann nur jemand völlig unerfahrenes oder dummes gewesen sein.

Kurz überlege ich, ob ich mir überhaupt die Mühe mache, den Abhang hinunterzuklettern. Meine Sorge, dass jedoch relativ dicht an meiner Hütte jemand sein könnte, gewinnt allerdings und lässt mich absteigen. Kurz bevor ich die Schrottkarre erreiche, bleibe ich stehen. Meine Augen scannen die Gegend ab, doch außer der Gruppe Affen, die sich weiter nach hinten verzogen hat, während ich näherkam, ist alles unauffällig. Ich bleibe eine weitere Minute stehen und entschließe mich dann, nachdem ich meine Glock aus dem Halfter gezogen habe, zur Fahrerseite zu gehen. Ich schiebe mich langsam an der Seite vorbei, ohne das Auto zu berühren, springe ein Stück nach hinten und richte meine Waffe auf den Fahrersitz. Und dann sehe ich sie und bleibe wie angewurzelt stehen.

Eine junge Frau, mit Haut so hell wie Porzellan liegt mit dem Kopf auf dem Lenkrad. Ihr Gesicht erkenne ich nicht, da es von langem, dichten Haar bedeckt wird. Ihr rechter Arm hängt schlaff an ihrer Seite herab, während der andere auf dem mit einer Jeans bedeckten Oberschenkel liegt.

Ich mache einen Schritt nach vorn, richte mein Gehör genau auf sie aus. Im Zweifelsfall könnte es eine Falle sein. Aber wer wäre so dumm, dafür hier mitten in den Regenwald zu kommen? Ich verwerfe den Gedanken, gehe in die Hocke und erkenne erst, als ich mit meiner freien Hand die Tür öffne, dass ihr Fußknöchel von der eingequetschten Motorhaube in einem überdehnten Winkel steht. Als ich mich weiter vorbeuge, nehme ich trotz der schwülen Hitze einen frischen beerigen Duft wahr. »Hallo?« Meine Stimme klingt rau und belegt. Ich greife mit der Hand an ihre Schulter und ruckle kurz an ihr. Nichts. Wie dumm muss man sein, hier mit dem Auto reinzufahren? Ich frage mich sowieso, wie sie bis an diesen Punkt gekommen ist. »Hey, Mädchen!« Nichts. Vorsichtig ziehe ich sie an der Schulter zurück in den Sitz. Sie hat eine Platzwunde am Kopf. Ihre Augen sind geschlossen und ihr Mund … Fuck! Ihr Mund ist viel zu hübsch.

Das hier geht mich nichts an! Wenn jemand so beschränkt ist, mit dem Auto bis hierher in den Regenwald zu fahren und die Kontrolle dabei verliert … Sollen sich die Affen um sie kümmern. Ich habe andere Prioritäten. Energisch wende ich mich ab, stecke meine Waffe zurück und hangele mich ein paar Meter an den Ästen hoch, um die Anhöhe wieder zu erreichen. Bevor ich erneut wie angewurzelt stehenbleibe und mich wieder in Richtung des Wagens wende. Fuck! Das ist kein guter Anfang.

# 5

# ICHELE

## ... ENTSCHEIDUNGEN ODER MANTRA?

Sie hängt bewusstlos über meiner Schulter. Leicht wie eine Feder. Entgegen meinem bewussten Gedanken, was diese Nähe in mir auslösen sollte ... nämlich nichts. Dafür fühlt es sich allerdings verdammt gut an. Sonst fühlen sich Frauen nur gut an, wenn ich in ihnen bin.

Ich kann nicht mal sinnvoll erklären, warum ich zurückgegangen bin und sie vorsichtig aus dem Auto geholt habe. Als ich mich entschloss, sie nicht einfach sich selbst zu überlassen, waren es die Affen, die Beifall klatschten. Hätte ich die Hände frei gehabt, ich hätte sie für ihren Hohn bestraft. Jetzt schelte ich mich selbst. Bei jedem Schritt. Und jeder dieser Schritte führt uns nicht nach Leticia zurück – wo ich dieses Mädchen mit dem Beerenduft besser hinbringen sollte –, nein. Jeder Schritt bringt uns meinem Zielort näher. Dem Zielort, der eigentlich für eine andere Frau bestimmt ist. Und vor allem aus ganz anderen Gründen. Aber unlauter sind die Gründe wahrscheinlich für beide Frauen. Auch wenn ich nicht beabsichtige, diese hier zu töten, nehme ich sie doch nur zu einem bestimmten Zweck mit. Und dieser Zweck ist nicht viel besser als der Tod. Denn obwohl ich es nicht bewusst bösartig tue, lasse ich von einer Frau nicht viel übrig, sobald ich sie in meinen Händen hatte.

Es nutzt nichts, mir einzureden, dass ich das Mädchen mit dem langen schwarzen Haar bloß retten will. Ein heiliger Samariter, der war ich nie. Es ist schlicht und ergreifend so, dass ich sie will. Bloß einmal kosten. Eigentlich wusste ich es schon, nachdem ich sie mit dem Kopf auf dem Lenkrad hatte liegen sehen. Ihr Körper ist zu perfekt. Dazu ihr Gesicht … Aus irgendeinem Grund muss sie mir schließlich über den Weg gelaufen sein. Und für das, was ich in zwei Wochen geplant habe, für das andere Mädchen geplant habe, dafür kann dieses hier nur hilfreich sein. Es gibt zwei Dinge, für die ich lebe. Rache und Sex. Dabei ist das Erstere die Karosserie und das Zweite bloß der Brennstoff. Der Brennstoff über meiner Schulter scheint mehr als richtig zu sein. Denn bloß beim reinen Tragen ihres schlaffen Körpers, passiert mit meinem Schwanz genau das Gegenteil. Er verhärtet sich.

Mir ist vollkommen klar, dass das nicht richtig ist. Ganz davon abgesehen, dass ich nicht weiß, ob sie jemals wieder aufwacht. Es ist riskant. Sie könnte den Plan gefährden, wenn ich nicht aufpasse. Sollte sie also wieder aufwachen und ich von ihr gekostet haben … Ich kann sie nicht einfach so wieder von der Hütte aus verschwinden lassen. Um dieses Problem kümmere ich mich allerdings erst, wenn es so weit ist.

Nach einer guten Stunde erreichen wir endlich mein Zuhause für die nächste Zeit. Die Hütte liegt gut versteckt hinter dichtem Grünzeug. Trotzdem hat sie im vorderen Bereich genug Freifläche, dass man sie beinahe als kleine Ferienhütte bezeichnen könnte. Wenn auch wesentlich unkomfortabler. Sie wurde nur für den einen Zweck erbaut. Den Zweck meiner Rache. Und da ich sonst alles, was das Materielle anbelangt, im Übermaß besitze und außerdem in nicht unähnlichen Verhältnissen meine Jugend verbracht habe, macht mir diese Unterkunft für ein paar Wochen nichts aus. Die fast sichere Gewissheit, bald dort zu sein, wo ich seit mehr als fünf Jahren hinwill, macht alles leichter und erträglicher.

Die Tür ist nicht abgeschlossen. So weit hier raus kommt niemand. Deshalb stoße ich den Eingang mit dem Fuß auf, checke kurz, ob es tierische Eindringlinge gab oder gibt und lasse das fremde Mädchen dann vorsichtig auf dem Einzelbett in der Ecke direkt neben der winzigen Küchenzeile ab. Ich betrachte sie kurz, während ich den Rucksack abstelle. Sie ist wirklich fast perfekt. Genau so habe ich mir als Jugendlicher immer *mein Mädchen* vorgestellt. Die Vorstellung von nur einem Mädchen verflüchtigte sich allerdings schnell und dieses eine Bild verschwand. Es gibt zu viele Früchte, die gepflückt werden wollen, und ich benutze sie nur zu gerne für meine Zwecke.

Mein Blick liegt weiterhin auf ihr. Meiner schönen Fremden. Mich würde nur zu sehr interessieren, welche Farbe ihre Augen haben. Mit der engen Jeans wirkt sie einigermaßen geschützt vor den Moskitos. Durch die schwüle Hitze jedoch, muss es sich für sie anfühlen, wie in einer Sauna, deren Tür sich nicht mehr öffnen lässt. Jetzt steckt sie allerdings in größeren Schwierigkeiten als einer verschlossenen Sauna. Für die nächsten Tage sitzt sie in meinem Gefängnis fest und dazu kann man ihr nicht wirklich gratulieren. Sie trägt eine weit geschnittene weiße Bluse mit Rosenstickereien am Halsausschnitt. Die Blutstropfen direkt neben den Rosen, die von ihrer Kopfwunde herrühren, sehen aus wie gewollt. Ihre Lippen sind sinnlich geschwungen, und selbst in ihrem bewusstlosen Zustand erwecken sie den Eindruck, als würden sie nur darauf warten, geküsst zu werden oder sich um meinen Schwanz zu legen.

Kaum dass mir dieser Gedanke durch den Kopf fliegt, zuckt mein Schwanz und ich wende mich nur schwer von ihr ab, der Küchenzeile zu. Ich verstaue zuerst die Dinge, die zumindest etwas gekühlt werden sollten im Kühlschrank, gehe dann wieder hinaus und stelle das Stromaggregat ein. Auf dem Rückweg checke ich kurz, ob die Außendusche, die unmittelbar neben dem Eingang liegt, funktioniert und schlendere dann mit den Händen in meinen Hosentaschen wieder hinein, zu meiner verletzten schönen Fremden.

Der ramponierte Wagen, den wir hinter uns gelassen haben, enthielt nichts Offensichtliches darüber, dass sie nicht alleine gewesen wäre. Trotzdem hatte ich in einem kleinen Umkreis um die Unfallstelle herum nach Verletzten gesucht. Erst danach war ich dazu übergegangen, meine Hand auf ihr Herz zu legen, um ihren Herzschlag zu überprüfen. Und auch in diesem Moment, als ich mich vor das Bett hocke, erneut meine Hand auf ihre große runde Brust lege, schlägt es ruhig und gleichmäßig. Warum sie bewusstlos ist, kann ich nicht sagen, ich bin kein Arzt. Keine Ahnung, wie lange sie dort draußen schon lag. Das Blut an ihrer Stirn war noch relativ frisch, deshalb denke ich nicht, dass es allzu lange war. Doch unser Marsch hier in die Hütte hätte sie, wenn es nur eine kleine Ohnmacht nach einem leichten Schock gewesen wäre, wieder aufwachen lassen müssen. Ich entferne meine Hand erst, als ich einmal langsam über die Stelle streiche, an der ihr Nippel sein müsste und erhebe mich danach, um das Wasser in der Spüle laufen zu lassen. Nachdem ich einen der Lappen gut ausgewaschen habe, nähere ich mich ihr wieder und tupfe sanft ihre Stirn ab.

Auch jetzt gibt sie keine Regung von sich, weshalb ich mich nach einer Weile dazu entschließe, mir ihr Bein anzusehen. Wie gesagt, ich bin kein Arzt. Aber in dem Camp, in dem ich meine Jugend verbracht habe, in dem ich trainiert und auf das vorbereitet wurde, was ich heute bin, da habe ich gelernt, Verletzungen einzuordnen und einfachere Dinge zu verarzten. Doch mit der Hose, die sie an ihrem reizvollen kurvigen Körper trägt, wird das kaum möglich sein. Als ich den Knopf öffne und danach den Reißverschluss, ist es nicht so, dass es mir wirklich leidtut, genau das tun zu müssen. *Heilige Maria Mutter Gottes,* denke ich mir, während ich ihr das Teil über die Hüften nach unten ziehe. Ein winzig kleines Höschen, so weiß beinahe wie ihre Haut kommt zum Vorschein, und ich kann einzig und alleine nur auf den Hügel schauen, der sich darunter verbirgt. Mein Schwanz wird sofort hart und ich muss selbst lachen. Ich habe kein Problem damit, Frauen für meine Belange zu benutzen.

*Aber das hier, mein Lieber, das hier, das ist mehr als krank.*

Ich bin nicht zimperlich beim Sex. War es nie. Allegra zum Beispiel kann ein Lied davon singen. Meiner jeweiligen Bettpartnerin Schmerzen zuzufügen, bereitet mir wahnsinnige Lust. Sie wissen alle, worauf sie sich einlassen, wenn ich nach ihnen rufe. Und es war noch keine dabei, die sich mir entzogen hätte. Ich bin ein Schweinehund. Durch und durch. Aber das ist es eben, was ich bin. Ich werde niemals ein anderer sein. Selbst wenn ich wollte. Dafür haben mein Verstand und mein nicht mehr vorhandenes Herz zu viel gesehen und erlebt.

Meine Hände, mit denen ich die Jeans der Fremden jetzt über ihre Füße ziehe, haben schon zu viel Blut vergossen, als dass sie jemals etwas anfassen könnten, ohne es dabei zu zerstören. Und ich kann nie nur eine Frau zerstören. Weil ich mich nie an eine binde. Es nie getan habe. Da kommt Allegra dem, was man eine Partnerin nennen könnte, schon am nächsten. Sie ist eine Schlampe, da mache ich mir nichts vor.

Und doch ist sie die Schlampe, der ich am meisten vertraue. Im Prinzip steht sie nur auf meine sexuelle, gewalttätige Rohheit. Und auf mein Geld ... Es geht ihr gut in unserer Gruppierung. Ich kann sie ficken, wann und wie oft ich will. Und dazu ist sie noch eine ausgezeichnete Kämpferin. Genauso muss ich aber ehrlich zugeben, dass es angenehmer war, sie in den letzten sechs Monaten nicht bei mir zu haben. Sie hat getan, was ich von ihr verlangt habe. Und nur dazu ist sie bei mir. Genauso wie Roberto tut, was ich verlange. Und da ich die beiden genau kenne, kann ich mir nicht vorstellen, dass sie unseren Plan, sich als Geschwister auszugeben, Vertrauen aufzubauen und in zwei Wochen genau hier mit der kleinen Panait aufzutauchen, nicht erfüllen werden.

Auf jeden Einzelnen meines Kartells ist Verlass. Wäre es nicht so ... Sie alle wissen, was mit ihnen geschieht, sollten sie unzuverlässig werden oder mich verraten. Erschwerend kommt hinzu, dass ich mir niemals zu schade dafür bin, auch die unangenehmen Dinge selbst zu erledigen. Ganz im Gegenteil. Ich schicke nicht wie Easton Panait meine Männer für die Drecksarbeit vor. Ich bin der, der vorangeht.

Als ich spüre, wie mein Hass und meine Wut sich beim Gedanken an das *Panait-Kartell* aufbauen, nehme ich meine Hände von den Füßen der Fremden, da ich zu fest in ihr Fleisch drücke. Selbst jetzt liegt sie da wie ein Engel. Ruhig, schlafend und wunderschön.

Ich fokussiere mich wieder, betrachte ihr linkes Bein, ihren Knöchel und sehe deutlich die Verfärbungen, die sich dort bereits sammeln. Wenn sie Glück hat, ist der Fuß nur überdehnt. Etwas schwieriger wäre es, wenn der Knöchel gebrochen ist. Doch auch das ist nicht dramatisch. Ungünstig wäre allerdings, wenn eine Sehne oder ein Muskel beschädigt ist. Vorsichtig ergreife ich ihren Fuß, hebe ihn leicht an und blicke wieder hoch zu ihrem Gesicht. Nichts. Auch als ich den Fuß sanft und kreisend bewege, bleibt sie im Tiefschlaf. Es fühlt sich nichts gebrochen an. Was das Muskuläre angeht, kann ich es nicht ausmachen. Doch mit meiner Erfahrung gehe ich tatsächlich davon aus, dass der Fuß einfach verstaucht oder überdehnt ist. Nur die Zeit wird das wieder in Ordnung bringen. Und Zeit ist etwas, was ich nicht im Übermaß besitze.

Ich stehe auf, greife nach der dünnen Leinendecke und lege sie bis zum Ansatz ihrer Brüste über sie. Danach tränke ich zwei weitere Lappen in kaltem Wasser. Den einen lege ich auf ihre Stirn, den anderen wickle ich um den Knöchel. Wieder betrachte ich sie einige Minuten. Streife mir dann die Hose ab, ziehe mein Shirt über den Kopf und stelle mich draußen unter die Dusche. Das ist es jetzt, was ich brauche. Eine Dusche. Und das Entleeren meiner prall gefüllten Eier. Ich komme laut.

Mein Stöhnen hallt durch das Amazonasgebiet und neben meinem Rachewunsch, habe ich nur noch einen weiteren: Dass meine schöne Fremde am nächsten Morgen aufwacht und einzig und alleine für meine kranke Lust zur Verfügung steht.

# 6

# ICHELE

## ... AUCH DIE AUGEN ESSEN MIT

Die Nacht habe ich hier draußen in der Hängematte verbracht. Viel Schlaf war dabei nicht drin. Das lag aber weniger an der Hängematte oder der Hitze. Immer wieder zog es mich in die Hütte zu meiner schönen Fremden. Wach habe ich sie kein einziges Mal angetroffen, und da ich sowieso schon mal drinnen war, befeuchtete ich ihre Tücher jedes Mal neu.

Während ich jetzt der aufgehenden Sonne über dem Amazonas zuschaue, driften meine Gedanken in die Vergangenheit.

Ich lebe oft in der Vergangenheit. Mein Vater war ein vermögender Mann. Rechtschaffenes, geerbtes Geld besaß er, nachdem mein Großvater das Zeitliche gesegnet hatte. Mein Vater selbst war nicht so rechtschaffen. Zumindest nicht, was seine Geschäfte anbelangte. Was das Familiäre betraf, da war er kaum zu toppen. Ein echter Italiener eben. Er liebte meine Mutter über alles, war immer gut zu mir. Doch sein neu erlangtes Geld, das investierte er in den Drogenhandel. Einzig aus dem Grund, weil dort noch mehr Geld zu holen war. Und er war gut, in dem, was er tat. Den Zweig hat er damals mit seinem besten Freund aufgebaut und schnell waren die beiden Männer eine große Konstante im Süden Italiens. Doch sie wollten mehr. Hatten gehört, dass man in Amerika gutes Geld machen könne. Also teilten sie sich auf. Da war ich sechzehn Jahre alt. Meine Familie ging mit einigen der Wachen ins große Land und mich ließen sie zurück. Damit ich meine Ausbildung zum Nachfolger meines Vaters absolvierte. *Einen besseren Ort als unsere Heimat Italien, den gibt es dafür nicht,* sagte mein Vater immer. Ich war bereits sehr früh in das Camp gekommen. Ein Ausbildungscamp, das mein Vater mit seinem damaligen Kompagnon ins Leben gerufen hatte. Mitten in den verlassenen Bergen Italiens lernten Jungen ab vierzehn, das Kämpfen, Töten, Überleben. Es gab dort ausschließlich Männer. Wachen, Ausbilder und uns Schüler. Wer etwas Spaß haben wollte, der musste einige Kilometer hinter sich bringen. Ich habe im Camp mehr Zeit verbracht als zu Hause bei meiner Familie. Von daher machte es mir auch nichts aus, dortzubleiben.

Und so wurden aus den geplanten Wochenendbesuchen, nur noch Wochenendtelefonate, die ich mit meiner Familie hatte. Ich kam gut damit klar. Ich wusste immer, dass meine Familie mich liebte und für mich da sein würde. Egal, wie lange wir uns nicht sahen. Das änderte sich aber auf einen Schlag.

Mein Dad hatte in den Staaten Kontakt zum *Panait-Kartell* hergestellt. Panait war damals schon eine wahre Größe in gewissen Geschäften. Laut meiner Mutter wurden die Panaits und meine Familie annähernd so etwas wie Freunde. Von mir wusste und weiß in Amerika aber niemand etwas. Eine Taktik meines Vaters. Eine sehr schlaue. Auch wenn sie eigentlich nicht für die Panaits vorgesehen war, kommt sie mir jetzt zugute. In Amerika gibt es mich einfach nicht. Weder die Panaits noch sonst irgendjemand dort weiß, dass meine Eltern einen Sohn haben.

Damals liefen, laut meinem Vater, die gemeinsamen Geschäfte sehr gut. Bis die *Angelos*, so nannte sich das Kartell meines Vaters, dem alten Panait zu groß wurden. Er wollte keinen Konkurrenten und auch keinen so starken Partner. Alles, was er je wollte, war ein Unterstellter, durch den er noch mehr Geld verdienen konnte. Wochenlang erzählte mein Dad mir bei unseren Telefonaten, dass das Verhältnis zwischen ihnen immer schlechter wurde. Bei unserem letzten Gespräch teilte er mir mit, dass Panait ihn mittlerweile erpresse. Sollte mein Vater nicht so agieren, wie er es verlangte, würde das drastische Folgen für seine ganze Familie haben. Dad sagte mir damals, dass er sich niemals erpressen lassen würde und die Angelegenheit nun ein für alle Mal klären wolle. An einer weiteren geschäftlichen Verbindung mit Panait habe er kein Interesse mehr.

Drei Tage später waren meinen Eltern tot. Aufgefunden von einer ihrer Wachen in ihrem eigenen Schlafzimmer. Man hatte ihnen die Kehlen durchgeschnitten und sie danach, oder vielleicht sogar davor, an der Wand festgenagelt.

Es war damals das erste Mal, dass ich in die Staaten flog. Ich selbst nahm meine Mutter und meinen Vater von der Wand ab, bevor wir sie beerdigten. Das *Angelo-Kartell* war damals schon groß genug, sodass die Cops umgangen werden konnten und wir keine weiteren Probleme bekamen. Meines Erachtens nach war das kein würdiger Tod für meine Eltern. Aber ich weiß, dass mein Vater das anders gesehen hätte. Für ihn war es zumindest ein würdevollerer Tod, als dass er Panaits Forderungen, sich zu unterwerfen, nachgekommen wäre.

An diesem Abend vor sechs Jahren haben weder die Wachen meiner Eltern etwas mitbekommen, noch hatten sie

Schreie oder sonstiges gehört. Auch gab es danach keine Forderungen oder irgendetwas anderes, das auf die Mörder hätte schließen lassen. Nichts. Es war einfach, als habe es die Verbindung zwischen dem *Panait-Kartell* und dem *Angelo-Kartell* nie gegeben. Für mich allerdings war klar, wer meine Familie ausgelöscht hatte. Panait.

Ich brach meine Ausbildung, die von der Dauer her so oder so längst vorbei war, ab, ließ alles hinter mir und übernahm das, was mein Vater in Amerika aufgebaut hatte. Allerdings blieb ich nicht in Miami. Ich wechselte nach Kolumbien. Nahm das, was an Wachen da war, mit und baute mich über die letzten sechs Jahre auf. Ich ging weiter, als mein Vater es jemals getan hatte. Zum Drogenhandel kam der Waffenhandel. Und weil ich noch größer sein wollte – nicht um des Geldes Willen, ich brauchte Macht –, kam der größte Escortservice Kolumbiens dazu, genauso wie eine eigene Filmfirma. *D'Angelo* ist mittlerweile auf der halben Welt bekannt, nur niemand, und vor allem nicht Panaits Sohn und Nachfolger Easton, hat je eine Verbindung zwischen mir und meinem Vater herstellen können. Und D'Angelo ist nun mal mein richtiger Name. Heute kennt jeder Michele D'Angelo. Man fürchtet das *D'Angelo-Kartell*. Ich habe so viel Geld, dass ich es in meinem ganzen Leben nicht ausgeben kann. Ich habe so viele Wachen, dass es Panaits beinahe ums Doppelte übersteigt. Ich habe extrem viel Blut an meinen Händen, sodass ich nicht mal in der Hölle eingelassen würde. Und ich habe solch ein Rachebedürfnis in mir, dass Easton Panait sich wünschen wird, niemals geboren worden zu sein. Und wäre Easton Panait nicht so ein schwächlicher Feigling, der niemals selbst etwas in die Hand nimmt, außer seine Bitches, wäre er bereits seit Jahren mein Gefangener. Selbst sein Alter hatte mehr Arsch in der Hose.

Als ich damals nach der Ermordung meiner Eltern über ein paar Wochen alles umsiedeln musste, Kontakte knüpfen musste, dachte ich, meine Rache schon früh ausführen zu können. Ich schaffte es, den alten Panait und seine Frau abzufangen. Einfach auf der Straße. Es gab eine einzige Strecke, die die beiden immer wieder zur gleichen Zeit und am gleichen Tag mit dem Auto fuhren. Ohne Wachen. Von einem Golfplatz aus, der nur zwei Kilometer von ihrem Hauptsitz entfernt war, zurück. Ich fing sie ab. Schliff sie in einen abgelegenen unterirdischen und vor allem einen verlassenen Bunker. Und doch brachte es nichts. Der alte Panait ließ sich nichts von dem entlocken, was ich wissen wollte. Als beide tot waren, verfrachtete ich sie zurück in ihr Auto und ließ sie am Straßenrand stehen.

Doch es reicht mir nicht. Ich will die gesamte Familie auslöschen. Ich will, dass sie alle, jeder Einzelne, leiden … Ich will, dass sie verstehen, was es heißt, alles zu verlieren. Dass sie wissen, wie es ist, zu töten, weil einem nichts anderes übrigbleibt. Jetzt ist Easton Panait an der Reihe. Wir alle treffen unsere Entscheidungen. Ich habe mich bewusst dafür entschieden, die Nachfolge meines Vaters anzutreten. Noch größer zu werden. Noch brutaler. Mein Vater hat trotz allem das er war, nie gerne getötet. Früher wollte ich das alles auch nicht.

Zu Anfang meiner Kampfausbildung hatte ich noch ganz andere Pläne. Auch damals schon wollte ich zwar im eigentlichen Sinne das Geschäft übernehmen – und dafür muss man einfach kampfausgebildet sein –, doch nie lag mein Fokus darauf, Menschen töten oder verletzen zu wollen, um an Geld zu kommen und das Geschäft aufrechtzuerhalten. Ich hatte mir sogar zurecht gesponnen, wenn ich die Nachfolge antreten würde, aus dem Drogengeschäft auszusteigen. Ich wollte mein Geld mit legalen Dingen verdienen. Das alles wurde irgendwann hinfällig. Erstens durch etwas, das mir im Camp geschehen ist, als ich noch neu und jung war. Und ... als Panait meine Familie auslöschte. Aus Habgier und Missgunst. Heute bin ich zu einem Mann geworden, der ich früher nie sein wollte. Ein rachsüchtiger, mordender Kartell-Boss. Ein Mann, der nur bei dominantem Sex kommt. Ein Mann, der bereits innerlich tot ist, wenn da nicht noch diese eine Aufgabe wäre.

Easton Panait hätte sich im Gegensatz zu mir, dazu entscheiden können den Menschenhandel und das Massenzüchten, das sein Vater in die Welt gerufen hatte, aufzugeben. Er hätte alles anders, besser machen können. Er tat es nicht. Es war also schlussendlich seine eigene Entscheidung, dass er durch meine Hand sterben wird.

Als ich plötzlich von drinnen ein leises Seufzen höre, komme ich zurück ins Hier und Jetzt und ein Lächeln breitet sich auf meinem Gesicht aus. Meine schöne Fremde ... Ich habe sie gerade zum ersten Mal gehört.

Langsam und mit Bedacht, steige ich aus der Matte, fahre mir mit beiden Händen durch die Haare. Wenn sie jetzt die Augen aufschlägt, wenn ich zu ihr eintrete ... was mache ich dann als Erstes? Ich werde sie kaum direkt nehmen können. Sie kennt mich nicht. Weiß noch nicht mal, wie sie hier in diese abgelegene Hütte kommt. Allerdings bin ich auch kein Mann für seichte Romanzen. Frauen wie Allegra, mit denen ich auch Gespräche führe, statt sie nur zu benutzen, auch wenn es sich dabei eigentlich um geschäftliche Gespräche handelt, tragen mir gerne zu, dass ich ein knurriger, verschlossener Typ sei. Sie haben recht. Das würde ich niemals abstreiten. Doch hier, tief im Dschungel des Amazonas ... mit der kleinen Schönheit ... werde ich mir wohl kurzzeitig etwas mehr Mühe geben müssen.

Neben der Außendusche befindet sich ein kleines Waschbecken, direkt vor dem Fenster. Ich stelle das Wasser an, wasche mir mein Gesicht und sehe durch die Scheibe. Genau auf das Bett in dem sie liegt. Genau auf die Fremde. Ihr Gesicht ist mir zugewandt, die Augen sind immer noch geschlossen. Vielleicht hat sie sich einfach nur kurz bewegt. Selbst das wäre etwas Neues. In den zwölf Stunden, die wir hier sind, lag sie immer da wie eine unbewegliche, wunderschöne Tote.

Ich trockne meine Hände mit einem Tuch, beschließe, heute etwas später zu duschen und mache mich auf den Weg in die Hütte. Kurz bleibe ich neben ihr stehen. Betrachte sie wieder. Es macht mich schon an, sie bloß anzusehen. Ihre Gesichtszüge mit meinen Augen abzuscannen. Weiter hinunter über ihre Brüste zu fahren, bis zu ihrem Bauch ... ihrem Hügel ... All das erregt mich wahnsinnig und ich habe einen Dauerständer. Während ich zum Kühlschrank gehe, um mir eine der Wasserflaschen zu holen, bin ich mir fast sicher, dass sie mich nur so erregt, weil etwas Wichtiges bevorsteht. Weil ich endlich zu meiner Rache kommen werde. Ich hatte viele schöne Frauen. Und nur, weil sie einem gedanklichen Abbild meiner Jugendfantasie ähnelt, einem Bild, das ich mir perfekt zusammengesponnen hatte, muss sie in mir nicht mehr auslösen als irgendeine andere Frau. Sie war einfach zum richtigen Zeitpunkt am richtigen Ort. Zumindest, was mich betrifft.

Das kalte Nass rinnt meinen Hals hinab und mir kommt der Gedanke, dass die Kleine seit Stunden keine Flüssigkeit zu sich genommen hat. *Das müssen wir ändern, Hübsche.* Ich gehe vor dem Bett in die Hocke, schiebe meine Hand unter ihren Kopf und hebe ihn leicht an. Sie bleibt weiter regungslos. Mit dem Flaschenhals an ihren vollen Lippen warte ich darauf, dass sie etwas trinkt, aber sie macht es natürlich nicht. »Komm schon, meine Hübsche«, sage ich, »Wasser ist wichtig für deinen Körper.« Während meiner Worte sehe ich wieder zu ihren Brüsten, ihrem flachen Bauch, von dem sie sich selbst die Decke weggezogen haben muss. Nach zwei Minuten gebe ich auf. Es kommt keine Reaktion. Ich muss ihr noch etwas Zeit geben. Wenn sie inzwischen schon ihre Gliedmaßen bewegt, kann es nicht mehr lange dauern, bis sie ganz in die Wirklichkeit zurückkommt. Ich überlege, ob ich sie hier für eine Zeitlang alleine lassen kann. Ich muss Holz schlagen, um das Essen erhitzen zu können. Muss mehr Früchte besorgen … ich kann sie alleine lassen. Selbst wenn sie aufwachen sollte, ihr Knöchel ist mittlerweile so dick, grün und blau, dass sie sowieso nicht weit käme. Außerdem weiß sie nicht, wo sie ist. Sie wird bleiben, bis ich zurückkomme. Und sollte sie sich verstecken … werde ich sie finden.

***

Zwei Stunden später liegt sie noch so da, wie ich sie verlassen habe. Bis die Nacht hereinbricht, kühle ich immer wieder ihre Verletzung. Bin ich nicht damit beschäftigt, sitze ich am Tisch und betrachte sie. Sie ist perfekt schön. Wirkt verletzlich und daneben deutlich zu reizvoll für mich. Immer wieder ertappe ich mich dabei, wie meine Augen über ihren Körper wandern, statt mich auf das seelisch und mental vorzubereiten, was bevorsteht. Panaits kleine Schwester. Vielleicht habe ich mich auch schon zu lange mit diesen Gedanken auseinandergesetzt. Zu lange über nichts anderes nachgedacht … Vielleicht schickt der Himmel mir diese Kleine, auch wenn ich nicht denke, dass genau der Geschenke für jemanden wie mich übrighat.

# 7

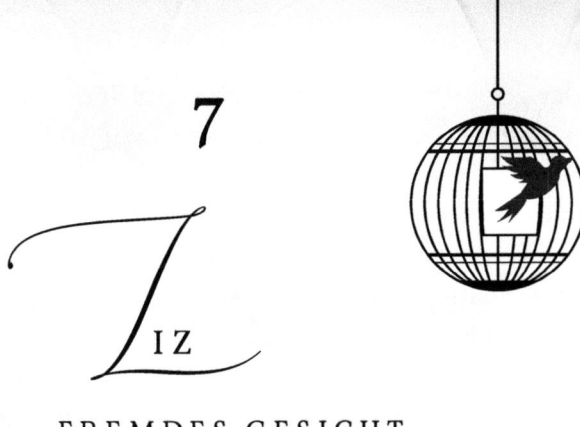

## ⅬIZ

## ... FREMDES GESICHT

Mit einem hammermäßigen Druck im Kopf wache ich auf. Ich brauche einen Moment, um mich zu sortieren. Um zu verstehen, was passiert ist. Easton, die geplante Hochzeit, die Flucht, Robertos Tod, der Flug nach Kolumbien, der Regenwald, der Starkregen, Allegras Schrei und letztendlich mein Kopf, der heftig auf das Lenkrad knallt. Danach war alles dunkel.

Ebenso wie jetzt. Meine Augen habe ich nur einen Spalt breit geöffnet. Bis auf die leisen Tiergeräusche, die von irgendwoher kommen, ist sonst nichts zu hören. Meine Finger betasten das Material unter mir und es ist definitiv nicht mehr der Sitz der Schrottkarre, mit der wir abgestürzt sind. Man muss uns gefunden haben. Uns in ein Krankenhaus gebracht haben. Wenn man meine Versichertenkarte in meiner Tasche gesucht und gefunden hat, wird Easton nicht weit sein. Ich weiß, dass er weiß, wie man Personen ausfindig macht.

Ich versuche, mich zu orientieren. Versuche, mehr von diesem Raum auszumachen, der nur vom Nachtlicht erhellt wird, das sanft durch die zwei kleinen Fenster von der gegenüberliegenden Seite eindringt. Doch als ich meine Beine aus dem Bett bewegen will, fährt ein höllischer Schmerz durch einen meiner Fußknöchel. Der Schmerz ist stärker als mein Kopfdröhnen und ich bleibe wie erstarrt in der Position, in der ich mich gerade befinde. Scheiße! Wir müssen hier raus. Müssen weg. Ich habe keine Ahnung, ob Allegra mit mir im selben Zimmer ist.

Bisher kann Easton noch nicht eingetroffen sein, denn sonst läge ich jetzt nicht in einem winzigen spärlichen Krankenzimmer in Kolumbien, sondern in unserer eigenen Krankenstation auf dem Panait-Gelände. Ich muss mich zusammenreißen. Muss versuchen, dieses Bett zu verlassen. Und dann bleibt uns nichts weiter, als erneut zu fliehen. »Bist du da?«, frage ich mit leiser Stimme, und sofort nehme ich eine Bewegung vor dem Fenster wahr. *Bitte, lass das Allegra sein. Lass es nicht Easton oder eine seiner Wachen sein.* Ich erstarre, als die Tür aufgestoßen wird und ein großer dunkler Schatten im Türrahmen erscheint. Definitiv ist das nicht Easton. Es ist zwar ein Mann, das ist ganz klar, der Statur nach, aber er ist wesentlich größer und auch breiter als mein Bruder. Für einen Augenblick geschieht gar nichts. Weder gebe ich einen Ton von mir, noch sagt der Fremde etwas. Doch das Gefühl, dass das da, drei Meter vor mir, kein Krankenpfleger oder Arzt ist, wird immer größer. Dann plötzlich setzt er sich in Bewegung. Hält auf mich, auf das Bett zu und mein Atem, genauso wie mein Herz beschleunigen sich. Kurz bevor er mich erreicht, wendet er sich doch leicht nach links ab und bleibt drei Schritte weiter stehen. Ich kann ihn immer noch nicht wirklich erkennen. Was ich sehe, ist, dass er definitiv kein Oberteil trägt, und während er etwas vor sich öffnet, was ich für eine Art Kühlschrank halte, sehe ich deutlicher, was oder wer der Fremde ist. Mein Magen flattert bei seinem Anblick und ich bin mir unsicher, wie ich reagieren soll. Was das alles hier soll. Ich starre wie gebannt auf einen breiten starken Rücken und wandere mit meinen Augen hoch in seinen Nacken, auf den ein Kreuz tätowiert ist. Allerdings sieht es so aus, als besäße dieses Kreuz seitlich Flügel. Und unter diesen Flügeln kommen Narben hervor. Zwei schwache, die ich von hier aus kaum erkenne und eine etwas breitere. Bevor ich ihn noch weiter angaffen kann, schließt er die Kühlschranktür, dreht sich wieder in meine Richtung und verschmilzt mit der Dunkelheit zu einem Schemen. Sobald er seine Füße bewegt, weiß ich, dass er diesmal wirklich auf mich zukommt. Ein seltsam heftiges Kribbeln macht sich in meinem Bauch breit und erst, als ich meinen Kopf leicht bewege, fallen mir meine Kopfschmerzen wieder ein. Vor meinem Bett stoppt der Fremde. »W… wo bin ich?«, frage ich leise.

»Du musst trinken.« Seine Stimme ist rau, dunkel, sinnlich, mit einem ganz leichten Akzent. Vielleicht Spanisch oder Italienisch.

Er beugt sich nicht zu mir herunter, sondern hält mir einfach die Flasche, die ich jetzt erkenne, vor die Nase. Ich antworte ihm nicht. Irgendwie macht er mir Angst. Das alles hier macht mir Angst. Trotzdem flattert etwas, das ich nicht benennen kann, in meinem Bauch, als er mir so nah ist. Zaghaft bewege ich meine Hand der Flasche entgegen und umgreife sie ganz weit unten, damit ich seine Finger nicht streife. Sobald ich sie in der Hand habe, lässt er los und tritt einen Schritt zurück. Erst als ich einen Schluck aus der Flasche nehme, merke ich, wie durstig ich tatsächlich bin. Außerdem bemerke ich zeitgleich meine Blase. Was gar nicht gut ist. Denn mir ist ganz klar, dass ich nicht selbst aufstehen kann. Nicht mit diesem Fuß. Das heißt, dass ich seine Unterstützung brauchen würde. Und ich bin mir nicht sicher, ob ich diesem Fremden so nah kommen möchte. Ich nehme einen weiteren großen Schluck, während er einfach nur dasteht und, glaube ich, auf mein Gesicht sieht. Als ich Anstalten mache, die Flasche auf den Boden zu stellen, ist er viel zu plötzlich wieder da und nimmt sie mir aus der Hand.

»Brauchst du sonst noch was? Es ist mitten in der Nacht. Wir sollten schlafen.«

Oh Gott … diese Stimme. Mein Blut scheint schneller zu zirkulieren, wenn er spricht. Ich habe keine Ahnung, warum ich mich nicht traue zu fragen, wo ich bin. Vielleicht weil ich Angst habe, dass er mir sagt, dass er ein Mann meines Bruders ist. Und als ich ansetze, auf seine Frage zu antworten, kommt erst nur ein Krächzen über meine Lippen.

»I… ich… ich müsste mal auf die Toilette.« Ich höre etwas ähnliches wie ein leises Brummen oder Knurren über seine Lippen kommen und drücke mich tiefer in die Matratze. Ich frage ihn das auch wirklich nicht gerne, doch je öfter ich an meine Blase denke, desto dringender muss ich.

»Hat das keine Zeit bis morgen früh?« Er hört sich verstimmt an. Und angsteinflößend.

»Tut mir leid«, sage ich leise und diesmal bin ich wieder Herr meiner Stimme.

»Zu viel Bewegung solltest du heute und morgen noch vermeiden.«

Er meint mein Bein. Meinen Knöchel. Ob er doch ein Arzt ist? Aber ein halb nackter Arzt? *Du hast dir ganz schön den Kopf gestoßen, Elizabeth*, denke ich mir.

»Aber wenn es sich nicht umgehen lässt. Allerdings müssen wir raus.«

Erneut versuche ich, meine Beine vorsichtig zur Seite zu bewegen. Doch plötzlich wird mir die Decke weggerissen und ich registriere zum einen, dass ich nichts weiter als meine Unterwäsche trage, und zum anderen, dass dieser Mann seine Hände um meine Taille legt und mich hochhebt, als würde ich rein gar nichts wiegen. Ich will schon protestieren, doch da hebt er mich schon über seine Schulter, und wirft mich wie einen nassen Sack darüber.

»Anders wird es nicht funktionieren. Also verhalte dich ruhig.«

Eigentlich ist es nicht viel mehr als eine Feststellung. Eine reale Feststellung. Er hat recht. Ich kann mit diesen Schmerzen unmöglich selbst gehen. Aber aus seinem Mund, mit diesem rauen tiefen Timbre, hört es sich an wie eine tödliche Drohung. Weshalb ich leicht nicke und mich von ihm durch die Tür, hinaus in die Nacht tragen lasse. Und was ich dabei feststellen muss … dass mir sein warmer Körper deutlich zu gut gefällt. Ich meine … er ist ein völlig Fremder. Ich muss mir wirklich schwer den Kopf gestoßen haben.

Er macht ein paar Schritte um das Gebäude herum, das, wie ich sehen kann, eher einer Hütte gleicht. Und … *bei Gott!*, das hier ist definitiv kein Krankenhaus. Das hier ist eine winzige Hütte, mitten im Regenwald.

Plötzlich bleibt er stehen. »Zieh dein Höschen runter.«

»Bitte?« Meine Stimme ist schrill und hallt durch die Nacht.

»Wäre es dir lieber, wenn ich es tue?«

Sofort schießt Hitze durch meinen Körper, als er es sagt. »Ich schaffe das schon. Lassen Sie mich einfach ab.«

»Wie du meinst.«

Schneller als ich Aua schreien kann, hat er mich auf beide Beine abgestellt.

»Durch den Vorhang. Ruf, wenn du fertig bist.« Und dann ist er weg.

Ich hebe schnell mein verletztes Bein in die Höhe und wende meinen Kopf, aber er ist bereits um die Ecke verschwunden. Vor mir steht ein kleiner viereckiger Kasten, mit einem Vorhang als Tür. *Wunderbar*, denke ich mir, während ich ihn zur Seite schiebe. Ich weiß nicht, was nach dem Unfall passiert ist. Ich weiß nicht, was mit Allegra ist, und ich weiß schon gar nicht, wer der Mann mit der rauchigen Stimme ist, der mich gerade über seiner Schulter zu einer Art Plumpsklo im Regenwald gebracht hat. Gott sei Dank entpuppt sich das Plumpsklo doch nicht als solches, nachdem ich den Vorhang beiseitegeschoben habe. Ich halte mich am Rahmen des Kastens, Containers, ich weiß es nicht, fest und ziehe mein Höschen erst herunter, nachdem ich den Klodeckel angehoben habe. Jede noch so kleine Bewegung schmerzt höllisch in meinem Bein, weshalb ich mich auch nicht auf die Angst konzentrieren kann, dass vielleicht irgendwelche Tiere hier um meine Beine herumkrabbeln. Ich habe extra den Vorhang nicht ganz geschlossen, damit zumindest etwas Mondlicht den Boden erhellt. Eilig entleere ich meine Blase, richte mich umständlich wieder auf und suche mit den Fingern nach dem Abzug. Doch da ist keiner.

»Du glaubst nicht wirklich, dass es hier draußen eine normale Toilette gibt?«

Seine Stimme kommt so unerwartet, viel zu nah bei mir an, dass ich panisch mein Höschen hochzerre und dabei beinahe hinfalle. Aber der Fremde ist schneller. Seine Hände umgreifen fest und erneut meine Taille und heben mich wieder über seine Schulter.

»Ich werde das später mit dem Eimer nachspülen. Wenn du jetzt nichts mehr brauchst, schlafen wir weiter.«

Ich antworte nicht. Lasse mich von ihm zurück in das Bett tragen und frage auch nichts, als er mich zudeckt, eine Weile vor mir stehenbleibt und mich definitiv wieder ansieht. Was guckt er immer? Es ist sowieso kaum etwas zu erkennen. Alles, was ich wahrnehme, ist sein starker, sicher effizient durchtrainierter Körper und sein ganz eigener Geruch. Ich kann ihn nicht benennen, weiß nur, dass er genauso anziehend ist wie seine Stimme.

Und dann ... ohne ein weiteres Wort, wendet er sich ab und schließt die Tür hinter sich. Ich weiß nicht, wo er jetzt ist. Vor dem Eingang war, glaube ich, so etwas wie eine Hängematte. Ich konnte es über seiner Schulter liegend nicht richtig erkennen. Warum bin ich hier? Wo steckt Allegra? Kurz kommt mir der Gedanke, ob er vielleicht ihr Cousin ist. Der, zu dem wir sowieso wollten. Abwegig wäre es nicht ... Aber warum sagt er dann nichts weiter? Warum sagt er mir nicht, was nach dem Unfall passiert ist und wo meine Freundin ist? Nein, er kann nicht ihr Cousin sein. Dessen bin ich mir in diesem Moment fast sicher. Der zweite Gedanke allerdings ist einer, der mich erzittern lässt. Wenn dieser Mann dort draußen die Tür bewacht ... wenn dieser Mann mir freiwillig keine Informationen gibt ... wenn dieser Fremde so abweisend ist, wie er ist ... kann das nur bedeuten, dass er doch zu meinem Bruder gehört. Dass Easton mich längst gefunden hat und dass das hier meine Bestrafung ist. Eine einsame Hölle mit einem attraktiven fremden Mann, der mich ... Ich kann mir nicht vorstellen, was dieser Mann mit mir vorhat, oder was Easton für mich geplant hat. Ich weiß nur, dass ich vorsichtig sein muss und dass der Fremde mich nicht so faszinieren sollte, wenn ich nichts von ihm weiß, außer, dass er mir vielleicht den Tod bringt.

# 8

## ICHELE

### ... TUGEND UND ANDERE NICHT VORHANDENE STÄRKEN

Ich hatte gar keine andere Möglichkeit, als mich sofort wieder von ihr zurückzuziehen.

Ihr beeriger Duft, der mir umso mehr in die Nase stieg, während ich sie an mich drückte ... ihr warmer weicher Körper so nah an meinem ... Scheiße! Am liebsten hätte ich sie sofort zurück auf das Bett geworfen, meinen harten Schwanz ausgepackt und wäre in sie eingedrungen. Es grenzte schon an Qual, sie die wenigen Schritte bis zur Toilette zu tragen und sie dabei nicht an gewissen Stellen zu berühren. Ihre Pussy war so dicht neben meiner Nase, dass ich sie riechen konnte. Ein warmer, perfekt süßer Geruch.

Mein Gehirn scheint wirklich auf Hochtouren zu laufen, wegen allem, was in zwei Wochen bevorsteht, sodass meine Libido völlig verrückt dabei spielt. Sex ist etwas, das ich immer brauche und von dem ich nie genug bekommen kann. Aber diese Kleine ... Scheiße! Die bringt meinen Schwanz zum Zucken, wenn ich sie bloß ansehe oder rieche.

Ich drücke meine Füße gegen die Stange des Gestells und stoße mich selbst in der Matte etwas an. Ich habe der Kleinen zwar gesagt, dass ich schlafen will, aber an Schlaf ist gerade nicht zu denken. Alles, woran ich denken kann, ist ihr nackter, williger Körper. Ihre feuchte Mitte, und ihre Beine, die sie bereitwillig für mich ausbreitet, nachdem ich ihr gezeigt habe, worauf ich stehe und was ich brauche.

Es wäre ein Leichtes, mir jetzt einen runterzuholen, doch etwas hält mich ab. Ich glaube kaum, dass sie mit ihrem schmerzenden Fuß aufsteht, aber das ist es nicht, weshalb ich mir sicher bin, warum sie nicht hier rauskommen wird. Es ist ihre Angst, die sie im Bett hält. Eine Angst, die ich in ihren Augen erkannt habe. Eine Angst, die mich nur noch härter werden lässt.

Ich bin ein Schwein. Durch und durch. Ich stehe auf Schmerzen. Nicht bei mir – nein. Ich stehe auf devote Frauen. Auf Frauen, denen es Lust bereitet, von mir erniedrigt zu werden. Frauen, die den Schmerz, den ich ihnen schenke, willkommen heißen. Und das war noch nie anders. Keine Ahnung, ob meine Hübsche wirklich devot ist, aber darum mache ich mir keine Sorgen. Ist sie es nicht, werde ich es ihr beibringen. Das Einzige, worüber ich mir neben meiner Erregung gerade Sorgen mache, ist, ob die Zeit dafür ausreichen wird.

*\*\*\**

Exakt zum Sonnenaufgang werde ich wach. Ich bin irgendwann Gott sei Dank doch noch eingeschlafen und wie jeden Morgen, egal ob in meinem Haus oder hier, springe ich unter die Dusche. Meine frischen Sachen liegen natürlich innerhalb der Hütte, aber mich stört es nicht, als ich nackt und tropfend eintrete.

Meine Hübsche wird durch mein nicht unabsichtlich lautes Eintreten wach, und als ich mich über sie beuge, um die Schublade des Hängeschranks seitlich vom Bett zu öffnen, schließt sie ihre Lider schnell wieder. Ich kann mir ein Grinsen nicht verkneifen und beeile mich dann, in meine Hose zu steigen, da mein Schwanz bereits erwacht. »Guten Morgen«, raune ich und weiß selbst nicht, weshalb ich so unfreundlich klinge. Erst als ich zurücktrete und an den Kühlschrank gehe, antwortet sie.

»Hey.« Mehr nicht.

Sie sagt *Hey* und ihre Stimme fährt direkt in meinen Schwanz. Scheiße!

»Weckst du fremde Frauen immer so?« Sie klingt zart. Klein.

Ich möchte ihr wehtun. »Was meinst du?«, frage ich und fische den Laib Brot heraus, zusammen mit dem Orangensaft, zwei Avocados und einem Messer aus der Schublade sowie zwei Tellern aus dem winzigen Hängeschrank. Als ich mich wieder umwende, sie kurz ansehe, hat sie ihre Decke bis zum Hals hinaufgezogen. Ihre Augen sind groß und leuchtend blau. Genauso wie ich es mir gewünscht habe. Ich setze mich an den Klapptisch links der Wand. »Hungrig?« Sie muss am Verhungern sein. Das hier ist unser dritter Tag.

»Wo sind wir hier?«

Dass sie mir keine Antwort auf meine Frage gibt, macht mich wütend. Trotzdem versuche ich, für sie Verständnis aufzubringen. Sie kennt mich nicht. Wird mich auch nie besser kennenlernen … also sollte ich es ihr nachsehen. »Was denkst du denn?« Meine Augen gleiten zum Fenster und wieder zu ihr, während ich die Avocados aufschneide.

»Ich meine, wo genau wir sind und wer Sie eigentlich sind?«

Ich muss fast lachen. »Wir sind mitten im Amazonasgebiet. Ich dachte, das wäre dir aufgefallen, als du mit einem Auto«, das Wort Auto ziehe ich in die Länge, »hineingefahren bist.« Ich schäle das Fruchtfleisch aus der Avocado und verteile es auf zwei Brotscheiben.

»Das war wohl dumm«, antwortet sie.

»Liegt im Bereich des Möglichen.« Und bevor sie mir weitere unwichtige Fragen stellt, auch wenn ich ihre Stimme gerne höre, beschließe ich sie kurz über das Wichtigste aufzuklären. »Du hattest einen Unfall. Bist wahrscheinlich während des Starkregens abgerutscht, und ich habe dich gefunden, als ich auf dem Weg hierher war.« Ich nehme einen der beiden Teller in die Hand, gehe auf sie zu und setze mich neben sie, während sie mich mit ihren großen, blauen Augen ansieht. »Warst du alleine unterwegs?«, frage ich, nehme das Brot vom Teller, führe es an ihren Mund und sie öffnet ihn instinktiv. Scheiße! Diese Lippen …

»Ja«, sagt sie mit dünner Stimme und nimmt ihre Augen nicht von mir.

Ich nicke und führe das Brot ein Stück weit in ihren Mund. »Wo wolltest du hin?« Sie beißt ab und sofort zuckt mein Schwanz wieder in meiner Hose.

Mit vollem Mund und kauend antwortet sie. »Ich wollte keinen dieser Tourguides und dachte, ich schaffe das alleine.« Sie führt mir ihr Gesicht weiter entgegen und stützt sich mit den Ellenbogen auf der Matratze ab, wodurch die Decke bis zu ihrem Bauchnabel herunterrutscht. »War keine gute Idee. Darf ich?«

Ihr Blick deutet zum Brot, während sie die Decke mit einer Hand wieder hochzieht und gedankenverloren schiebe ich die Brotscheibe vor. Ich kann nur daran denken, wie sie diese Lippen um meinen Schwanz legt. Wie sie dabei meine Eier massiert. Als sie aufgegessen hat, wende ich mich ab und gehe zum Tisch zurück, um ihr ein Glas Orangensaft zu bringen. Kurz atme ich einmal durch, weil ich Angst habe, meine

Lust gleich nicht mehr zügeln zu können. Das Bedürfnis, sie zu ficken, sie mir einfach zu nehmen ist so immens groß, dass es wirklich beinahe einem Kraftakt gleicht, es nicht zu tun. Als ich mich wieder einigermaßen im Griff habe, wende ich mich um und gehe zurück zu ihr. »Du hattest dir den Kopf verletzt, das sieht aber wieder relativ gut aus. Dein Knöchel jedoch … ein paar Tage wirst du noch hierbleiben müssen, bis du wieder selbst laufen kannst.« Sie nimmt das Glas entgegen und leert es gierig.

»Wie lange sind wir denn schon hier?«

»Vorgestern Abend sind wir angekommen.« Ich sehe, wie sie hart schluckt, und setze mich zurück an den Tisch.

»Du könntest mich vielleicht nach Leticia bringen?« Ihre Stimme klingt ängstlich, zart.

Ich will sie.

»Also, mich tragen, meine ich«, setzt sie hintenan. »Dann falle ich dir hier nicht zur Last.«

»Ich bin kein Schwächling«, bemerke ich mit einem rauen Lachen. »Aber eine verletzte Frau fünf Stunden durch den Regenwald zu tragen … ich meine, es ist ja nicht so, dass dein Leben davon abhinge, oder?« Ich würde keine zwei Stunden bis Leticia brauchen und sicher hätte ich auch nichts dagegen, sie die ganze Zeit dicht an meinem Körper zu spüren. Aber … das muss sie ja nicht wissen. Noch nicht. Ihr Blick wirkt leicht verstört.

»Und das heißt, ich muss hierbleiben, bis ich wieder selbst laufen kann und die Strecke schaffe?« Plötzlich hört sie sich leicht panisch an.

Zumindest funktionieren ihre Instinkte noch. Denn auch wenn ich nicht beabsichtige, sie zu töten, sollte sie auf der Hut sein. Ihre Angst gefällt mir. »Ein Taxi wirst du hier kaum erwischen.«

»Aber ich störe dich doch bestimmt.«

Ich weiß nicht, was sie denkt. Dass ich dumm bin? »Wenn du unbedingt wegwillst, halte ich dich nicht auf. Solltest du allerdings irgendwo stecken bleiben, dich erneut verletzen oder verlaufen … Denk nicht, dass du nochmal das Glück hast, jemandem über den Weg zu laufen, der dich rettet. Hier draußen gibt es nichts als dich, mich, viele Tiere, den Wald und den Amazonas.« Ich sage es so gleichgültig, wie ich nur kann. Wenn sie jetzt auf die Idee kommt, wirklich gehen zu wollen, kann sie das vergessen. Bevor ich nicht in ihr war, bevor ich ihr nicht gezeigt habe, was ich will und brauche, geht sie nirgendwo hin. Für einen Moment sehen wir uns an und mir fällt sehr wohl auf, wie ihre Augen immer wieder kurz zu meiner nackten Brust wandern. *Ja, meine Hübsche … du gefällst mir genauso gut.*

»Wenn ich dich wirklich nicht störe«, setzt sie an, »dann bleibe ich noch. Aber nur, bis ich wieder laufen kann.«

*Und auch dann würdest du nicht selbst hier raus finden*, denke ich mir. »In etwa einer Woche muss ich wieder nach Leticia, um neue Vorräte zu besorgen. Frische Sachen. Dann begleite ich dich.« Das werde ich tatsächlich. Allerdings wird sie dabei nicht bei Bewusstsein sein. Eine Woche … eine Woche in der ich ihren Körper erkunden, kennenlernen und unterweisen kann. Je eher ich damit anfange, umso mehr habe ich davon.

»Lebst du alleine hier?«, will sie wissen und ich leere mein Glas.

»Im Moment, ja.«

»Sonst nicht?«

»Sonst auch«, sage ich harsch, stehe auf und bringe die Teller zur Spüle.

»Wie heißt du und warum lebst du hier draußen?«

»Ganz schön neugierig«, äußere ich.

»Wärst du das an meiner Stelle nicht? Es ist ja nicht so, dass man alle Tage alleine mit einem fremden Mann im Regenwald festsitzt.«

Ihre Tonlage ist etwas selbstbewusster geworden. Beinahe sarkastisch. Mit einem Ruck wende ich mich ihr zu und sehe sie streng an. Doch als sie leicht zurückweicht, verfliegt mein Ärger. Sie wirkt so verletzlich. So zart und unbedarft. Am liebsten würde ich den Kopf schütteln über meine abstrusen Gedanken. »Ich bin Mic«, sage ich kurzerhand und verlasse mit schnellen festen Schritten die Hütte.

# 9

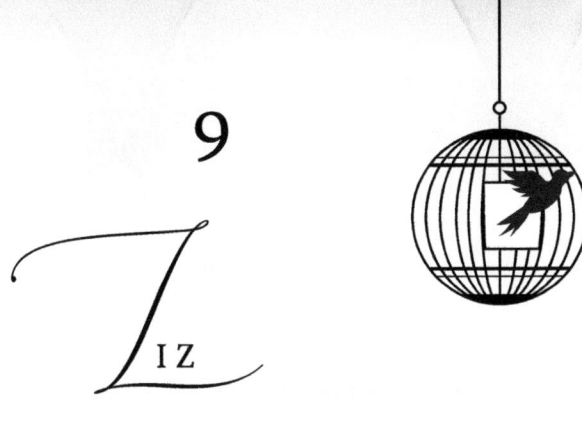

## LIZ

### ... HÜBSCH IST NICHT GLEICH NETT

Im Geiste wiederhole ich seinen Namen ... Mic. Ich weiß nicht, warum er verärgert ist oder ob ich etwas falsch gemacht habe. Vielleicht spielt er auch einfach nur ein Spiel. Er könnte immer noch von Easton geschickt worden sein oder mich tatsächlich rein zufällig gefunden haben. Dass er keine fünf Stunden mit mir auf der Schulter durch den Regenwald laufen will, klingt plausibel. Ich kann mir aber nicht sicher sein, ob das alles der Wahrheit entspricht. Eventuell ist es auch so, dass Allegra bei unserem Unfall nicht so schwer verletzt war. Dass sie losgerannt ist, um Hilfe oder ihren Cousin zu holen. Und in dieser Zeit könnte Mic mich schon gefunden haben. Der Mic, der vielleicht für meinen Bruder arbeitet. Um an Allegra zu kommen, um sie büßen zu lassen, dafür, dass sie mir zur Flucht verholfen hat, könnte es sein, dass Mic mir nur etwas vorspielt. Damit ich verrate, wo Allegra sich befindet. Und wenn es so ist ... ich kann diese Frage gar nicht beantworten, da ich es doch selbst nicht weiß. Ich würde es aber auch nicht sagen, selbst wenn ich es wüsste. Wie auch immer es ist ... ich beschließe meinem Retter nichts von meiner Freundin zu erzählen. Als er plötzlich zurück in die Hütte kommt, hat er ein enges weißes Shirt angezogen. Seine gebräunte Haut strahlt dadurch nahezu und seine definierten Brustmuskeln lassen sich nicht bloß erahnen. Mein Retter ist verdammt heiß. Heißer als jede Wache meines Bruders, die ich jemals gesehen habe.

Als er wieder vor dem Bett stehenbleibt, spüre ich, wie mir Hitze ins Gesicht steigt. »Lass mich nach deinem Bein sehen.« Es ist keine Frage. Er befiehlt es.

Wie automatisch ziehe ich die Decke bis zu meinem Knöchel hoch und warte, was als Nächstes passiert. Er geht in die Hocke, legt seinen Blick auf die Verdickung an meinem Knöchel und tut sonst erst einmal nichts. Eine unangenehme Stille umschließt uns, und ich spüre, wie mir mehr Hitze in den Kopf steigt. Liegt das an seinem Aussehen? Macht er mich alleine damit nervös? »Ich heiße Elizabeth.« Die Worte kommen aus meinem Mund, ohne dass ich es gewollt habe. Wahrscheinlich einfach, um diese bedrückende Stille zu brechen. Ich darf ihm nicht meinen vollen Namen nennen. Vielleicht kennt er ihn aber auch längst. Und wenn er ihn noch nicht kennt und ich ihn preisgebe … vielleicht kommt er auf die Idee, meinen Bruder zu erpressen. Laut Easton würde jeder Mann das tun, bloß um an etwas Geld der Panait-Familie zu kommen.

Fürchterlich langsam, als seien wir in einer Zeitlupeneinstellung gefangen, wandern seine dunklen Augen zu mir. Sein Mund öffnet sich leicht und ich sehe seine weißen Zähne.

»Lizzy«, flüstert er, und seine Stimme rinnt über meine Haut wie heiße Lava.

»Lizzy«, wiederhole ich wie eine Verrückte. Niemand hat mich je Lizzy genannt. Doch aus seinem Mund klingt mein Name wie eine Liebkosung.

Er hebt eine seiner großen Hände in die Luft, und erst jetzt bemerke ich, dass er auf seinem Handrücken ebenfalls tätowiert ist. Fast dasselbe Tattoo wie in seinem Nacken, nur kleiner. Ein Kreuz, mit etwas wie Flügeln darum. Als er die Hand auf meine Haut, meinen Knöchel legt, ziehe ich scharf Luft in meine Lungen und schäme mich sofort dafür. Das hier ist nicht gut. Ich kenne diesen Mann nicht und sollte ihn auch besser nicht näher kennenlernen. Er scheint zu spüren, wie unangenehm mir die Situation ist, denn er wendet abrupt seinen Blick ab und fährt langsam mit seinen Fingern über die – hoffentlich nur – Verstauchung. Aber es schmerzt nicht. Ganz im Gegenteil. Seine Berührung hinterlässt einen heißen Film auf meiner Haut und ich schließe die Augen.

»Ich lege nochmal einen Wickel darum«, sagt er sachlich.

Seine Hand verlässt mich, und mir wird kühler, da ich die Hitze nicht mehr spüre. Erst als er sich vom Bett entfernt, öffne ich die Lider wieder. Er steht an der Spüle mit dem Rücken zu mir. Ein verdammt muskulöser Rücken, das sieht man selbst mit dem Shirt, das er trägt. Muskulös, tätowiert, braun und wunderschön.

»Wo kommst du her und was willst du hier mitten im Regenwald?«

»Urlaub«, sage ich mit belegter Stimme und starre seine Rückansicht an.

»Urlaub?«, fragt er nahezu ungläubig und sieht kurz über seine Schulter zu mir.

»Jap. Was sonst?« Ich kenne den Umgang mit Männern. Also nicht körperlich. Aber ich habe immer Männer um mich herum gehabt. Unser ganzes Gelände wimmelte immer vor Wachen. Aber nie, wirklich nie, hat mich einer nervös gemacht. Und ich kann immer noch nicht sagen, ob es an meiner Ahnung, meiner Angst, all den Umständen, oder tatsächlich nur an ihm liegt. Das alles, wirklich alles ist für mich Neuland und nicht alles davon gefällt mir.

»Ich weiß es nicht. Sag du es mir, Liz.«

Er stellt das Wasser aus und kommt auf mich zu. Ich beobachte jede seiner Bewegungen, während er mich scheinbar gar nicht wahrnimmt und nur meinen Knöchel anvisiert, um den kalten Lappen darumzulegen. Dass er nun Liz sagt, enttäuscht mich fast. Es klingt nicht annähernd so zärtlich wie sein *Lizzy* zuvor.

»Und?«

Seine Stimme reißt mich aus meinen seltsamen Gedanken. »Was?«

»Warum du hier Urlaub machst?« Er zieht die Decke bis über meine Füße und steht auf.

»Ich hatte Lust dazu«, ist meine dämliche Antwort.

»Lust, ja?«

Oh Gott … diese Stimme … alleine das Wort Lust lässt mich an Dinge denken … *Hör jetzt auf damit, Elizabeth! Du wirst dich sicher nicht auf einen fremden Wilden mitten im Regenwald einlassen.* »Ist das verboten?«

Ein dunkles Grinsen erscheint auf seinem Gesicht. »Verboten ist nur das, was man sich selbst auferlegt.«

Ich weiß nicht, was ich darauf sagen soll, deshalb bleibe ich still.

»Ich muss für etwa eine Stunde fort. Musst du nochmal zur Toilette?« Er steht schon an der Tür.

»Wo willst du hin?« Beim Gedanken, hier alleine zu bleiben, wird mir ganz anders. Andererseits … ich könnte mich ein wenig umsehen.

»Keine Angst, Liz«, sagt er und seine Stimme wird mit jeder Silbe eine Nuance dunkler. »Ich muss täglich neues Holz holen. Vielleicht grillen wir heute Abend?«

»Grillen. Hier? Mitten im Regenwald?«

»Wenn es dir lieber ist, bringe ich dir ein paar Würmer mit.« Er fängt an zu lachen und wendet sich ab. »Beweg dich nicht vom Fleck und bleib im Bett.« Dann ist er weg.

Wieder hört es sich nicht nach einem Rat an, sondern nach einem Befehl. Einen Scheiß werde ich. Erstens muss ich fürchterlich dringend meine Blase entleeren – aber das hätte ich jetzt niemals zugegeben – und zweitens will ich diese Hütte durchsuchen. Ich muss wissen, wer er ist. Ob sein Name wirklich Mic lautet und ob ich Angst haben muss. Als ich versuche, mich aus dem Bett zu hieven, bin ich mir nicht sicher, ob meine Angst sich verflüchtigt, selbst wenn ihn nicht mein Bruder geschickt haben sollte.

***

Nach bestimmt über einer halben Stunde habe ich nicht die geringste Kraft mehr. Mehr schlecht als recht habe ich mich als erstes zu der seltsamen Toilette hinausbefördert. Und nachdem es bereits zu spät war, fiel mir ein, dass Mic erwähnt hatte, man müsse die Hinterlassenschaften mit Wasser nachspülen. Bis ich humpelnd den Eimer, der auf der winzigen Veranda stand, in der Dusche befüllt hatte, war ich schon so fertig und am Ende mit meinen Kräften, dass ich mir bereits die schlimmsten Szenarien ausgemalt hatte.

Ich, zusammengebrochen auf dem Dschungelboden mit einer Schlange um meinen Hals. Ich weiß nicht einmal, ob es hier Schlangen gibt. Ob es nun dieser Schauergedanke war oder die Neugier, was ich in Mics Schubladen finden würde … jetzt kann ich nicht mehr. Alle Schubladen und möglichen Verstecke habe ich durchsucht. Nichts. Er besitzt nicht viel. Ist wahrscheinlich arm wie eine Kirchenmaus, und ich will sicher gar nicht wissen, was der Grund dafür ist, dass er hier draußen einsam lebt. Kaum, dass ich völlig verschwitzt wieder im Bett liege, höre ich, wie vor der Hütte etwas scheppernd zu Boden fällt. Im nächsten Moment tritt Mic ein. Seine dunklen Augen liegen auf mir und ein Schauer fährt bei seinem Anblick über meinen Körper.

»Liz.« Seine raue Stimme kommt wie aneinanderreibende Steine über seine Lippen.

»Ja?«, frage ich so unaufgeregt wie möglich.

Er scheint sich zu entspannen, denn seine Gesichtszüge werden weicher. »Ich wollte nur wissen, ob du etwas brauchst.«

»Einen Schluck Wasser vielleicht?« Ich würde mir gerne den Schweiß von der Stirn wischen, doch erst muss er mir den Rücken zudrehen. Was er wie auf Befehl tut und zum Kühlschrank hinübergeht. Schnell wische ich mit der Decke meine Stirn ab, als er sich schon wieder zu mir dreht.

»Ich muss das Stromaggregat nochmal anwerfen. Geht erstmal auch lauwarmes Wasser?«

»Sicher«, antworte ich. Ebenfalls leicht verschwitzt kommt er auf mich zu, drückt mir die Flasche in die Hand und betrachtet mich. Direkt stellt sich wieder Schweiß auf meiner Stirn ein. Dieser Mann macht mich auf so viele verschiedene Arten nervös.

»Hast du Fieber?« Plötzlich wirkt seine Miene besorgt und er beugt sich so schnell vor, dass ich fast aufquieke, als er seine große Hand auf meinen Kopf legt.

»Ich hab' nur wahnsinnigen Durst«, sage ich schnell, ziehe mich, soweit ich kann zurück und setze die Flasche erneut an meine Lippen. Mic erhebt sich wieder zu seiner beeindruckenden Größe und sieht mich prüfend, fast abfällig an.

»Durst, kleine Liz, ja?«

Ich nicke schnell.

»Du bist nicht zufällig aufgestanden?«

Wieder hört er sich an, wie eine der Oberwachen meines Bruders. Bloß um einiges tödlicher. Und plötzlich kündigt sich etwas wie Unmut in meinem Bauch an. Und wenn ich aufgestanden bin! Was macht das schon? Ich bin schließlich nicht seine Gefangene. »Durst und Drang«, sage ich spitz. Ein Lächeln legt sich auf seine Züge. Es ist das erste Mal, dass ich ihn lächeln sehe, und es schießt direkt mitten in mein dummes Herz.

»Drang … ich verstehe. Konntest du deinem Drang nachgehen, oder brauchst du dabei meine Hilfe, Lizzy?«

Da ist es wieder. Zärtlich, sinnlich, verlangend und so heiß … *Lizzy.* »Ich habe zwar lange gebraucht, es aber sogar geschafft, nachzuspülen«, sage ich beinahe stolz.

Plötzlich schnalzt er mit der Zunge und schüttelt den Kopf. »Hatte ich dir nicht gesagt, du sollst in jedem Fall liegen bleiben?«

»Ich wusste nicht, dass ich dafür einen Aufsteh-Berechtigungsschein brauche«, antworte ich patzig.

»Bei mir brauchst du für alles eine Berechtigung, kleine Liz«, raunt er und verschwindet mit festen Schritten zur Tür hinaus.

# IO

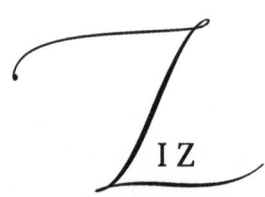

## ... DUSCHEN IST NICHT NUR REINIGUNG

I ch höre ihn draußen, sehe ihn durch das Fenster aber
nicht.

Was stimmt mit diesem Mann nicht? In der einen Sekunde scheint er nett zu sein, in der nächsten raunzt er mich an. Oder stimmt vielleicht mit mir etwas nicht? Ich meine, ich habe mit vielen Menschen auf unserem Anwesen zu tun gehabt. Oder sagen wir lieber, dann und wann mit ihnen gesprochen. Aber sie alle wurden erst von meinem Vater und danach von meinem Bruder bezahlt. Ich weiß nicht, wann jemand ehrlich nett ist. Wann jemand beleidigt ist, wenn ich etwas sage – vielleicht etwas falsches – von dem ich nicht mal weiß, dass es falsch ist. Mic verwirrt mich. Nicht nur mit seinem mehr als perfekten Körper und Gesicht. Alles an ihm ist verwirrend und zugleich anziehend. Ich kenne solche Gefühle nicht.

Unter den Wachen meines Bruders gab es zwei Männer, die ich irgendwie ganz gut fand. Vielleicht waren sie auch noch eher Jungen. Der erste war vor fünf Jahren John. Er war zwei Jahre älter als ich und im Nachhinein glaube ich sowieso, dass ich ihn nur kurz geküsst habe, weil es mir zu jener

Zeit so schlecht ging. Weil Mom und Dad noch nicht lange tot waren. Erst wollte er mich gar nicht küssen, aber ich bestand einfach darauf. Oder besser gesagt, als er nicht damit rechnete, legte ich einfach meine Lippen auf seine, auch wenn ich dabei vor Scham beinahe im Boden versank. Im Endeffekt war es nicht mal schön, heiß oder sonst was gewesen und wir taten es auch nie wieder. Danach gingen wir uns sogar absichtlich aus dem Weg.

Der zweite war Keanu. Das war letztes Jahr, und ich muss sagen, dass ich schon ein bisschen in ihn verschossen war. Groß, dunkelhaarig, stark ... süß irgendwie. Eher der südländische Typ. Ich glaube, insgeheim fand er mich auch nicht abstoßend. Zumindest fühlte sich unser erster und einziger Kuss so an, als hätte er mich ganz gerne. Dabei hatte ich selbst diesen Kuss provoziert. Es ist ja nicht so, dass ich mutig oder erfahren wäre, was Männer angeht. Es war eher, als wollte ich unbedingt diese Erfahrung machen, endlich einmal leidenschaftlich geküsst zu werden. Und es gab nun mal, wenn überhaupt, bloß die Wachen meines Bruders. Klar, ich kannte Rockstars, Models und Schauspieler aus dem TV oder den Zeitschriften. Also eine Ahnung, was mir rein äußerlich an Männern gefällt und was nicht ... das hatte ich schon. Aber mich mit anderen Männern zu unterhalten als mit den Wachen meines Bruders, das gab es einfach nicht. Dabei kann man die kurzen Smalltalk-Sätze auch nicht als Unterhaltung bezeichnen. Denn ... alle fürchteten sich vor Easton. Ich gehe sogar davon aus, dass sie alle die Anweisung hatten, bloß ihre Finger von mir zu lassen. Doch bei Keanu spürte ich ein ganz zartes Band. Nichts Weltbewegendes, aber es gab eins. Und so verfolgte ich ihn beinahe täglich. Warf ihm keusche Blicke zu und hoffte nur auf diesen einen leidenschaftlichen Kuss. Und ich bekam ihn. Hinter den Stallungen auf unserem Gelände. Es hätte gut werden können. Vielleicht hätten wir uns sogar verlieben können ... wäre nicht Easton zufällig im selben Moment aufgetaucht.

Von diesem Tag an ließ ich meine Kussexperimente bleiben, denn Keanu wurde noch am selben Tag, laut Allegra, von Easton gefeuert. Das hatte ich nicht gewollt. Es tut mir heute noch leid. Aber Mic ... Mein ganzer Körper vibriert, wenn ich ihn nur ansehe. Das ist nicht diese keusche Neugier. Es ist etwas, das mir noch unbekannt ist, und ich fürchte mich davor, es zu ergründen.

Plötzlich nehme ich eine Bewegung vor dem Fenster wahr und wende den Kopf. Da steht er. Mit dem Rücken zu mir. Sein Shirt hat er keine Ahnung wo gelassen und Wasser perlt auf seinen Kopf. Auf seine gebräunte Haut. Die Dusche ... Verstohlen beobachte ich ihn, immer darauf bedacht, nicht beim Spannen erwischt zu werden. Sollte er sich umdrehen, werde ich den Blick schnell wieder abwenden. Doch jetzt, in diesem Moment fährt er sich durch seine nassen Haare, die in diesem Zustand beinahe schwarz wirken. Ich spüre eine leichte Wärme zwischen meinen Beinen. Sie verstärkt sich, je länger ich ihn anstarre. Diese Wärme ist fast dieselbe, die ich spüre, wenn ich mich selbst berühre. Als meine Hand langsam zwischen meine Schenkel wandert, meine Klit zu pochen beginnt, spüre ich plötzlich ein anderes Pochen dazukommen. Mein verstauchter und geschwollener Knöchel. Ich reiße meine Hand zurück, wende meinen Blick von Mics netter Rückansicht ab und ziehe die Decke etwas hoch. Es sieht nicht schlimmer aus, aber dieses ganze Herumhopsen vorhin, während er Holz holen war, hat mir sicher nicht gutgetan. Dazu meine ungestillte Lust, die ich spüre, kaum dass Mic sich in meiner Nähe befindet. Ohne das ganze Drumherum ... die Angst, der Unfall, die Sorge um Allegra. All das ist zu viel für mich. Der verstauchte Knöchel alleine würde mir bereits ausreichen. Aber das hier ist wohl kein Wunschkonzert, weshalb ich mit allen derzeitigen Problemen irgendwie klarkommen muss.

Ich nehme den mittlerweile warmen Wickel ab, ziehe die Decke wieder über die Füße und lehne mich zurück. Und dann, ohne dass ich etwas daran ändern kann, wandern meine Augen wieder zu dem Fenster und ich erstarre.

Mic lehnt mit dem Gesicht an der Scheibe, einen Arm über seinem Kopf abgestützt und er sieht mich an. Frisst mich beinahe auf mit seinem Blick, während das Wasser von oben auf ihn fällt und ihn aussehen lässt, wie einen … Gott. Ich will wegsehen. Will mich ihm entziehen. Aber ich schaffe es nicht. Die Hitze und das Pochen kehren zurück, und in diesem Moment wünsche ich mir nichts sehnlicher, als dass dieser fremde Einsiedler, so, wie er in diesem Moment ist, zu mir kommt und mich mit seinem Körper bedeckt. Dass er mich hält, mich vor all dem Bösen da draußen beschützt und mich nie wieder loslässt. Dass er mich dabei küsst, mich berührt und … alles mit mir macht, was ich noch nicht kenne, aber unbedingt spüren will. Mit ihm.

Und dann … dann schließt er die Augen, wendet sich ab und ich fühle mich wieder alleine in dieser großen Welt. Eine Welt, die nicht viel für mich übrighat und mich mit allem verschlingt, was sie aufzuweisen hat. Diesmal sogar mit einem Fremden, im tiefsten Regenwald.

***

Ich muss eingeschlafen sein, denn ich höre leises Geklapper neben mir. Als ich die Augen öffne, erhellt nur ein sanfter Lichtstrahl die Hütte. Ich erkenne Mics Rückansicht und wie er gerade durch die Tür nach draußen verschwindet. Wie so oft. Ich glaube, selbst nach dieser kurzen Zeit kenne ich schon jeden Quadratzentimeter der Hautbeschaffenheit seines Rückens. Jede Einkerbung, jeden Farbfleck seines Tattoos und jeden Muskel. Zumindest mit den Augen.

Langsam richte ich mich auf, und als ich an mir hinuntersehe, bemerke ich, dass ich eine andersfarbige Decke über mir habe. Vorher war sie weiß, nun ist sie schwarz. Schwarz wie die Nacht, die durch das Fenster hereinkriecht. Als die Tür sich erneut öffnet und Mic zurückkommt, habe ich das Gefühl, dass er die Dunkelheit selbst ist.

»Du bist wach«, äußert er, ohne mir wirklich Beachtung zu schenken.

»Wach und wieder mit einem Drang belegt«, sage ich beschämt. Ich sage es nicht gerne, aber ich muss wirklich zur Toilette. Ich könnte ja auch alleine hinüberhopsen, aber er würde mich ja so oder so nicht lassen. Und um ganz ehrlich zu sein, mittlerweile habe ich auch gar nichts mehr dagegen, ihm näherzukommen.

»Warte noch kurz, dann helfe ich dir.« Er holt etwas aus dem Kühlschrank und hört sich mal nicht so knurrig an.

Brot … erkenne ich, als er sich umwendet, und dann ist er auch schon wieder verschwunden. Mein Magen knurrt laut und ich glaube, dass ich seit dem Frühstück gar nichts mehr gegessen habe. Ich angle nach der Wasserflasche, die neben dem Bett auf dem Boden steht, und nehme einen großen Schluck.

»Bereit?«

Ich verschlucke mich fast, da ich ihn gar nicht habe hereinkommen hören. »So bereit wie eine Gehbehinderte sein kann.«

»Darüber macht man keine Witze.« Sofort ist seine Stimme wieder deutlich abweisender.

»Sorry«, äußere ich und weiß eigentlich gar nicht, wofür ich mich entschuldige. Ich wollte sicher keine Menschen mit Handicap beleidigen. Nur zurzeit kann ich doch wirklich nicht richtig laufen. Er steht so schnell neben dem Bett, dass ich mich wieder kaum darauf vorbereiten kann.

»Ich trage dich«, sagt er befehlend.

»Das schaffe ich schon. Vielleicht stützt du mich einfach etwas.«

»Ich trage dich, Elizabeth.«

Ein Schauder fährt bei seinem Tonfall über meinen Körper und ich verstumme. Nicht mal, als er unendlich langsam die Decke von mir zieht, protestiere ich. Alles an ihm strahlt gerade Bedrohung aus, dabei wollte ich ihm doch nur nicht zu viele Umstände machen. Sein Blick fährt gefühlt über jeden Quadratzentimeter meiner Haut und Hitze breitet sich in mir aus. Es ist total verrückt, was ich in seiner Gegenwart spüre. Angst und Lust. Lust und Angst. Ich kann nur verrückt sein. Als er seine starken Hände unter meinen Arsch schiebt, könnte es auch Lava sein, die durch meinen Körper fließt. Sobald ich an seiner Brust bin, sucht sich diese Lava einen Weg zu jeder Stelle meines Körpers. Wirklich jeder. Diesmal wirft er mich nicht über die Schulter, sondern platziert mich so, dass meine Beine um sein Becken liegen und mein Gesicht sich direkt neben seinem befindet. Scheiße, riecht dieser Mann sinnlich. Wie der Amazonaswald, in dem er lebt. Holzig, nussig und markant.

»Lizzy.«

Er raunt meinen Namen leise, völlig unerwartet und mein Herz schlägt schneller.

»Wir müssen dich unbedingt duschen, nachdem du auf der Toilette warst.« Ein leises Lachen kommt aus seiner Brust.

Während er losmarschiert, versuche ich mein Hirn zu sortieren und vor allem anzuschalten. »Duschen? Wir?«, frage ich, als er mich diesmal extrem sanft vor der Toilette ablässt. Mein Knöchel schreit trotzdem auf, aber ich bleibe still. Ich bin gedanklich noch beim Duschen …

»Wenn du darauf bestehst, wasche ich dich sogar, kleine Liz. Aber ansonsten würde ich dich bloß dort absetzen.«

»Ah, okay«, ist alles, was ich herausbringe. Ich warte, dass er sich endlich entfernt und ich mich auf die Toilette setzen kann. Aber wie immer bleibt er stehen und beobachtet mich. »Könnte ich dann?«, setze ich an.

»Du kannst«, raunt er in mein Ohr und ich erzittere leicht aufgrund seines tiefen Timbres.

Als ich schon denke, dass er gar nicht mehr geht und ich mir gleich ins Höschen mache, ist er plötzlich weg. Und endlich … kann ich meinem elementaren Drang nachgehen. Diesmal kommt er nicht plötzlich zurück, sondern kündigt sich mit einer Frage an.

»Fertig, Liz?«

»Fertig«, sage ich, und schon steht er wieder dicht vor mir. Er riecht jetzt nach Lagerfeuer und ich sauge diesen Geruch förmlich auf. Als ich ein Kind war, war Lagerfeuer eine meiner liebsten Beschäftigungen. Und es war eines der wenigen Dinge, die mein Vater regelmäßig mit mir gemacht hat. Mics Hände legen sich um meine Taille und seine mysteriösen dunklen Augen begutachten mich.

»Woran denkst du, meine Hübsche?«

Meine Hübsche? Ich denke lieber nicht genauer darüber nach, warum er mich so nennt, da ich sonst rot wie eine Tomate anlaufe. »An früher«, antworte ich hastig, aber wahrheitsgemäß. So ehrlich kann ich sein. Wenn er ein Fremder ist, verrate ich dadurch nicht zu viel. Wenn er von Easton kommt, ist es so oder so egal.

»Denkst du gerne an früher?«

Ich überlege – ich denke wirklich gerne an früher. Viel früher. Je jünger ich war, desto weniger wusste ich von dem, was tatsächlich in meiner Familie los war. Ich erfreute mich an Lagerfeuern mit meinem Dad, an Vorlesestunden mit meiner Mom und an Spaziergängen auf unserem Gelände mit einer meiner Ammen. Und dann sehe ich wieder in Mics dunkle Augen, die mich weiterhin interessiert mustern und nicke.

»Früher war alles leichter.«

Sein Kopf kommt näher. Langsam, aber sicher. Panik macht sich in mir breit. Will er mich küssen? Will ich es zulassen? Wer ist dieser fremde Mann? Doch bevor sich seine vollen Lippen auf meine senken, geht er leicht in die Knie, hebt mich zurück an seine Brust und der intime Moment ist vorbei.

»Vielleicht solltest du erst nach dem Grillen duschen. Sonst stinkst du uns heute Nacht die ganze Hütte voll, Lizzy.«

Ich kichere unangebracht.

# II

# ICHELE

## ... DAS FEUER DER NACHT

Während ich Elizabeth zur Feuerstelle hinübertrage, achte ich darauf, dass wir uns nicht in die Augen sehen.

Dieser Moment gerade vor der scheiß Toilette ... Sie hatte etwas anderes erwartet, als mir im Kopf herumging. Sie wollte geküsst werden. Ich sah es in ihren Augen, in ihrem Blick. An ihrem leicht geöffneten Mund ...

Alles, was ich wollte, war, sie an den langen schwarzen Haaren zu packen. Sie herumzuwirbeln, ihren Rücken hinunterzudrücken und in ihren kleinen prallen Arsch einzutauchen. Fuck! Ich werde dieses kleine Mädchen auseinanderbrechen und das nicht nur bildlich gesprochen. Sie ist nicht wirklich klein, vielleicht anderthalb Köpfe kleiner als ich. Und ich bin mit meinen 1,88 Metern ebenfalls kein kleiner Mann ... aber alles an ihr schreit nach klein. Kleines Selbstwertgefühl, kleine Worte, eine kleine und enge Pussy. Sie ist meine kleine hübsche Lizzy und ich stehe drauf. Wenn ich darüber nachdenke, dass mir ein Mädchen wie Lizzy hier im Regenwald quasi vor die Füße fällt ... frage ich mich, ob es nicht doch so etwas wie Vorsehung gibt. Vielleicht in dem Sinne, dass mir ein höheres Gefüge mitteilen will, dass diese kleine Lizzy hier die richtige Frau für mich ist. Ich schüttle mit dem Kopf. Dass ich so einen Schwachsinn denke, ist beinahe schon unglaublich. Es gibt keine höhere Macht. Das Ganze ist einfach ein beschissen – guter – Zufall.

An der Feuerstelle angekommen, lasse ich sie ab, damit sie sich auf das Kissen setzen kann, das ich extra für sie dort platziert habe. Erneut meide ich dabei ihren Blick und ziehe mich zurück. Doch bevor ich mich abwende, fahren meine Augen wieder zu ihren. Ich kann gar nicht anders, obwohl ich es nicht will. Ihre Augen sind groß und fragend ... damit ist sie in der Lage, mich zu verschlingen. »Ich hole dir eins meiner Shirts.« Sie nickt verlegen und ich gehe zurück in die Hütte. Bringe Abstand zwischen uns. Wenn es nach mir ginge, müsste sie gar nichts tragen, da ich aber erstmal möchte, dass sie etwas Vernünftiges isst, muss eins meiner Shirts herhalten. Ich achte trotzdem darauf, eines zu nehmen, das bei mir eher klein ausfällt. Sowie ich wieder vor die Tür trete, ihr Gesicht im Schein des winzigen Feuers sehe, ihre beinahe gänzlich nackte Haut, die leuchtet wie die einer Porzellanfigur ... wächst mein Schwanz. Ich weiß nicht, was diese Frau an sich hat, aber ich reagiere auf sie wie auf keine andere zuvor.

»Danke schön«, sagt sie, als ich ihr das Shirt in die Hand drücke.

Der Abend ist so mit Hitze gefüllt, innen wie außen, dass ich lieber nach dem Fleisch greife anstatt ihr, es auf den Rost lege und mich ihr dann gegenüber auf einen Stein setze. »Ich möchte wissen, wer du bist.« Ich sage es so, wie es ist. Von mir wird sie nicht viel erfahren, aber ich will wissen, wer dieses Mädchen ist, das meinen Schwanz vollständig mein Denken übernehmen lässt.

»Ich bin niemand Besonderes«, sagt sie.

»Bitte?«, frage ich nach und greife vor aufflammendem Zorn nach einem der dünneren Stöcke auf dem Boden neben mir. Ich habe sofort gemerkt, dass sie kein großes Ego hat, aber dass sie es so offenkundig ausspricht und sich selbst kleiner macht, als sie ist, lässt Zorn in mir aufflammen. Und ich kann selbst nicht mal genau sagen, warum. Was mich sofort noch wütender macht.

»Ich stamme aus Dallas«, sagt sie leise, »habe mich jahrelang um meine kranke Oma gekümmert, bis sie vor zwei Monaten starb.« Sie verstummt für einen Moment und sieht in die niedrigen Flammen. »Meine Eltern sind schon ein paar Jahre tot. Autounfall«, wirft sie hinterher. »Als Oma starb, wollte ich in das Land, von dem sie mir immer gesagt hat, dass sie mit mir zusammen hinwolle.«

»Kolumbien?« Ich hänge an ihren Lippen und weiß nicht mal, warum. Und meine Frage hätte nicht lächerlicher sein können. *Was machst du nur mit mir, kleine Lizzy?*

»Kolumbien«, wiederholt sie und sieht zu mir herüber.

Ihre Augen funkeln im Schein des Feuers und sie sieht in meinem viel zu langen weißen Shirt einfach bezaubernd aus. »Sprich weiter«, sage ich mit belegter Stimme und versuche, nicht an die wachsende Härte in meiner Hose zu denken.

»Mehr gibt es nicht. Ich habe noch nicht viel von der Welt gesehen und war so doof, alleine mit einem Wagen in den Regenwald zu brettern.« Sie lacht kurz auf. »Und was habe ich davon? Jetzt sitze ich halbnackt mit einem fremden Wilden an einem Lagerfeuer fest.« Sie kichert und verstummt eilig, während ihre Augen ängstlich zu mir herübersehen. Es ist manchmal, als würde sie instinktiv spüren, welche Gefahr von mir ausgeht. Wer ich wirklich unter dem hübschen Mantel der Attraktivität bin. Aber mir ist gerade egal, was sie da sagt. Mir ist auch egal, ob sie hier bei mir sein will oder nicht. Ich kann sie nur ansehen. Mir vorstellen, wie ich ihre Füße, ihre Hände fessle. Wie ich sie an dem kleinen Bett hinter mir in der Hütte anbinde und mir gefügig mache. Wie ich ihr mein Shirt vom Körper reiße und ihr meine Welt zeige. Meine dunkle Welt. Eine Welt voller Schmerz, aber dennoch so mit Lust gefüllt, dass sie vielleicht nie wieder etwas anderes danach fühlen wollen wird. Und so lange ich das nicht getan habe, werde ich sie nicht gehen lassen. Ob sie damit einverstanden ist oder nicht, spielt für mich keine Rolle. »Sprich weiter«, sage ich heiser. Sie weiß, dass etwas in der Luft liegt. Wie ein dunkler Schleier. Sie weiß nur noch nicht, dass ich dieser Schleier bin. Ihre Augen wirken wie die eines Rehs. Eingeschüchtert und doch neugierig. *Du wirst mein scheues Reh sein, Lizzy. Und ich werde dir Dinge zeigen, von denen du noch nicht einmal wusstest, dass es sie gibt.*

»Viel mehr gibt es da nicht zu erzählen«, sagt sie leise.

»Es gibt immer noch mehr. Du musst nur danach suchen.« Meine eigene Stimme kann ich kaum noch erkennen. Sie trieft vor Verlangen, und ich bin froh, als ich sehe, dass das Fleisch durchgebraten ist. »Ein oder zwei Stücke?«, frage ich deshalb und stehe, so gut es mit meinem ausgefahrenen Schwanz geht, auf.

»Eins reicht, danke.«

Fast tut es mir leid, dass sie so verunsichert klingt. Ich bin ein Schwein, stehe auf kranke Sachen. Aber trotzdem will ich nicht, dass sie leidet. Zumindest nicht so. Und ich will schon gar nicht, dass sie sich minderwertig fühlt. Noch ungefähr zehn Tage, bis meine Priorität hier eintrifft. Eigentlich wollte ich der kleinen Liz und mir noch fünf Tage geben. Vielleicht mache ich neun daraus. »Guten Appetit«, sage ich sachlich, beuge mich seitlich am Feuer entlang zu ihr und sie nimmt zaghaft den Teller entgegen.

»Danke schön, Mic. Du bist doch ganz nett.«

*Ich bin vieles, meine Hübsche, aber nett … das bin ich sicher nicht.*

In den nächsten fünfzehn Minuten beschäftigen wir uns schweigend jeweils mit unserem Essen. Ich spüre dann und wann ihren zaghaften Blick, der in meine Richtung geht und ergötze mich nahezu daran. Das Fleisch spüle ich mit einem Whiskey nach und reiche ihr im Anschluss die Flasche. Wenn Nicolo sehen würde, dass ich das scheiß teure Zeug aus der Flasche trinke, er würde relativ ungehalten werden.

»Alkohol?«, fragt sie, nimmt die Flasche aber zeitgleich entgegen.

»Magst du keinen?«

»Doch, schon. Aber meist keine harten Sachen und auch sonst eher selten.«

Sie hält ihre kleine Nase über den Flaschenhals, und ich muss grinsen, als sie das Gesicht verzieht. »Ich kann dir auch ein Wasser holen«, biete ich ihr an.

»Nein, ein Schluck geht schon. Ich kann ja sowieso schon nicht mehr laufen.«

Sie lächelt mich offen an und nimmt dann einen großen Schluck, den sie ohne Murren akzeptiert. *Braves Mädchen.* Als sie mir die Flasche wieder entgegenhält, stehe ich auf und gehe auf sie und ihre großen Augen zu. Sofort macht sie sich kleiner, als ob sie instinktiv spüren würde, dass von mir Gefahr ausgeht, und ich muss mich nicht mal zwingen, sie anzulächeln, als ich mich neben ihr auf den Boden setze. Mit meinem Blick fixiere ich sie. Nah bei ihrem Gesicht. Ich beobachte, wie die Schatten des Feuers über ihr Gesicht tanzen und stelle mir dabei vor, dass es meine Finger wären, die genau das täten.

»Was?«, fragt sie und leckt sich verlegen über die Unterlippe.

Meine Hand fährt langsam vor und ich streiche ihr eine lose Haarsträhne hinters Ohr. »Du bist wahnsinnig schön. Weißt du das eigentlich?« Das ist nichts, was ich sonst einer Frau sage, aber gerade überkommt mich dieses Gefühl einfach. Sie ist wirklich wunderschön und genau das muss ich ihr sagen. Ich will der sein, der ihr Gesicht zeichnet. Der ihm noch mehr Ausdruck gibt. Ich will, dass ihre Augen nur noch mir gehören. Dass jede ihrer Poren sich nach mir verzehrt. Dass ihr Körper nach mir schreit, selbst wenn sie mich nur aus der Ferne sieht. Ich will der Einzige sein, der ihr Komplimente macht. Sie wird mir gehören … für ein paar Tage. Daran führt kein Weg mehr vorbei. Es erstaunt mich selbst, dass ich solche Besitzansprüche in mir spüre. Normalerweise verspüre ich die nur beim Sex. Und spätestens wenn ich gekommen bin, enden sie.

»Flirtest du mit mir?« Sie meint das nicht als Scherz. Es ist eine ernsthafte Frage und dabei wirkt sie völlig verunsichert.

Mir allerdings entlockt es ein kleines Lachen. »Hättest du das denn gerne, Lizzy?« Die Strähne von vorhin rutscht ihr wieder ins Gesicht und erneut greife ich danach. Spiele kurz damit, bevor ich sie doch wieder hinter ihr winziges Ohr lege.

Sie zuckt mit den Schultern. »Ich habe noch nie wirklich geflirtet. Also schon … irgendwie. Aber das war nicht so richtig und die Männer waren viel jünger als du es bist.«

Kaum, dass sie ausgesprochen hat – von anderen Männern gesprochen hat – ziehen sich alle meine Blutgefäße zusammen. Als Bilder in meinem Kopf erscheinen, die mir zeigen, wie ein anderer seine Hände auf ihren Körper legt, sie streichelt und womöglich noch mehr tut, springe ich auf.

»Was ist?«, ruft sie erschrocken und sieht sich um. »Ein Tier?«

Ich brauche einen Augenblick, um zu verstehen, was sie

meint. Sie kann meine Gedanken schließlich nicht lesen und versteht nicht, weshalb ich plötzlich so angespannt und wütend bin. »Nein«, sage ich mit harter Stimme. »Kein Tier. Nicht unmittelbar.«

»Was ist dann? Habe ich was falsch gemacht? Dann tut es mir leid. Vergiss das mit dem Flirten. Das war ein dummer Gedanke.«

»Wie alt bist du, Elizabeth?« Ich schätze sie auf Anfang zwanzig. Älter auf keinen Fall. Und in jedem Fall alt genug für mich.

»Einundzwanzig. Letzte Woche hatte ich Geburtstag.«

Mein Blut fließt wieder etwas langsamer und ich atme tief durch. »Mit wem hast du ihn gefeiert?« Falls sie gedacht hat, dass ich ihr gratulieren will … nein. Ich will nur wissen, ob es gerade irgendeinen Wichser in ihrem Leben gibt.

»Alleine«, antwortet sie schnell. »Außer meiner Oma hatte ich ja niemanden mehr.«

Ich nicke. Mich interessiert nicht, wann ihre Eltern diesen Unfall hatten. Schließlich ist sie nicht die Einzige, die Vater und Mutter verloren hat. Mich interessiert auch nicht, warum es keine weiteren Familienmitglieder sonst gibt. Mich interessiert nur, wer sie berührt hat. Weil nur ich der sein werde, der genau das tut. »Hast du denn keine Freunde?«

»Dafür war nie Zeit.«

Wenn sie keine Zeit für Freunde hatte, dann vielleicht auch nicht für Liebschaften. Ich gehe zurück zu meinem Stein, setze mich, nehme den Whisky wieder an mich und trinke ein paar kräftige Schlucke hintereinander. »Möchtest du noch etwas essen oder trinken?«

»Vielleicht noch einen Schluck aus deiner Flasche. Sonst nichts, danke.«

Ich überlege kurz, ob ich ihr mehr von dem Hochprozentigen geben soll und reiche ihr schon die Flasche, bevor ich mich entschieden habe.

»Und du?«, fragt sie und nimmt einen Schluck. »Was ist mit deiner Familie?«

*Falsche Frage, meine Hübsche.* »Die sind auf der ganzen Erde verstreut und zu uninteressant, als dass wir über sie sprechen müssten.«

»Wie alt bist du denn?«, will sie als Nächstes wissen.

Ich kann mich schwer auf ihre Worte konzentrieren. Ihre Lippen, ihre Stimme, ihre Augen … ihr Körper … das alles ist die reinste Versuchung. Trotzdem reiße ich mich zusammen.

»Ein paar Jahre älter als du.«

»Schon über dreißig?«

»Würde dich das stören?«, frage ich zurück und nehme die Flasche von ihr wieder entgegen.

»Wobei stören?«

Wenn ich es nicht besser wüsste, würde ich denken, dass sie rot wird, aber ich kann es nicht genau erkennen. »Ich weiß nicht, Liz. Was könnten wir beide zusammen tun, wobei ich dir zu alt wäre?« Mein Blick gleitet instinktiv zu ihren Brüsten, die unter meinem Shirt deutlich hervorstehen. Sie bleibt stumm, antwortet mir nicht. Und je länger der stille Moment andauert, desto mehr erkenne ich, wie sich ihre Nippel aufstellen. Ich schmecke sie bereits. Spüre in meinem Schwanz, wie ich meine Zähne um jeden Einzelnen lege und zubeiße. Nur um sie danach mit meiner Zunge zu liebkosen und zu heilen.

»Es gibt sicher nichts, wobei uns dein Alter stören könnte.« Sie klingt heiser. Aufgeregt. Verunsichert und so sexy.

Ich kann nicht mehr lange warten. Heute Nacht fange ich an. Heute Nacht werde ich sie vorbereiten, für das, was sie am Ende unserer Reise – in ein paar Tagen – bereit sein muss, mir zu geben. Uns zu geben. Dafür schenke ich ihr eine wilde Lust, die sie niemals mehr aus ihrem Kopf bekommen wird. Eine andere Lust. Eine, die sie noch nicht kennt. Aber ich glaube, meine kleine Lizzy kennt so oder so noch nicht viele Dinge. »Wir gehen schlafen. Jetzt.«

# 12

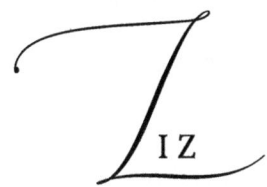

LIZ

## ... SELTSAMES VERHALTEN

Damit, dass er plötzlich vor mir steht und mich auf seinen Arm nimmt, überrumpelt er mich völlig.

Auch, dass er mich nochmal, ohne mit mir zu reden, zur Toilette bringt, danach ans Waschbecken in der Hütte stellt und mir eine Zahnbürste in die Hand drückt – erneut still –, verunsichert mich. Auch die Dusche, die ich eigentlich nehmen sollte, kommt nicht mehr zur Sprache. Ich spüre ihn während des Zähneputzens in meinem Rücken. Höre, dass er sich seine Klamotten abstreift, aber mit mir sprechen, das tut er nicht mehr. Fahrig gleitet die Bürste über meine Zähne und ich versuche, kein Gewicht auf meinen verletzten Knöchel zu bringen.

Das da vorhin draußen am Feuer ... für einen Moment wollte ich, dass dieser schöne wilde Fremde mich küsst – schon wieder. Ich wollte, dass er mich in seine Arme nimmt und mich damit umfängt. Dass er mich beschützt. Er tat es natürlich nicht. Warum sollte er auch? Denn entweder, er ist nur eine Wache meines Bruders und hält mich eine Zeitlang hier fest, oder er ist wirklich bloß ein Fremder, der sich absolut nicht für mich interessiert. Der mich zufällig gefunden und gerettet hat. Der froh ist, wenn ich selbst wieder laufen kann und verschwinde. Beide Gedanken stimmen mich irgendwie traurig, und als ich ihn plötzlich dicht hinter mir spüre, seinen Atem in meinem Nacken fühle, intensiviert sich dieses Gefühl. Ich kenne diesen Mann nicht einmal. Kenne nur sein markant schönes Gesicht. Seinen stählernen Körper, seine tiefe raue Stimme. Und seine dunkle Aura, die mich zittern und auch nervös werden lässt.

»Ich trage dich jetzt ins Bett.« Wieder hört es sich nach einer Feststellung an, nicht nach einem Gefallen oder gar einer Frage oder Bitte.

Ich spüle meinen Mund aus, wasche mir einmal durch mein Gesicht. Dann, noch bevor ich mich mit dem Tuch abtrocknen kann, hat er mich schon zu sich herumgedreht. Seine Augen wirken noch dunkler als sonst schon, und seine Hände, die sich genau in dieser Sekunde um meine Taille legen, sind heiß. Ich kann ihm nicht antworten, nicke nur und versuche das starke Schlagen meines Herzens irgendwie gedanklich herunter zu regulieren, als er mich an seine Brust hebt. Ich möchte nicht, dass er spürt, wie nervös er mich macht. Fast bin ich froh, dass es von der Spüle bis zum Bett nur drei Schritte sind und er mich wieder ablässt. Er nimmt die dünne Decke in die Hände, zieht sie über meinen Körper und blickt mir nicht einmal in die Augen. Was habe ich falsch gemacht? Warum ist er verärgert? Er weiß doch nicht, dass ich ihn bezüglich meiner Vergangenheit angelogen habe. Dass es keine Oma gibt. Oder weiß er es doch? Ich bin mir nicht sicher. Verstehe das alles nicht, aber fragen, das möchte ich ihn auch nicht. Im Grunde muss ich sogar verstehen, dass er sich mit einem Eindringling wie mir gar nicht wohlfühlen kann. Schließlich kann er im Moment nicht so leben, wie er es sonst tut.

Er macht einen kleinen Schritt nach hinten, betrachtet die Decke, mit der er mich zugedeckt hat und wendet sich ein paar Sekunden später ab. Ich warte darauf, dass er etwas sagt. Mir vielleicht wenigstens noch eine gute Nacht wünscht. Doch als das Licht erlischt und ich höre, wie die Tür sich hinter ihm schließt, weiß ich, dass da nichts mehr kommt. Mein Atem fährt laut aus meiner Kehle, so als hätte ich ihn die ganze Zeit angehalten, und erst danach schließe ich die Augen. In ein paar Tagen kann ich sicher wieder selbst laufen. Dann ist das hier sowieso vorbei. Ich werde diese Tage und Stunden mit der Zeit vergessen. Wahrscheinlich oder vielleicht. Fast muss ich beschämt auflachen. Wenn er doch eine Wache ist, werde ich mich so oder so nicht mehr an den Regenwald oder ihn erinnern können. Weil dann da nichts mehr ist, mit dem man noch denken kann. Ich lasse meine Gedanken zu Allegra wandern. Wenn ich mir vorstelle, dass sie vielleicht noch irgendwo verletzt dort draußen liegt ... oder dass mein Bruder sie sich geschnappt hat ... Ich fühle mich so hilflos, weil ich von hier aus rein gar nichts tun kann. Wahrscheinlich könnte ich auch nicht viel tun, selbst wenn ich in Leticia wäre ... Es ist alles so aussichtslos. Alles fühlt sich so verloren an. Beinahe ein Gefühl, das mir bekannt ist. Nur dass es sich jetzt noch tiefer in mich frisst als all die Jahre zuvor. Und Mic ... wahrscheinlich sucht sich mein Herz einfach jemanden, der bloß kurz nett zu mir ist. Jemanden, der nichts von mir will, nichts von mir erwartet und den ich nicht um Erlaubnis für alles fragen muss. *Träum weiter, Elizabeth*, sage ich mir und spüre, wie der Schlaf mich in seine Arme zieht.

***

Ich habe geschlafen wie ein Murmeltier. Sogar meine Augen öffnen sich im Gegensatz zu sonst ohne große Verzögerung. Und das ist schon erstaunlich, da ich normalerweise ein paar Minuten brauche, um mit meiner Außenwelt klarzukommen. Heute ist alles anders. Aber in den letzten Tagen ist sowieso alles anders und mein Leben ist völlig auf den Kopf gestellt. Ob das nun gut oder schlecht ist, wird sich noch herausstellen. Für den Augenblick ist wichtig, dass mein Knöchel kaum schmerzt. Ich bin ausgeschlafen und ich scheine mich langsam an die schwüle Hitze zu gewöhnen. Meine Euphorie hält sich trotzdem in Grenzen, da die Begleitumstände alles andere als gut sind. Easton, Robertos Tod, Allegras Verschwinden und ... Mic. Der sinnlich, angsteinflößende und knurrige Mic.

Ich hieve mich mit den Ellenbogen auf und sehe zum Fenster hinüber. Ein bisschen wundere ich mich, dass ich ihn weder höre noch, dass ich nicht wach geworden bin, als er hier in der Hütte war. Denn das muss er auf jeden Fall, schließlich steht sein Teller noch auf dem kleinen Klapptisch. Vorsichtig rutsche ich mit den Beinen über die Bettkante. Stelle erst den gesunden Fuß auf und danach ganz vorsichtig den anderen. Es zieht kurz, aber als ich mehr Gewicht darauf lege, ist es auszuhalten. Ein kurzer Blick auf den Knöchel verrät mir, dass die Verfärbungen noch dunkler geworden sind. Aber die Schwellung ist zurückgegangen. Hervorragend. Bestimmt bin ich in ein bis zwei Tagen so weit, dass ich selbstständig den Weg zurück nach Leticia laufen kann.

Noch leicht humpelnd mache ich mich auf den Weg zur Tür, drücke sie auf und spähe nach draußen. Mein Blick fliegt zu der kleinen Feuerstelle, an der Mic und ich gestern Abend noch saßen, aber außer kalter Asche ist dort nichts. Vor allem kein Mic. Vorsichtig gehe ich weiter, um die Hütte herum. Mein Ziel ist mal wieder die Toilette, und ich bin ganz froh, dass er auch hier nicht ist. Nicht, weil ich ihn nicht sehen wollte … leider ganz im Gegenteil. Doch bei meinem Toilettengang ist es mir allemal lieber, ihn alleine hinter mich zu bringen.

Nachdem ich wieder in der Hütte bin, räume ich seine Tasse und seinen Teller in die Spüle und wasche die Sachen ab, bevor ich sie zurück in das kleine Hängeregal stelle. Danach putze ich mir die Zähne und blicke mich in dem kleinen Spiegel an, der direkt neben dem Regal befestigt ist. Ich sah wirklich schon besser aus. Mein dunkles Haar hängt in fettigen Strähnen an mir herab, mein Gesicht sieht verschwitzt und unsauber aus. Das einzig erfreuliche ist, dass meine Kopfwunde so gut wie verheilt ist. Ich hatte schon immer gutes Heilfleisch. Aber wo zum Teufel steckt mein mürrischer Wilder? Ich habe nicht mal eine Uhr, damit ich nachsehen könnte, ob es überhaupt noch Morgen ist oder vielleicht schon später Nachmittag. Meinem Empfinden nach haben wir eher die Mittagszeit erreicht, da die Sonne ganz hoch über dem Amazonasgebiet steht. Dass Mic mich hier alleine zurückgelassen hat, kann ich mir nicht wirklich vorstellen. Andererseits wusste ich gestern Abend auch nicht, warum er unser Beisammensein so schnell abgebrochen und kein Wort mehr mit mir gesprochen hat. Es wird schon seine Gründe haben, dass er hier draußen so alleine lebt. Vielleicht – er ist auf jeden Fall ein paar Jahre älter als ich – war er verheiratet, und das Ganze hat nicht funktioniert. Oder er hat seinen Job und auch sonst alles verloren. Oder ihm wurde das Herz gebrochen … oder er ist einer von Eastons Männern. Was oder wer auch immer er ist … ich sollte die Zeit, in der er nicht hier ist, nutzen und mich eiligst unter die Dusche stellen.

Also gehe ich zum Bett hinüber, beuge mich darüber und

greife nach einem von Mics Shirts. Er besitzt einige. Alle in schwarz oder weiß. Da ich ihm ein weißes schon durchgeschwitzt habe, entscheide ich mich für ein dunkles. Meine eigenen Sachen, die, die ich trug, als Allegra und ich den Unfall hatten, habe ich noch gar nicht wiedergesehen. Meine Augen durchsuchen jeden Winkel der etwa dreißig Quadratmeter Hütte ab, aber eine Waschmaschine entdecke ich nicht. Ich schüttle den Kopf, als ich merke, was für einen Schwachsinn ich da denke. *Stell dich nicht dümmer, als du bist, Elizabeth. Du steckst mitten im Regenwald. Ein Wunder, dass es hier überhaupt eine Art Kühlschrank gibt.*

Ich gehe zu dem kleinen Schrank unter dem Klapptisch, da ich dort gestern Handtücher entdeckt habe. Bewaffnet mit den Sachen, humple ich zurück auf die Veranda, versichere mich, dass Mic tatsächlich nicht in der Nähe ist, und entledige mich dann meiner dreckigen Sachen. Über der Dusche hängt eine Art Sack, der mit Wasser gefüllt ist und an diesem Sack gibt es eine Zugkordel. Das heißt dann wohl kalt duschen. Genau genommen ist mir aber auch egal, ob kalt oder warm. Hier schwitzt man sowieso bei Tag und bei Nacht. Mein Höschen nehme ich mit in die Dusche und entdecke auf dem Boden ein biologisch abbaubares All-Round-Produkt für Haar und Körper. Mic ist wirklich durch und durch ein Naturmensch. Irgendwie gefällt mir das. Wenn ich ehrlich bin, gefällt mir eigentlich fast alles an diesem Mann. Bis auf sein mürrisches Verhalten vielleicht und dass er mir auf eine gewisse Art Angst einjagt.

Als ich an der Kordel ziehe rieselt lauwarmes Wasser auf meinen Kopf und ich quietsche kurz auf, obwohl es gar nicht kalt ist. Eilig schäume ich mir die Haare ein und wasche dann das Höschen mit den Händen aus. Ich werfe es auf die Veranda, da ich sonst gerade nicht weiß, was ich damit anfangen soll, und sehe dann zu dem Behälter hoch. Da sind sicher sechzig Liter drin und das Teil ist noch mehr als halb voll. Entspannt schließe ich meine Augen, massiere mir den Schaum aus den Haaren und genieße einfach für einen Augenblick die Ruhe, das Wasser und den holzigen Duft des Shampoos, das nach Mic duftet.

# 13

MICHELE

## ... WASSER KANN NIEMALS SO HEISS SEIN WIE DER RICHTIGE KÖRPER

Ob es schlau war, meine Hübsche über drei Stunden alleine in der Hütte zu lassen, weiß ich nicht.

Für mich auf jeden Fall – wahrscheinlich auch für sie – war es das Beste, das ich machen konnte. Ich habe kein Holz geschlagen, keine Früchte gesammelt wie ein verdammter Neandertaler, nein, ich bin einfach durch den Regenwald gelaufen. Tatsächlich gelaufen.

Jetzt bin ich so ausgepowert, dass ich bloß noch unter die Dusche und danach in die Hängematte springen will.

Die halbe Nacht habe ich in der Hütte an dem Klapptisch verbracht und sie einfach nur beobachtet. Dabei war mein Ziel eigentlich, sie auf mich vorzubereiten. Auf das was ich mit ihr vorhabe. Und dann konnte ich es nicht. In diesem Moment hatte ich es nicht als richtig empfunden, sie knapp einen Tag, nachdem sie das Bewusstsein wiedererlangt hatte, für meine Zwecke zu missbrauchen. Dabei war ich so erregt, dass ich mich immer wieder auf dem verfickten Stuhl neu ausrichten musste. Aber sie zu sehen, wie ruhig sie dort lag und schlief ... In diesem Moment war mir genau das wichtiger. Und erklären kann ich mir diesen Scheiß selbst nicht. Irgendwann war ich in meine Matte gestiegen und hatte es mir selbst besorgt. Nicht bloß einmal, und auch beim zweiten Mal war es nicht genug. Etliche Zeit und genauso viele Male später war ich aber immer noch keineswegs entspannter. Sobald ich wieder an sie dachte, wuchs mein Schwanz erneut und auch eine weitere Befriedigung hatte nicht viel Abhilfe geschaffen. Selbst die Gedanken an das Panait Mädchen konnten mich nicht von der kleinen Lizzy abbringen. Als ich heute Morgen völlig übermüdet in die Hütte gegangen war, hatte sie immer noch tief und fest geschlafen. Nicht einmal, dass ich mir ein Frühstück gemacht hatte, hatte sie aufgeweckt. Mein Brot schlang ich so schnell wie möglich herunter, nur damit diese Lust der letzten Nacht mich nicht wieder einfangen konnte. Ich säuberte die Feuerstelle, füllte den Wasserbeutel der Dusche auf. Kehrte sogar die Veranda und wusch ihre Sachen unten am Fluss aus. Erst als mir auffiel, dass ich mich wie ein altes Waschweib oder eine Haushälterin aufführte, hatte ich mich dazu entschlossen, laufen zu gehen. Den Kopf wieder vernünftig auszurichten. Ob das funktioniert hat, wage ich noch zu bezweifeln.

Wahrscheinlich kann ich jetzt nicht mehr damit rechnen, dass Liz immer noch schläft, da bereits wieder die Sonne untergeht, aber ich versuche mich so gut es geht auf wichtigere Dinge zu fokussieren. Doch als ich durch die dicht gewachsenen Bäume und Büsche trete, hinter denen die Hütte verborgen liegt, bleibe ich wie vom Donner gerührt stehen. Fuck! Meine Hübsche steht splitterfasernackt unter der Dusche und ihr kleiner Arsch lacht mir entgegen. Sofort macht sich mein Schwanz bemerkbar und ich überlege tatsächlich, ob ich einfach wieder rückwärts gehen soll.

Als ihre Hände seitlich an ihrem nassen, nackten Körper entlanggleiten, habe ich mich zumindest so weit wieder unter

Kontrolle, dass mir klar wird, dass Michele D'Angelo sicher niemals den Rückzug antritt, wenn er eine wunderschöne heiße Frau nackt vor sich hat. Aus meiner Gesäßtasche ziehe ich mein Handy und checke schnell, ob irgendeine Nachricht eingegangen ist. Was wiederum Schwachsinn ist. Hier, so tief im Regenwald, bin ich komplett von der Außenwelt abgeschnitten. Genauso, wie ich es wollte. Sollte es zu Hause dringende Neuigkeiten geben ... Nicolo weiß, wo er mich findet.

In der Sekunde, in der ich das Handy wieder wegpacke und den ersten Schritt mache, dreht Liz sich um. Ihre Augen sind direkt auf mich gerichtet und ein Ruck geht durch ihren perfekten Körper. Sie springt nach vorn, schreit kurz auf und greift nach dem Handtuch, das vor der Dusche auf dem Boden liegt. Am liebsten würde ich ihr sofort den nackten Hintern versohlen, dafür, dass sie mir mit dem Tuch den Blick auf ihren Körper stiehlt.

Meine Eingebung sagt mir, zu ihr zu gehen. Ihr das Handtuch herunterzureißen und sie an den Haaren in mein Bett zu dirigieren. Sie mit weit gespreizten Beinen dort festzuschnallen und ihr die Hände hinter dem Rücken zusammenzubinden. Noch während ich an den Paddel, die Seile und anderen Spielzeuge denke, die im Schrank draußen beim Aggregat liegen, ist mir völlig klar, dass sich mein steifer Schwanz nicht mehr vor ihr verbergen lässt. »Du bist wach«, sage ich mit einem deutlich zu scharfem Ton, als ich vor der Veranda ankomme. Es macht mich wirklich wütend, dass ich nicht mehr alles von ihr sehe.

»Auch hallo«, antwortet sie scharf und zieht das Handtuch fester um sich.

Die große Beule in meiner Hose beachtet sie gar nicht. Sie sieht einzig und alleine in meine Augen, und ich weiß, dass sie sie abschrecken müssen. Ich bin nicht wirklich böse auf sie.

Außer wegen der Sache, mit dem verdammten Handtuch. Viel mehr ärgere ich mich über mich selbst. Weil ich nicht wie sonst einfach das tue, was ich tun will. Weil ich ständig an ihren Körper denke, ihr Gesicht. Ihre Stimme … Der Wald scheint mir keinesfalls gutzutun. Ich sollte meine kleine Lizzy besser so heftig ficken und so oft es nur geht, damit ich nicht zufällig auf dieselben abstrusen Gedanken komme, wenn Easton Panaits Schwester hier ist. Für die ist anderes vorgesehen.

Das allerdings hat rein gar nichts mit körperlicher Lust zu tun. Vielmehr mit anderen körperlichen Schmerzen, die ihr sicher nicht gefallen werden.

»Ich bin überrascht, dass du wieder mit mir sprichst«, äußert Liz und macht einen seitlichen Schritt auf die Tür zu. So, als säße sie in der Falle. Und genau das tut sie auch, sie weiß es nur noch nicht.

»Und ich bin überrascht, dass du alleine aufgestanden bist.« Ich warte nicht auf ihre Antwort, sondern beginne damit, mir die verschwitzen Klamotten abzustreifen. Ich höre, wie ihr Atem sich beschleunigt, als mein Shirt zu Boden fällt und danach meine Hose. Scheiße! Das macht mich sofort noch härter.

»Ich lasse dir mal lieber deine Privatsphäre«, sagt sie mit aufgeregter Stimme.

Doch bevor sie noch weiter auf die Tür zugehen kann, habe ich schon die zwei Stufen auf die Veranda hinauf hinter mich gebracht und bleibe vor der Dusche, genau neben ihr stehen. Scheiße … so nah bei mir … alles in mir schreit danach, sie mir einfach zu nehmen. Ihrem Knöchel scheint es definitiv besser zu gehen, nichts sollte mich von meinen Plänen abhalten. »Mich störst du nicht«, sage ich völlig sachlich, wandere aber zeitgleich provokant mit meinen Augen über die Stellen ihrer Haut, die nackt sind.

»Ich ziehe mich drinnen um.« Sie hinkt leicht zur Tür hinüber, und ein Grinsen breitet sich auf meinem Gesicht aus, als ich die Kordel des Wasserbeutels nachziehe.

»Liz ... ich habe ein Handtuch vergessen. Könntest du mir bitte eins bringen?« Wieder warte ich keine Antwort ab, sondern stelle mich direkt unter den Wasserstrahl und höre im Anschluss wie sich die Tür öffnet und schließt.

*Ja, meine Hübsche ... vielleicht hattest du letzte Nacht noch Schonzeit. Damit ist es jetzt definitiv vorbei.*

Während ich mich wasche und dabei an meinem harten Schwanz ankomme, höre ich erneut das Öffnen der Tür. Ein Ziehen geht durch meine prall gefüllten Eier und ich bin versucht, mir jetzt und hier einen runterzuholen. Bloß, weil ich weiß, dass sie jeden Moment vor mir auftauchen wird. Und dann, in dem Moment, wenn ich vor ihr komme, ziehe ich sie in die Dusche, drücke sie hinunter in die Knie und lasse sie meinen Schwanz blasen.

»Ich habe dir das Handtuch hier oben rüber gehängt.«

Mein Blick schießt seitlich hoch – leider sind die Wände der Dusche nicht durchsichtig – und ich sehe tatsächlich ein Handtuch oben aufliegen. Verdammtes kleines Luder. Meine Fantasie ist zerplatzt wie eine scheiß Seifenblase. Was aber nicht weiter schlimm ist. Sie wird meinen Schwanz in ihren süßen Mund nehmen, wenn ich es wirklich will. Und ich werde sie nicht mal dazu zwingen müssen, denn sie wird darum betteln.

»Hast du Hunger?«, ruft sie, »vielleicht könnte ich uns in der Zeit, in der du duschst, etwas vorbereiten.«

Mit meiner Faust umfasse ich meinen Schwanz. Ich kann gar nicht anders. Meine Gedanken, ihre Stimme, so nah bei mir ... zu wissen, dass sie unter ihrem Handtuch nackt ist ... »Ich habe einen ganz besonderen Hunger, Lizzy«, raune ich und beginne meine Hand auf und ab zu bewegen. Wieder fliegt diese Fantasie durch meine Gehirnwindungen. Sie, hier, mit mir in der Dusche. Ihr Gesicht hart gegen die Scheibe gepresst und ihr kleiner Arsch ist einzig und alleine für meine Lust da.

»Dann kümmere ich mich darum«, höre ich sie sagen.

Als die Tür zuschlägt, bin ich es der kommt. Und nicht sie ist es, die mit dem Gesicht an der Scheibe aufliegt, sondern ich, während ich ihren Namen stöhne.

\*\*\*

Zwanzig Minuten später trete ich angezogen durch die Tür. Ohne dass ich es mitbekommen habe, lag eine frische Jeans, eine Shorts und ein Shirt vor der Tür.

Ich tue ihr den Gefallen, sie nicht wieder mit meinem nackten Körper zu konfrontieren, denn den wird sie ab der kommenden Nacht fast ausschließlich zu sehen bekommen. Und diesmal werde ich nicht wie eine Pussy davonlaufen. Die Zeit wird immer knapper und ich will sie so gut nutzen wie nur möglich.

Leider ist Liz auch wieder angezogen. Zum Vorteil für mich jedoch wieder mit einem Shirt von mir. Was mir aber gar nicht zusagt ist, dass sie sich ebenfalls eine meiner viel zu großen Jogginghosen über ihren schlanken, perfekten Körper gezogen hat. Trotzdem komme ich nicht umhin, mir einzugestehen, dass sie selbst damit furchtbar begehrenswert aussieht. »Das riecht gut«, sage ich und starre sie an, wie sie mit dem Rücken zu mir an der kleinen Heizplatte steht. Der Klapptisch ist nicht nur gedeckt, er sieht sogar gut aus. Ich wusste nicht mal, dass ich Servietten besitze. Wahrscheinlich hat Nicolo sie hier untergebracht. Für mich sind solche Dinge nicht von Belang.

»Da waren Eier im Kühlschrank. Leider gibt es außer denen und Brot auch nicht viel mehr.«

Sie schaut mich kurz über ihre Schulter an. Ihre Wangen sind leicht gerötet, wahrscheinlich von der Hitze, die hier ständig herrscht, und dazu noch die, die von der kleinen Heizstelle abstrahlt.

»Und Früchte«, sage ich, setze mich an den Tisch und nehme mir eine von den Tomatos de Arbol, die ich gestern erst besorgt habe. Während sie fleißig mit der Pfanne hantiert, habe ich nur Augen für sie. Alles, was sie tut, sieht graziös aus. Geschmeidige und doch sichere Bewegungen. Wie wird sie sich erst unter mir bewegen? Ich dränge den Gedanken zur Seite, da mein Schwanz sich sofort wieder meldet.

»Dauert nicht mehr lange«, ruft sie mir zu. »Wo warst du heute?«

Ich nehme mir noch eine der tomatenähnlichen Früchte und schiebe sie mir in den Mund. »Ich war laufen. Wenn mein Kopf voll ist, dann brauche ich das. Eigentlich nutze ich mein Fitness-Studio, aber hi…« Fuck!

»Dein was?«

Sie dreht sich zu mir herum und sieht mich völlig überrascht an. Ihre Augen sind groß, blau und so voller Neugier. Und ich bin ein wahnsinniger Idiot. »Früher, meine ich. Vor Leticia bin ich oft ins Fitness-Studio gegangen.«

»Ach so.« Sie wendet sich wieder der Pfanne zu. »Darf ich dich zwei Dinge fragen?«

Ich würde gerne *Nein* brüllen, aber ich kann es nicht. »Fragen kannst du. Ob du eine Antwort erhältst, meine Hübsche, steht auf einem anderen Blatt geschrieben.«

»Warum warst du gestern Abend auf einmal so … ich weiß nicht … schlecht gelaunt? Habe ich etwas falsch gemacht?«

Sie sieht mich nicht an, und ich möchte am liebsten zu ihr

hinübergehen, sie von der scheiß Herdplatte wegziehen und ihr zeigen, was mit mir los war.

»Und die andere Frage ist: Was hast du vorher gemacht? Also vor Leticia?«

Sie lässt mir gar keine Zeit ihre erste Frage zu beantworten, und ich stelle fest, dass ich mir besser eine plausible Geschichte für meine kleine Liz zurecht gesponnen hätte. Wobei es nie mein Plan war, überhaupt große Gespräche mit ihr zu führen. »Zu gestern Abend ... das steht in direkter Verbindung zu deiner zweiten Frage. Vor einem Jahr war ich noch ein ziemlich erfolgreicher CEO einer großen Firma.« Fuck! Ich habe keine Ahnung, was ich ihr sagen soll und warum überhaupt.

»Und?« Sie stellt die Heizplatte aus und dreht sich herum. »Was ist passiert, das einen dazu veranlasst, mitten in den Regenwald zu ziehen und alles hinter sich zu lassen?«

Sie kommt mit der Pfanne auf mich zu, und als sie die Eierspeise auf unseren Tellern verteilt, rutscht ihr mein viel zu großes Shirt leicht über die Schulter und mein Schwanz springt sofort darauf an. »Ich hatte so ziemlich alles und habe so ziemlich alles verloren. Mehr gibt es da nicht zu erzählen. Ich wurde übervorteilt. Habe mich auf etwas eingelassen, das ich besser niemals in Betracht gezogen hätte. Ich muss runterkommen und dazu ist das hier der beste Ort.« Diese Geschichte sollte passen und vor allem genügen. Sie stellt die Pfanne wieder auf der Platte ab und kommt zum Tisch zurück. Ihren Blick hält sie gesenkt, dabei wünsche ich mir nichts mehr, als in ihre großen Augen sehen zu können. Zumindest für den Moment.

»Das tut mir leid«, sagt sie leise und nimmt Gabel und Messer auf. »Ich hoffe, es schmeckt dir.«

Es wird mir schmecken. Sie wird mir schmecken. Alles an

ihr ist süß, und ich weiß, dass ihre Haut, ihr gesamter Körper, ihre Pussy, noch viel süßer sein werden. »Was ist mit dir? Warum Kolumbien?«, frage ich und schiebe mir die Gabel mit samt der Eierspeise in den Mund.

»So, wie ich es dir schon gesagt habe. Meine Oma war ihr Leben lang ein großer Fan von Kolumbien und dem Regenwald. Stellvertretend für sie habe ich diese Reise eigentlich angetreten.«

»Und bist bei mir gelandet.« Meine Gabel lege ich auf den Tisch, obwohl dieses verdammte Ei das Beste ist, das ich seit langem gegessen habe. Und eigentlich kochen Spitzenköche für mich.

»Ich bin bei dir gelandet«, wiederholt sie leise und sieht endlich zu mir auf.

Einen Moment lang geschieht gar nichts. Während sie mich staunend, fragend, ängstlich und neugierig, alles auf einmal, ansieht, kann ich nur an den Schmerz denken, den ich ihr zufügen werde. Etwas in mir, versucht mir zu sagen, dass ich das lassen sollte. Selbst das Denken daran. Aber ich kann es nicht. Ich bin, wer ich bin, und ich brauche, was ich brauche. Daran wird auch eine kleine süße Elizabeth aus Dallas nichts ändern. Trotzdem ist sie die Erste, für die es mir leidtut. Denn eines weiß ich genau: Diese junge Frau, die so unerfahren ist wie keine zuvor, und auf die ich mich eingelassen habe, die werde ich zerstören mit meinem Ich. Selbst gestandene Frauen wie Allegra haben ihre Probleme mit mir. Kommen nicht damit zurecht, dass sie für mich bloß sind, was sie sind. Aussichten auf eine kleine Ablenkung von meinem eigenen verkorksten, dunklen Ich. Sex für ein paar Stunden. Sex, der nicht der bloße Vanilla-Sex ist, wie er an vielen Stellen stattfindet. Der befriedigt mich nicht. Ich will, dass sie vor mir niederknien. Dass sie danach betteln, dass ich sie erniedrige. Und obwohl bei meiner hübschen Lizzy etwas wie ein Gewissen in mir versucht zu erwachen, ist sie doch gerade die, der ich den größten Schmerz zufügen will. Genau weil sie solche besonderen Gefühle in mir auslöst.

»Es schmeckt dir nicht«, sagt sie und deutet auf meinen Teller, während ihrer bereits leer ist. »Es tut mir leid, ich bin nicht so geübt im Kochen.«

Sofort ergreife ich die Gabel wieder und schiebe mir den nächsten Bissen in den Mund. Ich war so in Gedanken, dass ich beinahe alles um mich herum vergessen habe. Selbst sie, die mir direkt gegenübersitzt, obwohl meine Gedanken um fast nichts anderes kreisen. »Ich war in Gedanken. An deinem Essen liegt es sicher nicht.«

»Du kannst ruhig ehrlich sein.«

»Wenn ich sonst nichts bin, meine Hübsche. Ehrlich, das bin ich immer.« Sowie ich es sage, fühle ich einen kurzen Stich. Es stimmt, ich bin immer ehrlich. Sage immer, was ich denke. Aber hier, mit ihr bin ich alles andere als das.

Sie steht auf, nimmt unsere Teller in die Hände – meinen habe ich innerhalb von einer Minute geleert – und geht damit zur Spüle. Und erst dann kommt mir der Gedanke, warum sie kaum andere Speisen zubereiten kann, wenn sie jahrelang ihre Großmutter gepflegt und versorgt hat?

»Wo hast du meine Sachen hingelegt?« Nachdem sie die Teller und das Besteck abgewaschen, getrocknet und zurück in den Schrank geräumt hat, wendet sie sich mir wieder zu.

»Die hängen hinter der Hütte zum Trocknen«, sage ich flach. Vor allem lüge ich aber. Ihre Sachen habe ich verbrannt. Ich will nicht, dass sie zu viel auf der Haut trägt. Ich will so viel wie möglich von ihr sehen. Ihre Haltung, ihr Körper … ich könnte rasen vor Gier. Aber zum ersten Mal kommt mir der Gedanke, dass etwas an ihrer Story vielleicht hakt.

»Du hast sie gewaschen?«

Ich erhebe mich, gehe auf sie zu und stoppe dicht vor ihr. »Ich habe einige Qualitäten, meine Hübsche. Und du wirst niemals erraten, welche.« Ich wende mich ab und verschwinde durch die Tür nach draußen in die mittlerweile eingetretene Schwärze des Regenwalds. Mein Kopf raucht, mein Schwanz zuckt und mein Körper ist voller Gier. Und ich weiß, das hier wird nicht gut für meine kleine Lizzy ausgehen.

# 14

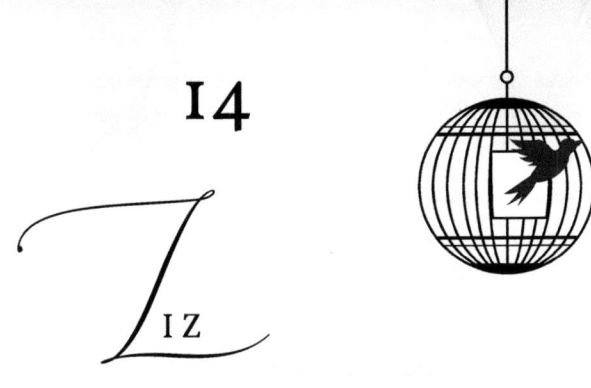

## *L* IZ

## ... HÄNDE DER DUNKELHEIT

Für einen Moment stehe ich einfach nur da und sehe ihm nach. Zu etwas anderem bin ich nicht im Stande. Und als ich nach fünf Minuten immer noch auf die Tür starre, zwinge ich mich, Bewegung in meinen Körper zu bringen. Wieder fühlt es sich an, als ob ich etwas Falsches getan oder gesagt hätte. Es wird wohl kaum an meinem Essen gelegen haben, dass er so reagiert, denn das Ei war für meine Verhältnisse wirklich gut. Ich kann an fünf Fingern abzählen, wie oft in meinem Leben ich Essen zubereitet habe. Wahrscheinlich muss ich mich für die Zeit, in der ich hier bin, einfach damit abfinden, dass Mic anders ist. Er ist nicht wie die Wachen meines Bruders. Er sieht so aus, annähernd, das schon. Mic sieht sogar wesentlich besser aus. Aber er ist eben ein richtiger Mann. Und im Umgang mit Männern kenne ich mich kaum aus. Und er ist ein Mann, mit dem ich zurzeit sozusagen zusammenwohne. Und darin habe ich noch weniger Erfahrung als im Zubereiten von Speisen.

Sobald ich an der Tür stehe, nur noch wenige Schritte von ihm entfernt bin, kommt mir Allegras Bild in den Kopf. Es fühlt sich falsch an, hier in aller Seelenruhe mit Mic zusammen zu sein, während sie vielleicht verletzt irgendwo dort draußen ist oder von meinem Bruder gefoltert wird. Ich darf nicht einfach hier herumsitzen. Meinem Fuß geht es seit heute erstaunlicherweise bedeutend besser. Nichts oder nicht viel hält mich davon ab, zu gehen. Doch dieses *nicht viel* ist eben einfach mehr. Es fühlt sich nach etwas an, das ich gerne besser kennenlernen, erfahren würde. Es fühlt sich nach Glück an. Doch selbst wenn es etwas Glück wäre, das ich hier finden könnte, würde ich noch bleiben … ich kann es nicht. Meine einzige und beste Freundin, die, die, um mir zu helfen, ihren Bruder verloren hat, steckt vielleicht in großen Schwierigkeiten. Ihr könnte alles Mögliche passiert sein. Sie könnte tatsächlich verletzt im Wald liegen. Sie könnte wirklich von Eastons Männern geschnappt worden sein. Oder sie hat es bis zu ihrem Cousin geschafft und macht sich jetzt Sorgen um mich. Vielleicht suchen sie mich. Egal wie ich es drehe und wende … und warum auch immer ich mich bei Mic so fühle, wie ich mich fühle, ich kann nicht mehr lange bleiben. *Wie fühlst du dich denn in seiner Nähe?*, frage ich mich selbst, als ich die Tür aufdrücke. Ich fühle mich … frei. Geborgen, und doch so, dass ich auf der Hut sein sollte. Es sind Gefühle, die ich nicht einordnen kann. Vielleicht sind sie gerade deshalb so reizvoll für mich.

Ich sehe seinen Rücken, als ich auf die kleine Veranda hinaustrete. Den Rücken, den ich schon in- und auswendig kenne. Er sitzt auf der obersten Stufe der Treppe. Seine Muskeln sind angespannt, das erkennt man sogar unter dem enganliegenden Shirt. Sein Blick liegt auf dem sternenübersäten Himmel und er scheint völlig reglos. Die Nacht ist heute angenehm. Nicht ganz so erdrückend schwül, und ich frage mich, wie sie vielleicht endet. Dass ich mich so für einen Mann interessiere … Es ist nicht wie bei Keanu. Es geht tiefer. Und fühlt sich an, als bestünde da eine Verbindung, die es gar nicht geben kann. Wir teilen nichts. Weder Erinnerungen noch die Art und Weise wie wir leben. Wir haben keine tiefsinnigen Gespräche geführt, uns trennen Welten … und jede noch so kleine Verbindung zwischen uns, könnte tödlich für ihn enden. Ich kann nicht mal sagen, ob ich selbst noch lange lebe. Wie könnte ich mir wünschen, dass er und ich uns näherkommen, wenn alles, was in meiner Nähe ist, immer stirbt? Wie eine dunkle Wolke zieht Keanus Bild durch mein Hirn. Woher weiß ich überhaupt, dass Easton ihn rausgeschmissen und nicht getötet hat?

»Willst du noch lange da stehen, Liz?«

Seine Stimme ist so dunkel, so rau und warnend, dass ich erzittere. Eine Antwort bringe ich nicht über die Lippen, sondern setze langsam und leicht hinkend, einen Fuß vor den anderen, bis ich hinter ihm ankomme. Dieser Moment fühlt sich magisch an. Als befänden Mic und ich uns inklusive dieser kleinen Hütte in einer Art Blase. Eine geschützte Blase. Abgetrennt vom Rest der Welt und nichts und niemand, so macht es den Anschein, könnte uns jemals hier finden.

»Setz dich zu mir, meine Hübsche.« Er bittet nicht. Er fordert. Nichts anderes gibt sein Ton preis.

Und ich … gehorche.

Sobald ich neben ihm sitze, erfasst mich Hitze und Kälte zugleich. Ich möchte davonlaufen und mich zeitgleich an ihn schmiegen. Also … mache ich nichts davon. Er ist es, der etwas tut. Sein Arm legt sich um meine Taille und er zieht mich an seine Seite, sodass mein Gesicht sich fast direkt neben seinem befindet. Gott, ich bin nervös wie wilde Pferde, wenn sie fremde Geräusche hören.

»Es ist nicht deine Schuld. Ich bin ein …« Er stockt. Sein Blick liegt auf dem Sternenhimmel.

Und ich … ich kann nur ihn ansehen. Sein Profil. Dieses

markante Gesicht mit den leichten Bartstoppeln. Die wunderschönen geschwungen Lippen. Er ist so ... perfekt unvollkommen, wenn ich an die Narben auf seinem Rücken denke. »Du solltest nicht hier bei mir sein«, führt er den Satz zu Ende.

Danach wendet er mir sein geheimnisvoll schönes Gesicht zu und alles um uns herum versinkt in Belanglosigkeit. Versinkt in den Geräuschen der Nacht, des Waldes und dem heftigen Schlagen meines Herzens.

»Ich werde dich jetzt in dein Bett tragen und ich dulde keine Widerrede. Und glaub mir, meine Hübsche, so ist es das Beste für dich.«

\*\*\*

Etwas streicht über mein Bein. Vielleicht eine Schlange? Ich will den Fuß wegziehen, doch sofort spüre ich Schmerz. Nicht annähernd so schlimm wie gestern noch, aber er reicht aus, um mich ruhigzuhalten. Dann ist da wieder dieses warme, beinahe heiße Gefühl. Es fährt meine Beine entlang. Rauf und runter. Sanft. Langsam. Zärtlich. Und erst dann werde ich richtig wach und realisiere, dass ich gar nicht träume.

Ich will aufschreien, nach Mic rufen, aber ich kann mich nicht bewegen und keinen Laut von mir geben, da in diesem Augenblick die Finger – *mein Gott!*, es sind Finger – meine Oberschenkel erreichen.

Ich versuche, nicht zu atmen, versuche, angestrengt nachzudenken. Doch das Einzige, dass ich verstehe, in meinem halb schlafenden Kopf, ist, dass diese Finger zu Mic gehören. Ich erkenne ihn an seinem Geruch. An seiner Aura. An allem. Ich bin wie paralysiert. Traue mich ja noch nicht einmal, die Augen zu öffnen. Ein Prickeln entfacht tief in meinem Bauch, als ich die raue Sanftheit seiner großen Hände mit meinen Sinnen aufnehme. Als ich ihn rieche. Ihn spüre. Weiß er, dass ich wach bin? Weiß er, dass mir immer heißer wird? Und warum sitzt er auf dem Bett zu meinen Füßen? Und warum berührt er mich so? Warum erregt es mich so sehr?

»Pssst«, höre ich plötzlich seine dunkle Stimme.

Sie ist rauchig, leise und erfüllt doch den gesamten Raum. Und vor allem sagt sie mir, dass er genau weiß, dass ich mittlerweile wach bin. Trotzdem kann ich meine Augen noch nicht öffnen. Versuche, meinen Körper unter Kontrolle zu bekommen, der einerseits durch seine Berührung ganz weich wird und andererseits vor lauter Aufregung komplett versteift. Jetzt fahren seine Hände wieder meine Beine entlang, nach unten. Er ist so groß, dass er sich dafür, glaube ich, nicht mal verbiegen muss. Geschickt umfährt er meinen immer noch leicht geschwollenen Knöchel und nimmt meine Fußsohlen in seine Hände. Als er beginnt, sie zu massieren, entweicht mir ein kurzes Seufzen und ich höre einen leisen knurrenden Ton aus seinem Mund kommen. Beschwert er sich? Darf ich keine Geräusche machen? Ich meine, er kommt doch mitten in der Nacht in mein Bett und fasst mich ungefragt an. Wir kennen uns nicht mal wirklich. Und doch will ich es so sehr.

»Es ist auch mein Bett, Liz«, raunt er, als hätte er meine Gedanken gehört. »Und in meinem Bett, passiert genau das, was ich will.«

Sein Druck um meine Fußballen wird stärker und mein Knöchel muckt dabei leicht auf. Als ich aber erneut das tiefe dunkle Timbre von Mics Stimme höre, verschwindet der Schmerz wie Schall im Wind.

»Ich werde dich heute Nacht noch nicht ficken, kleine Liz. Heute werde ich dich nur ein wenig auf mich vorbereiten. Genieß es, solange du noch kannst.«

Mir wird fast schwindelig von seinen lüsternen Worten, und ich will schon widersprechen, als ich seine Hände wieder an meinen Waden spüre. Spüre, wie sie höher und höher wandern. Ich kann meine Augen jetzt nicht mehr geschlossen halten, obwohl ich nichts lieber täte. Denn im Grunde habe ich Angst, vor dem, was ich gleich sehe. Nicht vor Mics hübschem Gesicht. Nicht vor seinen einnehmenden Augen. Doch vielleicht liegt etwas in diesen Augen, das die Angst vor ihm größer werden lässt. Vielleicht hat mein Bruder ihm genau das hier aufgetragen.

Ich kann nicht weiter nachdenken, da er sich in diesem Moment erhebt, vom Bett steigt und neben meinem Becken Platz nimmt. Erst blinzle ich nur durch einen kleinen Spalt, und als ich erkenne, dass ich eben nicht viel erkenne, da wieder nur das Mondlicht durch die winzigen Scheiben dringt, öffne ich sie komplett. Seine Augen liegen genau auf meinen und seine linke Hand wandert just in dieser Sekunde auf meinen Bauch, der sich viel zu schnell hebt und senkt. Mit den Fingerspitzen zieht er Kreise um meinen Bauchnabel, und ich blicke einzig und alleine nur in die beiden dunklen Krater seiner Augen, die mit der Dunkelheit der Nacht verschmelzen.

»Ich will dich, meine Hübsche. Von dem Moment an, in dem ich dich gesehen habe. Aus keinem anderen Grund lebst du noch, und es ist an der Zeit, dir das mitzuteilen.«

Mein gesamter Körper erzittert, und ich weiß nicht, ob es an seinen Worten liegt oder seiner warmen großen Hand, die sich in mein Höschen schiebt. Mit den Fingerkuppen fährt er einmal durch meinen Spalt, und ich spüre alleine durch diese Berührung, dass ich völlig nass bin. Seine Worte wabern durch mein lustvernebeltes Hirn ... *Ich will dich, meine Hübsche. Von dem Moment an, in dem ich dich gesehen habe. Aus keinem anderen Grund lebst du noch, und es ist an der Zeit, dir das mitzuteilen.* Ich kann mich kaum auf diese Worte konzentrieren, obwohl alles in mir schreien müsste, dass das der Beweis ist, dass Easton ihn geschickt hat. Dass seine Geschichte eine ausgedachte war.

»So bereit, kleine Liz«, murmelt er und fährt erneut durch meinen Spalt, zurück nach oben.

Nur um im Anschluss seinen Daumen fest auf meine Klit zu drücken. »Gott«, höre ich mich keuchen und sein leises dunkles Lachen fliegt wie dunkle Schmetterlinge durch den Raum. Meine inneren Muskeln ziehen sich zusammen, als er anfängt, diesen kleinen geschwollenen Punkt in meiner Mitte zu massieren. Er macht es ganz anders, als ich es tue. Ich bin schnell, weiß genau, wie und wo ich mich zum Höhepunkt bringe. Dabei brauche ich keine Zärtlichkeit.

Aber das hier, Mics großer Finger genau dort, der immer wieder reibt, drückt, in verschiedenen Geschwindigkeiten … Es fühlt sich an, als stünde ich kurz vor dem Orgasmus und wäre doch noch meilenweit davon entfernt. Es fühlt sich zu gut an. Fühlt sich nach mehr an. Und doch macht er mir in diesem Augenblick mehr Angst als in den ganzen Tagen zuvor.

»Bist du schon mal gekommen, Liz?«

Ich kann mich kaum auf seine Stimme konzentrieren. Habe genug damit zu tun, mich von ihm dem Orgasmus entgegenbringen zu lassen. Genug damit zu kämpfen, dass mein Unterbewusstsein schreit, dass das hier falsch ist. Dass dieser Mann mir völlig fremd ist. Dass diesen Mann mir nur mein Bruder geschickt haben kann.

»Antworte mir, Elizabeth«, sagt er knurrend und unterlässt das Reiben meiner Klitoris.

Sofort wimmere ich auf, drücke ihm mein Becken entgegen und bereue es sofort, da ich mich dabei mit den Füßen in die

Matratze gedrückt habe. »Ja«, keuche ich gierig und atme erleichtert auf, als ich seine Hand wieder dort unten spüre. Oh mein Gott! Dass ich so bereitwillig meine Beine öffne, kann nicht richtig sein. Aber es fühlt sich richtig an.

»Hat er es ebenso gut gemacht?«, fragt er jetzt mit einem seltsamen Unterton.

Diesmal warte ich nicht so lange mit der Antwort. Ich will nicht, dass er wieder aufhört. Er soll mich berühren ... überall. »Nur ich habe mich je selbst dort angefasst.« Wieder höre ich das animalische Knurren, das aus seiner Brust kommt und wieder schießt es sofort in meine Mitte und meine Brüste werden schwer und rund. Als hätte er einen Peilsender für meine Gedanken und Gefühle, beugt er sich jetzt so dicht vor, dass sein Gesicht mein Kinn erreicht. Sein Finger stimuliert mich weiter. Mal sanft, mal schnell. Diese süße Qual ist kaum zu ertragen. Seine rechte Hand fährt unter meinen Rücken und ich biege ihn durch. Völlig unproblematisch öffnet er den Verschluss meines BHs, zieht mir mein Shirt aus und streift mir danach den BH über die Schultern. Meine Augen sind langsam überfordert. In der beinahen Schwärze suchen sie seinen Blick, versuchen zu beobachten, was er mit meinem Fleisch dort unten tut, und sehen jetzt dabei zu, wie er seine große Hand um meine Brust legt.

»Du fühlst dich so gut an, Lizzy«, murmelt er und drückt dabei mit seinem Finger fester auf meinen Lustpunkt.

Ich stöhne rau, werde beinahe wahnsinnig, als er mit seinem Kopf hinunterfährt, meine Brust in seinen Händen quetscht und meinen mittlerweile steinharten Nippel mit seinen Zähnen aufnimmt.

»Mic ...« Ich erkenne meine eigene Stimme kaum wieder. Doch anstatt, dass sie mir Angst macht, dass er mir Angst macht ... werde ich nur noch feuchter.

»Wie oft machst du es dir?«, will er wissen. Sein Mund gibt meinen Nippel frei und er bläst kalt warme Luft über mein gereiztes Fleisch.

»Nicht so oft«, stammle ich wahrheitsgemäß. *Bitte, mach weiter. Lass mich kommen, bevor du mich tötest.*

»Genauer, Elizabeth«, sagt er hart und hat im nächsten Moment wieder meinen Nippel im Mund.

»Ich weiß es nicht«, stöhne ich auf, weil er mich beißt. Feste beißt. Zu fest.

»Das solltest du aber, wenn du heute noch kommen willst.« Seine Stimme ist ein einziges dunkles Knurren und sein Finger bewegt sich immer schneller. Schonungsloser, und ich vergesse den Schmerz, den er mir gerade noch zugefügt hat.

»Einmal die Woche«, schreie ich laut, da er wieder zubeißt. Und es schmerzt so sehr, dass mir Tränen in die Augen schießen. Zeitgleich stimuliert er jetzt so intensiv meine geschwollene Klit, dass sich alles vermischt. Lust, Schmerz, Verlangen und Angst. Ich weiß nicht, wie lange ich dem noch standhalten kann.

»Ja, Lizzy, komm für mich. Nur für mich«, spricht er fordernd, und seine Stimme treibt mich endgültig an den Rand.

Der Schmerz ist beinahe vergessen. Da ist nur noch er. Das Verlangen nach dem Sturz über den Rand. Das Verlangen, dass er mich an einen anderen Ort führt und … Seine Lippen küssen das Fleisch um meinen gereizten Nippel herum und ich schmelze. Weil er mit seiner Zunge immer wieder gegen diese verletzte harte Knospe stößt. Weil er bei mir ist. Weil ich ihn so sehr will. Ich stöhne laut auf, hebe mein Becken flehend an. Will, dass sein Finger in mich eindringt. Will mehr von ihm. Aber er tut es nicht. Er reibt immer nur über meinen Lustpunkt, küsst meine Haut, streift mit der Zunge meinen Nippel … es macht mich wahnsinnig. Es ist zu viel und reicht doch nicht. Sein Geruch, den ich immer noch nicht genau beschreiben kann. Sein starker männlicher Körper, der mich selbst in fast gänzlicher Dunkelheit um den Verstand bringt.

»Bitte, Mic«, keuche ich laut und sein Druck auf meine Klitoris wird noch stärker. Intensiver.

»Komm für mich, Lizzy. Jetzt. Gib mir das von dir. Teile es mit mir.«

Ich höre den Befehl in seiner Stimme. Und dieses Bestimmende vermischt sich mit der allgegenwärtigen Angst und ungezügelten Lust. Er treibt mich in den Wahnsinn damit. An den Abgrund. Plötzlich saugt er meinen Nippel wieder in seinen Mund ein, kneift in meine Klit … und als er hart zubeißt, stürze ich ab. Komme an seiner Hand. Laut, schreiend und wimmere dabei seinen Namen.

»Brav, kleine Lizzy«, sagt er fast flüsternd und klingt gehetzt dabei.

Ich versuche, auf seine Stimme zu achten, bin aber zu sehr mit den Nachbeben des Orgasmus beschäftigt und damit, dass er weiter mein rohes Fleisch sanft streichelt. Es fühlt sich so ganz anders an als alle Orgasmen, die ich bisher erlebt habe. Mit ihm fühlt sich alles anders an. Es ist ein Hochgefühl, das ich kaum beschreiben kann. Ich weiß nur, ich will mehr davon.

Ich würde ihn gerne anfassen. Ihn küssen, aber ich stehe völlig neben mir, während er sanft meinen Nippel küsst und langsam über meine Klit streicht. So einen Orgasmus habe ich noch nie erlebt. Und er hat ihn mir geschenkt. Mein wilder Fremder. Mic. Von dem ich nun sicher bin, dass er mir den Tod bringen wird, weil er nur aus einem einzigen Grund hier ist … mein Bruder hat ihn mir geschickt, um mich zu töten oder nach Hause zu holen. Damit er es selbst tun kann.

# 15

# $\mathcal{M}$ICHELE

## ... LUST UND GEHORSAM

Sie riecht wie sieben Sünden auf einmal. Ihr Atem geht schnell, ihr Brustkorb hebt und senkt sich ebenso.

Nur allmählich gebe ich meine Berührungen auf. Ziehe mich langsam zurück. Sie jetzt nicht hier und auf der Stelle zu nehmen, sie mir vollkommen gefügig zu machen, kostet mich mehr Kraft, als ich zurzeit aufbringen kann. Ich muss gehen. Muss sie atmen lassen, bevor ich ihr jeden Atemzug stehle. Meine Finger verlassen ihre zarte Haut, aber meine Augen liegen auf ihrem Gesicht, das von der Dunkelheit geküsst wird. »Lizzy«, flüstere ich und beuge mich vor. Gebe einen einzelnen Kuss auf ihren Hügel und reiße mich los, um aufzustehen.

Es ist fast, als bekäme sie das gar nicht mit. Ihre Augen sind geschlossen, ihre Hände liegen starr neben ihrem Becken. Dieses Becken ... Wieder gleicht sie einer schlafenden Prinzessin und vernebelt mir damit mein verdammtes, kaputtes Hirn. »Schlaf gut, meine Hübsche«, flüstere ich und gehe nach draußen. Sie wird mir nicht folgen. Wird – zumindest heute Nacht – keine Fragen stellen. Mein Blick gleitet durch die Finsternis, und ich denke an alles, was ich verloren habe.

An alles, was ich bisher in meinem verschissenen Leben erlebt habe. Den Gedanken, dass Lizzy das Erste völlig reine und größtenteils ehrliche ist, das mir unter die Augen kommt, verbanne ich. Meine Pläne, meine Ziele sind auf andere Dinge ausgerichtet. Lizzy ist nur ein kleiner unerwarteter Bonus, den ich gewillt bin, bis auf den letzten Tropfen auszukosten. Mir bleiben noch volle fünf Tage, bevor ich sie fortschicken muss. Bevor mir die Aufgabe bevorsteht, für die alleine ich bloß noch existiere. Und in diesem, meinem Leben haben kleine Mädchen keinen Platz. Aber Platz für meine Lust, den wird es immer geben. Und ich kann sie nicht gehen lassen, bevor ich diese Lust nicht mit ihr geteilt habe.

Mein Blick fliegt über meine Schulter. Das Licht in der Hütte bleibt gelöscht und ich gehe langsam die Stufen hinunter, dorthin, wo ich hingehöre. In die tiefe dunkle Nacht, in der ich mit den Schatten verschmelze.

***

Es ist schon Nachmittag, als ich den Weg zur Hütte einschlage.

Die gesamte Nacht und über den halben Tag habe ich draußen im Wald verbracht. Geschlafen habe ich unter einem der großen toten Bäume, bloß geschützt von der absterbenden Rinde. Sorgen, dass mich ein Tier hätte anfallen können, habe ich mir nicht gemacht. Sie spüren, dass mir egal ist, wenn ich mit dem Leben zahle, aber dass ich alles tun würde, um meine vielleicht letzte Aufgabe auszuführen.

Ich bin nicht weggeblieben, weil ich nachdenken musste oder weil ich Elizabeth aus irgendeinem Grund nicht begegnen wollte. Dass ich sie so viele Stunden – und das, nach der letzten Nacht – alleine gelassen habe, dient nur dazu, sie mir gefügig zu machen. Ihr zu zeigen, dass sie mich braucht. Sie soll mich vermissen. Meine Berührungen herbeisehnen. Leider weiß ich nur zu genau, wie ich an das komme, was ich will. Und ich ... will sie. Völlig wehrlos. Völlig abhängig. Und es wird bei einer so jungen unerfahrenen Frau wie Liz keine Probleme geben, an genau dieses Ziel zu kommen. Und das ist schlimm genug. Was aber wesentlich schlimmer ist: Zum ersten Mal spüre ich annähernd etwas wie Reue in mir, weil ich sie umpolen will. Weil ich dieses scheue Mädchen zu etwas machen werde, das sie nicht verdient hat. Doch ich kann nicht aus meiner Haut. Genauso wenig wie ich das Panait-Mädchen vor dem schützen kann, was ihr bevorsteht.

Diesmal erwartet Liz mich leider nicht unter der Dusche. Auch sonst ist vor der Hütte nichts zu sehen. Kurz bricht Panik in mir aus, dass sie gegangen sein könnte, doch als sich die Tür öffnet, atme ich seltsamerweise erleichtert aus. Dabei wäre es völlig egal ... ich würde sie auch finden, wenn sie abgehauen wäre. Außerdem hat sie keinerlei Priorität.

Als ich vor der kleinen Treppe zum Stehen komme, ist ihr Blick schwer zu deuten. Ich bin mir nicht sicher, ob sie böse, enttäuscht oder gierig ist. Vielleicht von allem ein bisschen. Ich brauche allerdings nur die Gier. Nichts sonst will ich von ihr.

»Du warst lange weg«, sagt sie fast schüchtern und ihre Wangen sind leicht gerötet.

Genau so will ich sie. Mehr brauche ich nicht. »Und was hast du am meisten vermisst, kleine Lizzy?« Meine Stimme ist drohend, lasterhaft und ich lasse ihr keine Zeit zum antworten. Innerhalb von einer Millisekunde bin ich bei ihr, ergreife ihre Hände und dränge sie nach hinten gegen die Holzbalken der Hütte. Sie keucht kurz auf, als sie gegen das Holz prallt, ich ihr die Arme über den Kopf reiße und somit festnagle. »Woran hast du gedacht, während ich weg war?« Ich dränge mich gegen ihren Körper, spüre ihre Wärme, und sofort wächst mein Schwanz enorm an. Meine Lippen stehen kurz vor ihren, aber ich küsse sie nicht. Nicht heute. Vielleicht ist ein Kuss sogar das Letzte, das sie von mir bekommt. Für Mädchen wie Lizzy ist ein Kuss wichtiger als alles andere. Noch. »Hast du an uns gedacht?«, raune ich. Ihr Duft umschlingt mich und es gibt nur eins das ich will. Sie!

»Ich habe überlegt«, nuschelt sie und wendet den Blick ab, »ob ich den Weg nach Leticia selbst finden soll.«

Wut schießt durch meinen Körper. Ich habe mit vielen Antworten gerechnet, aber sicher nicht mit dieser. Ich brauche einen Moment, bevor ich in der Lage bin, ihr zu antworten. Bevor mein Blut etwas ruhiger fließt. Bevor ich sie an der Wand bereits zerstöre. »Es ist noch zu früh.« Ich höre selbst, wie kalt meine Stimme plötzlich klingt. Aber genau das ist es … das bin ich. Kalt, bösartig, lüstern. Und ich zerstöre kleine Mädchen wie Elizabeth.

»Wenn ich Pausen mache, schaffe ich es bestimmt.«

Sie wirkt fast unbeeindruckt von der Stellung, die wir einnehmen. Mein Gesicht bewegt sich noch näher auf ihres zu. Ich spüre ihren süßen Atem auf meiner Haut und drücke ihr meinen verdammten Ständer gegen den Bauch. »Warum, Liz? Warum willst du jetzt unbedingt gehen?«

»Ich weiß nicht«, antwortet sie abgehakt. »Nach letzter Nacht …«

»Was?« Dieses eine Wort ist mehr Zischen als Sprache. »Sag es mir.«

»Ich hatte nach der Nacht nicht das Gefühl, dass du mich noch länger hier haben willst. Warum sonst bist du gegangen?«

Das Lachen, das aus meinem Mund kommt, kann ich kaum unterdrücken. »Du könntest nicht falscher liegen, meine Hübsche. Ich will nichts, außer dich noch ein paar Tage hierzubehalten.« Sie blickt wieder zu mir auf. Scheu, keusch und doch liegt da ein Funken Hitze in ihren Augen. Kein wirklich deutbarer Funken der Lust. Eher ein Funken der Wut.

»Ich werde gehen. Und wenn du mich bis nach Leticia bringen würdest, wäre ich dir wirklich dankbar. Außerdem hatte ich dir nicht die Einwilligung gegeben, dass du einfach nachts an mein Bett kommst und mich …«

»Was, Lizzy?« Ihre Lippen sind die pure Sünde.

»… mich so anfasst!« Sie ist laut, rebellisch, wütend.

Es gefällt mir merkwürdigerweise. Mein Gesicht rückt vor, bis ich so nah vor ihren Lippen bin, dass kaum mehr Luft dazwischen passt. Ich presse ihren Körper, ihre Arme gegen das Holz hinter ihr. Halte sie gefangen mit meinem erregten Körper und bin fast gewillt, sie einfach hier draußen anzubinden. So lange, bis sie mich anfleht, sie loszumachen oder sie zu ficken. So lange, bis sie einsieht, dass sie noch nicht gehen kann. So lange, bis auch sie spürt, dass ich gar keine andere Möglichkeit habe, als sie zu berühren. Doch als ihr scheuer und zugleich angriffslustiger Blick wieder in meine Augen schießt, lasse ich so plötzlich von ihr ab, dass sie erneut aufkeucht. Ihre Arme sacken an ihr herunter und ich mache einen weiteren Schritt zurück. »Wenn du gehen willst, dann geh, Elizabeth, aber ich werde dich nicht begleiten können. Ich weiß nicht, warum du unbedingt so plötzlich fortwillst, denn laut deiner Geschichte, wartet da draußen niemand auf dich.« Ich beobachte sie, warte auf eine Reaktion, aber es kommt keine. Nicht die Kleinste. »Ich habe einen festen Plan, wann ich nach Leticia gehe. Und laut diesem Plan wird das erst in fünf Tagen sein. Vier sind vielleicht auch drin, aber definitiv nicht früher. Es ist ein langer Weg und schon genügend Menschen haben sich in diesem Gebiet verlaufen.«

»Warum hast du das gerade gemacht?«

Ich fahre mir mit der Hand durch die Haare, während ich sie anstarre. »Was gemacht?«

Sie deutet hinter sich an die Hütte. »Mich gegen die Wand geknallt.«

Ich weiß nicht, ob ich den Kopf schütteln oder lachen soll. »Das weißt du nicht?«

Jetzt schüttelt sie mit dem Kopf. »Du machst mir mit so was Angst.«

Ich mache ihr Angst? Verdammt, genau das soll sie auch haben. Angst. Aber als sie es so ausspricht, spüre ich in meiner Brust etwas, das sich schmerzlich zusammenzieht. »Lizzy.« Meine Stimme ist leise. Darauf bedacht, ihr keine Angst einzujagen. »Ich wollte dich nicht verletzen. Das war ... Weißt du es denn immer noch nicht?«

Ihr Blick wird seltsam. Misstrauisch. »Ich ahne es, nur verstehen tue ich es nicht.«

Meine Füße gehen wie von selbst wieder auf sie zu. Langsam, mit Bedacht. Sie soll im Bett Angst vor mir haben. Die Angst, nicht zu wissen, was als Nächstes passiert. Eine Angst, die sie vor Erwartung und Lust zittern lässt. Aber ich will nicht, dass sie mich für das Monster hält, das ich bin. Ich will auch nicht, dass sie mich hasst. »Ich werde dir nicht wehtun, Elizabeth. Ganz im Gegenteil.« Wieder stehe ich vor ihr, während sie sich diesmal ganz von selbst mit den Rücken gegen das Holz drückt. Ihr Körper strahlt Wärme aus. Meiner dagegen brennt bereits.

»Dann tu es nicht.«

Meine Hand bewegt sich auf ihr Gesicht zu und streift zärtlich ihre Wange. Ihre Haut ist so weich. So zart. Ihre Lippen schreien nahezu danach, von mir geküsst zu werden ... »Ich bin sicher niemand, den du dir gewünscht hast, Lizzy. Ich bin auch definitiv nicht der, von dem deine Eltern begeistert wären …« Mein Körper drückt sich wieder gegen ihren. Diesmal langsamer und sie atmet heftig. »Aber ich werde der sein, meine Hübsche, der dir zeigt, was es wirklich bedeutet Angst zu haben und dabei doch Lust zu empfinden.« Ihre Augen werden größer und ich versinke beinahe in dem Blau. »Und bis dahin, kleine Lizzy … werde ich dich sicher nicht gehen lassen.« Meine Lippen treffen auf ihre, völlig entgegen dem, was ich eigentlich wollte. Meine Hand legt sich fest in ihren Nacken und mit einem Besitzanspruch, der mir selbst fremd ist, markiere ich sie. Nicht mit meiner Zunge. Das brauche ich gerade gar nicht. Einfach mein Mund auf ihrem, und ich weiß, dass sie verstanden hat, dass sie nicht gehen wird, bevor ich es nicht erlaube.

# 16

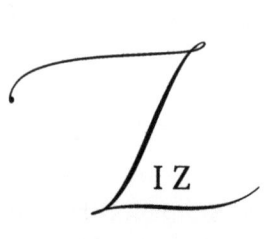

... SPIONAGE

Alles, was ich fühle, sind seine Lippen. Alles, was ich rieche, ist er.

Doch alles was ich tun sollte, dazu bin ich nicht in der Lage. Er macht nicht viel, außer mich in Besitz zu nehmen. Mit seinem Körper, seinem Gesicht, seinem Geruch. Dafür muss er nicht in mir stecken. Das was er tut, reicht aus, um mir zu sagen, dass ich nichts zu sagen habe. Er wird mich meinem Bruder ausliefern. Und mit jeder Sekunde werde ich mir bewusster, dass eben dieser Bruder mich mehr für mein Vergehen bestrafen wird, als ich angenommen habe. Eine Hochzeit mit Owen Sticks wäre dagegen vielleicht noch das Paradies gewesen.

Nein, mein Bruder tut etwas viel Schlimmeres. Er hat mir einen Mann geschickt, den ich wirklich will. An den ich mein Herz und meinen Verstand verlieren könnte. Ich spüre es in jeder meiner Zellen. In all meinen Gedanken. Denn alles, was ich mir in diesem Moment wünsche, ist nicht, dass Mic sich in Luft auflöst. Dass ich all das hier nur träume oder dass er mich einfach gehen lässt. Nein, ich will, dass er mir zeigt, wovon er spricht. Dass er mich eine neue Angst lehrt und dass er mich jetzt und sofort berührt. Überall. Ich will seine Zunge in meinem Mund schmecken. Will wissen, wie er schmeckt. Wie er sich anfühlt, wenn er in mir ist. Mit allem, was er zu bieten hat.

Doch mit einem Mal tut er genau das Gegenteil. Er löst sich von mir und tritt wieder zurück.

»Fünf Tage, Elizabeth. Genauso lange wirst du noch meine Gefangene sein. Komm damit klar oder nicht, ändern wird sich nichts daran.« Er lächelt und schlägt einen Weg hinter die Hütte ein.

Ich kann kaum klar denken. Kann im ersten Moment nichts auf diese Aussage erwidern. Ich atme einfach tief und heftig. Seine Gefangene? Ich war mein Leben lang eine Gefangene. Je mehr Sekunden verstreichen, desto klarer scheint mein Kopf zu werden. Ich kann ihn nicht hören, weiß nicht, was er hinter der Hütte treibt. Ich weiß nur eins: Ich muss mich von ihm fernhalten und ich muss verdammt nochmal hier weg. Und es spielt keine Rolle, dass mein kleines Mädchenherz oder mein Körper mir versucht, etwas anderes einzureden.

»Komm.«

Er ist so plötzlich wieder in meinem Sichtfeld, dass ich zusammenzucke. »Was?« Mehr bekomme ich nicht heraus, während er bereits auf die dichte grüne Wand aus Bäumen und Sträuchern zuhält, die die Hütte irgendwie vom Rest des Regenwalds abgrenzt. Auf halbem Weg bleibt er stehen und dreht sich zu mir herum.

»Wir testen, wie gut du schon zu Fuß bist.« Und dann verschwindet er hinter den Büschen.

Was hat er vor? Mich testen? Ich überlege ernsthaft, ihm nachzulaufen, halte mich aber dann selbst an der Wand hinter mir fest. Ganz sicher folge ich ihm jetzt nicht. Je weiter ich von ihm entfernt bin, umso sicherer für mich. Zumindest fürs

Erste. Überhaupt fühlt es sich so an, als würden alle meine Gehirnzellen einfach abschalten, wenn er mir nahe ist oder mich berührt. Er will mich ausliefern? Gut, soll er es machen. Freiwillig folge ich ihm dafür sicher nicht. Er will mich Angst lehren? Gepaart mit Lust? Angst macht er mir sowieso schon und die Lust …

Demonstrativ und mit festen Schritten, zumindest, was meinen gesunden Fuß betrifft, gehe ich auf die Hüttentür zu. Ich weiß nicht, ob er mich gleich holen kommt oder sonst was mit mir macht, wenn ich ihm jetzt nicht gehorche. Aber ich werde sicher nicht das tun, was er will. Deshalb trete ich in die Hütte ein und setze mich an den Tisch. Nicht, um auf ihn zu warten. Nein, ich male mir aus, wann die beste Zeit ist, um von hier zu verschwinden. Ganz egal was mein Körper oder Mic dazu sagt.

*** 

Zwei Stunden später sitze ich immer noch am Tisch und er ist noch nicht zurück.

Was mir sagt, wie dämlich und ängstlich ich eigentlich bin. Denn zum Weglaufen wäre genügend Zeit gewesen. *Steh einfach auf und geh, Elizabeth*, sage ich mir. Und das nicht zum ersten Mal, seit ich hier sitze. Aber bei jedem Mal, wenn ich die Hände fest auf dem Tisch auflege, um mich hochzudrücken, lasse ich sie wieder sinken. Die Sonne ist so gut wie untergegangen und bei Nacht habe ich keine Lust durch das Amazonasgebiet zu irren. Wobei ich mir noch nicht sicher bin, ob wirklich der Wald bei Nacht gefährlicher sein könnte als Mic.

Bisher war er jeden Tag, den ich wieder bei Bewusstsein bin, draußen im Wald. Manchmal auch mehrmals täglich. Also werde ich morgen bei einer dieser Gelegenheiten, egal was noch passiert, gehen. Und zwar sobald er durch das Dickicht verschwunden ist. Noch während ich mir ausmale, in welcher Richtung ich mich dann orientieren soll, öffnet sich die Tür und ein viel zu gutaussehender Mic tritt ein. Leider sieht er nicht nur gut aus. Seine Augen blitzen im Kerzenschein nahezu gefährlich auf.

»Du bist mir nicht gefolgt.«

Das dunkle Timbre seiner Stimme legt sich auf meine Haut, zieht durch die Poren ein und vergiftet mich langsam, aber sicher. Sofort sammelt sich Wärme in meinem Bauch und ich kann bloß noch auf seine Lippen starren. »Ich wüsste nicht, wozu ich dir hätte folgen sollen«, antworte ich und versuche meine Stimme so ruhig und sachlich klingen zu lassen, wie es mir in diesem Moment möglich ist. Er geht hinüber zur Spüle, holt etwas, das ich nicht erkenne, aus seiner Tasche, legt es ab und ist innerhalb von Sekunden wieder bei mir. Seine Hände donnern neben meinen auf den Tisch, sodass dieser kippelt und sein Mund kommt dem meinem schon wieder deutlich zu nah.

»Ich sage es dir jetzt nur einmal, meine Hübsche. Wenn ich sage, du folgst mir, dann folgst du mir. Wenn ich sage, du bleibst, bleibst du.«

Er macht eine Pause und mein Herz klopft in meiner Brust wie ein kleiner emsiger Specht. »Und wenn nicht?« Meine Stimme ist leise. Nicht ängstlich leise. Sie besitzt fast dieselbe Warnung wie die seine.

»Wenn nicht, Elizabeth«, seine Hand schließt sich so schnell um meinen Hals, dass ich nicht rechtzeitig reagieren kann, »wenn nicht, werden die nächsten Tage nicht annähernd so leicht für dich, wie ich es eigentlich im Sinn hatte.«

Ich habe Angst. Wirkliche Angst. Weil ich weiß, wer ihn geschickt hat. Aber gleichzeitig spüre ich auch wieder diesen

Sog. Selbst mit seiner großen Hand um meinen Hals, die viel zu fest zudrückt.

»Haben wir uns verstanden, Lizzy?«

Sein Lizzy klingt so zärtlich, dass es im krassen Gegensatz zu dem steht, was er gerade tut. Ich kann nicht antworten, sondern nicke nur leicht. Und erst dann tritt etwas wie Befriedigung in seine Augen und er löst seine Hand von mir.

»Geh schlafen. Es ist für heute wahrscheinlich besser, wir laufen uns nicht mehr über den Weg.« Er macht einen Schritt auf das Bett zu, nimmt sich frische Sachen aus dem Regal darüber und verschwindet durch die Tür.

Kurz darauf sehe ich, wie er neben mir an der Scheibe unter der Dusche erscheint. Nackt. Seine Augen fixieren mich und machen den Anschein, als wolle er mich jeden Moment auffressen. Ich wende meinen Blick nicht ab, auch wenn ich Mühe habe, mir nicht seinen perfekt geformten Körper anzuschauen. Ich sehe ihn genauso finster an wie er mich, und erst nach einem quälenden Moment erhebe ich mich, lösche die Kerzen und tue genau das, was er von mir verlangt hat. Ich lege mich in sein Bett und schließe die Augen.

Eine Sache verstehe ich nicht ... Auch wenn Easton ihn geschickt hat, warum war er die ersten Stunden so nett und jetzt scheint er das genaue Gegenteil zu sein? Ich spüre noch den Druck seiner Hand um meinen Hals. Ich hatte Angst in diesem Augenblick, ja. Aber ich war mir genauso sicher, dass er mich nicht töten würde.

*Das spielt alles keine Rolle, Elizabeth. Denn den Mann, den er dir jetzt zeigt, dieser ist er wirklich, und du solltest sehr wohl Angst um dein Leben haben.*

# 17

# MICHELE

## ... DIE GIER, DIE GIER IN MIR

Dass sie mir mittags nicht gefolgt ist, wusste ich schon nach wenigen Sekunden.

Es wäre nicht schwer gewesen, zurückzugehen, sie mir über die Schulter zu werfen und zu holen. Aber genau das wollte ich nicht. Ich wollte, dass sie sich mir widersetzt. Ihre Augen hatten mir klar signalisiert, dass sie meine neuen Befehle nicht kampflos hinnehmen wird. Ich hatte gar keinen Grund schon wieder in den Wald zu gehen. Einzig und alleine damit sie sich mir widersetzt, nur deshalb war ich gegangen. Ich bin es nicht gewohnt, dass man nicht das tut, was ich sage. Ich bin es nicht gewohnt, dass eine Frau ein solches Verlangen in mir auslöst. Ich muss mich selbst wieder in meine normalen Gefilde bringen. Muss dafür sorgen, dass ich mich wieder auf das Wichtige konzentriere. Und das schaffe ich nur, wenn ich der bin, der ich immer bin. Egal ob sie mehr in mir auslöst, als jede andere es bisher getan hat. Mehr Gier. Das ist es, was ich fühle.

Seit zwei Stunden schläft sie. Tief und fest. Dass sie sich einfach von mir abgewandt hat, als ich unter der Dusche stand, das hat schon wieder etwas Seltsames mit mir gemacht. Noch keine, die ich wollte, hat sich jemals von mir abgewendet. Und heute Nacht wird auch meine hübsche Lizzy sich nicht abwenden. Die Zeit verrinnt zu schnell und ich bin noch nicht weit genug vorgedrungen.

Langsam, aber mit Nachdruck steige ich aus der Hängematte. Nach dem Duschen habe ich mir nicht die Mühe gemacht, mir etwas anzuziehen. Ich wusste schon, dass ich das, was ich beabsichtige zu tun, genau jetzt tun werde. Normalerweise muss ich nicht darauf warten, dass Frauen einschlafen, damit ich sie für meine Zwecke benutzen kann. Aber meine kleine Liz ist anders. Ich glaube ihr mittlerweile, dass sie kaum Erfahrung hat, und wenn ich sie mit meinem Verlangen aus dem Schlaf reiße, wie könnte sie sich da schon wehren? Tatsächlich wäre sie dazu sowieso nicht in der Lage, aber ich möchte genau wie in der letzten Nacht, diesen verletzlichen Moment für mich nutzen.

Eine Weile bleibe ich vor dem Bett stehen. Betrachte sie. Sauge ihren Geruch in mich auf, ihre Schönheit. Ich habe nur eine einzige Kerze auf dem Klapptisch entzündet – heute will ich mehr von ihr sehen. Ich will sehen, dass sie das, was ich ihr schenke, genauso will wie ich. Ich möchte jeden ihrer Züge dabei beobachten, wenn sie kommt. Durch meine Hand. Durch meine Lust.

Ihr Atem geht gleichmäßig und sie sieht wieder so entspannt aus wie eine Prinzessin aus einem fernen Land. *Sie stammt auch aus einem anderen Land, Arschloch*, denke ich mir. *Ein Leben wie deines kennt sie nicht, und du wirst sie brechen, bis nichts mehr von ihr übrig ist und sie danach ausspucken.* Ohne Vorsicht setze ich mich neben sie. Sofort reißt sie ihre Augen auf und sieht mich panisch an. Ich warte nicht erst ab, bis sie etwas sagt, sondern greife nach ihrer Decke und ziehe sie langsam bis zu ihren Füßen hinunter. Sie bleibt still, als ich fast wie in Zeitlupe ihren Körper mit meinen Augen hinauf wandere. Wieder trägt sie das Höschen, das sie schon anhat, seit sie bei mir ist. Meine Hände nähern sich dem Shirt auf ihrem Körper, und sie bleibt immer noch starr, als ich es bis zu ihrem Hals hinaufschiebe. Ihren BH hat sie diesmal für die Nacht abgelegt und ihre vollen Brüste mit den harten Spitzen darauf zu sehen, lässt meinen Schwanz enorm wachsen. Lizzy allerdings wendet nicht einmal den Blick von meinem Gesicht ab. Ich weiß nicht, ob sie erregt ist oder Angst vor meiner Berührung hat. Was ich weiß, ist nur, dass es mich nicht interessieren sollte. »Richte dich auf«, befehle ich mit belegter Stimme, und als sie nicht gehorcht, schießt die Lava wieder heißer durch meine Adern. »Liz«, knurre ich und endlich kommt Bewegung in sie. Es sind aber nur ihre Arme, die sie plötzlich und unerwartet in die Luft hebt und ihr Oberkörper, den sie mir bloß so weit entgegenbringt, damit ich sie von dem verdammten Shirt befreien kann. Kaum, dass ich es über ihren Kopf gezogen habe, drückt sie sich wieder in die Matratze.

Gott, diese Brüste. Dieser Körper ... Ich kann nur schwer an mich halten, mich nicht einfach auf sie zu stürzen. Meine Vorlieben sind speziell. Es liegt mir fern, sie so sehr zu verängstigen, dass sie in eine Schockstarre fällt, sobald sie mich sieht. Trotzdem liebe ich dieses ängstliche Flackern in ihren Augen, das immer gegeben ist, sobald wir uns nahe sind. Ich habe sie nur noch vier Tage bei mir – obwohl ich mir gut vorstellen kann, Wochen daraus werden zu lassen – aber es geht schlicht und ergreifend nicht. Ihr beeriger Duft liegt in meiner Nase und ihre Nippel sind bereits hart aufgerichtet. Trotzdem liegt sie so verkrampft auf dem Bett, als würde sie jeden Moment von mir getötet werden. Immer noch starrt sie mich an. Wartet ab, was passiert, und ich lasse meine Hand zu ihrem Mund wandern. Fahre mit meinem Daumen über ihre Unterlippe und höre ihren beschleunigten Atem, als ich mit ihm hinunter bis zu ihrem Nippel wandere. »So schön, kleine Lizzy. Du erregst mich sehr, weißt du.« Ich rechne nicht mit einer Antwort. Brauche auch keine. Es war mir einfach ein Bedürfnis, es laut auszusprechen. »Und ich möchte, dass meine Lust zu deiner wird.« Meine Stimme ist ruhig, obwohl ich mich innerlich überschlage. Sanft streiche ich mit meinem Daumen über ihre harte Spitze, nehme den Zeigefinger dazu und drehe diese kleine steinharte Knospe. Ich kann jetzt gerade nicht in ihre Augen sehen. Kann nur den Nippel betrachten, wie er unter meiner Berührung immer härter und länger wird. »Letzte Nacht, das werden wir jetzt wiederholen.« Es ist keine Aufforderung. Es ist eine Tatsache. »Nur diesmal, Lizzy, wird es noch größer werden. Noch besser.« Ihr Körper spannt sich weiter an und gerade dieser Umstand lässt mich härter werden.

»Mic«, sagt sie abwehrend, als ich meinen Mund zu ihrer Brust bewege und meine Finger durch meine Zunge ersetze. Sie klingt abweisend, aber ihre Stimme endet dennoch in einem Keuchen. Sie will mich genauso, wie ich sie will. Es ist ihr nur noch nicht ganz klar. Ihr Fleisch schmeckt rein, frisch und so gut wie nichts, was ich bisher gekostet habe. Meinen Namen aus ihrem Mund zu hören, macht meine Lust nicht geringer, auch wenn sie damit sicher etwas anderes bezweckt hat. »Rutsch zur Seite«, sage ich rau. Ich sehe sie wieder an, sehe das Verlangen in ihren Augen, genauso wie die Angst. »Ich will, dass du zur Seite rutschst, Elizabeth.« Mein Ton ist so hart wie mein Schwanz, und ich atme hörbar aus, als sie meiner Aufforderung endlich nachkommt. Kaum, dass ich neben ihr liege, mein Schwanz gegen ihre Taille drückt, keuche diesmal ich und peinlich ist es mir sicher nicht. Ich werde sie heute Nacht nicht nur einmal kommen lassen, wenn auch nur durch meine Hand. Und es quält mich jetzt schon, dass ich mich immer noch nicht in ihr versenken kann. Das heißt, ich könnte schon, aber für mich gibt es nicht bloß einfachen Sex. Ich brauche mehr. Ich will alles! Während mein Mund sich mit ihrem Nippel beschäftigt, als gäbe es nichts anderes mehr auf dieser Welt, fahre ich mit meiner linken Hand ihren flachen Bauch entlang. Je näher ich ihrer Pussy komme, desto mehr zuckt mein Schwanz in freudiger Erwartung. Und ich weiß noch nicht, wie er es finden wird, wenn er noch nicht bekommt, auf was er aus ist. »Liz«, sage ich heiser und blase meinen Atem gegen ihre harte Spitze.

Erneut kommt ein leises, unschuldiges Keuchen über ihre Lippen. »Ich habe noch nie … ich will nicht …«, setzt sie an.

»Was, Lizzy?« Ich weiß, was sie mir sagen will. Ich weiß, dass sie das hier will und doch nicht. Letztendlich spielt es aber keine Rolle. Denn in diesem Augenblick treffen meine Finger auf ihr feuchtes Geschlecht.

»Ich will nicht, dass du das tust. Ich habe … Angst.«

Ich stöhne laut, als einer meiner Finger mit der Spitze in sie eindringt und sie sich darum zusammenzieht. Ein lustvoller, ängstlicher Laut kommt zeitgleich über ihre Lippen. Und dieser Ton lässt mich etwas tiefer in sie eindringen, während ich ihre Brust küsse und lecke.

»Mic …«

»Ich will hören, wie sehr du es nicht willst. Zeig mir Lizzy, dass du das hier nicht willst. Worte reichen dazu nicht aus.« Ich weiß, dass ihr Körper die aufgestaute Lust nicht verbergen kann. Ich weiß es einfach und drücke mich fester an sie. Gleite mit meinem Finger noch ein Stück tiefer und sie beginnt zu zittern. Ich benutze sie nicht wie ein kranker Psychopath, der nur seine eigene Lust ausleben will. Ich benutze sie, um uns beide an einen Ort zu bringen, den sie ihr ganzes Leben lang nie wieder vergessen wird. »Sag mir, wie es sich anfühlt, Lizzy.« Wieder schiebe ich meinen Finger ein Stück vor, lecke mit meiner Zunge über ihre Spitze und sehe sie an, als ich mit meinem Daumen beginne über ihre Klit zu streichen. Ihr Gesicht ist dabei die reinste Offenbarung. Sie explodiert fast unter meinen Berührungen und ist dabei wunderschön.

»Bitte nicht, Mic«, gibt sie wimmernd und vor allem halbherzig von sich. »Ich weiß nicht …«

Es ist nicht dieses eindeutige Nein. Ganz sicher nicht. Auch ihre Pussy sagt alles andere als Nein. Sie ist so feucht, dass ich relativ leicht mit meinem Schwanz in sie eindringen könnte. Ihr Atem geht schnell. Ihr Gesicht spiegelt ein lustvolles Abbild von Gier. Und doch besitzt ihre Stimme echte, brutale Angst. Ich weiß aber, dass ich ihr diese Angst noch nehmen werde. Es soll pure, reine Lust sein, die nur von einer ängstlichen Ungewissheit begleitet wird. »Komm für mich, Lizzy«, sage ich rau und spüre, wie ihre Klit unter meiner Berührung anschwillt. Spüre, wie ihr innerer Kanal sich um meinen Finger zusammenzieht. »Du bist so wunderschön, Lizzy.« Sie keucht, zittert, stöhnt und endlich schiebt sie ihr Becken meiner Hand entgegen.

»Mic, bitte.«

Immer noch diese Angst. Selbst so kurz vor ihrem Orgasmus. »Zeig mir alles von dir, meine Hübsche. Zeig mir, wie die Lust aussieht, die ich dir schenke.« Meine Finger werden schneller. In ihr, an ihr. Immer wieder sauge ich ihren Nippel ein, sehe sie wieder an … und kann mich an allem einfach nicht sattsehen. Sie ist so wunderschön in ihrer Lust.

»Oh Gott, Mic …«

Es ist kein kleines Mädchen-Keuchen. Es ist auch kein abwehrendes Keuchen mehr. Je gezielter ich meine Finger bewege – und ich weiß, wie ich sie bewegen muss –, desto heftiger kommt ihr süßer Atem. Mir ist bewusst, dass sie das hier eigentlich nicht in vollem Bewusstsein will, aber ich tröste mich damit, dass sie es noch lieben wird. Sie liebt es schon jetzt. Sie weiß es nur noch nicht. Und dann kommt sie. Wie ein Orkan. Mit einem lauten Stöhnen, das in meine Ohren dringt wie die süßeste Musik. Ich gebe meine Berührungen nicht auf. Im Gegenteil. Fast zärtlich streiche ich ihren zuckenden Kitzler weiter und fahre sanft mit meinen Fingern in sie, wieder hinaus und zurück in ihre Wärme. »Ja, Liz, ich will alles von dir.« Ich lasse ihr keine Verschnaufpause. Innerhalb einer Sekunde sitze ich zwischen ihren Beinen und sehe, wie sie schockiert auf meinen ausgefahrenen Schwanz blickt. Ich weiß, dass er groß und breit ist. Sie wird auch ihn lieben lernen. Selbst wenn uns dafür nur noch vier Tage Zeit bleiben. Mit meinen Händen drücke ich ihre Schenkel auseinander und sehe abwechselnd zwischen ihrem rosigen, feuchten Geschlecht und ihren vor Lust weit aufgerissenen Augen hin und her.

»Bitte«, wimmert sie. »Mic … mach das nicht.«

Wieder fällt ihr Blick auf meinen Schwanz, und ich grinse mit vor Lust gequältem Gesicht, wobei ich zeitgleich meine komplette Handfläche auf ihre Pussy lege und hart zudrücke. Erneut entweicht ihr ein Keuchen. »Nicht heute, meine Hübsche. Heute will ich nur deine Lust in mich aufsaugen.« Für einen Moment erscheint etwas wie Erleichterung in ihrem Gesicht, doch als ich meine Hand beginne, auf ihrer Klit zu bewegen, mit zarten Stößen, zittern ihre Schenkel. In einem akribischen Fluss setze ich gezielte leichte Schläge auf ihr Geschlecht und jede dieser Berührungen lässt sie stöhnen. In ihrem Gesicht steht ein Zusammenspiel aus Angst, Lust und unklarer Erwartungen. »Hat dich schon einmal jemand geleckt, Liz?« Ich kann nur hoffen, dass sie meine Frage verneint. Denn alleine der Gedanke, dass bereits jemand anderes sie geschmeckt hat, lässt mein Blut kochen.

»Nein«, kommt wimmernd aus ihrem Mund und ich schlage meine Hand etwas fester auf ihr nasses Geschlecht. »Gott«, keucht sie laut und entlockt mir damit ein Lächeln. »Vielleicht zeige ich es dir noch. Aber heute«, mein nächster Schlag wird noch fester, »heute kommst du nur durch meine Hand.« Wieder prallt ein gezielter Hieb auf ihre Pussy. Erneut stöhnt sie und ich spüre, wie ihr Körper zurück auf die Kissen fällt. Nach ein paar weiteren Hieben erzittert ihr gesamter Körper. »Wie fühlt sich das an, meine Hübsche.« Mein Schwanz ist so hart, dass ich den Schmerz kaum noch ertragen kann. Für sie allerdings, halte ich es aus.

»Härter. Bitte, Mic. Mach es härter und schneller«, keucht sie völlig unerwartet und ich verharre kurz.

Ihre Augen öffnen sich und sie sieht mich mit fordernder Lust an.

»Mach bitte weiter … ich will kommen … für dich, Mic.«

Ein Knurren dringt aus meiner Brust und dann mache ich das, wofür ich geboren wurde. Meine Hand schießt zu ihrem Hals, drückt zu und die andere gibt einen harten Schlag nach dem anderen auf ihre Klit ab. Wie ein Süchtiger sehe ich dabei in ihr Gesicht. Versuche, bei diesem Anblick nicht zu kommen, und stöhne so laut, wie wenn es mein eigener Orgasmus wäre. »Du gehörst mir, Elizabeth. Niemand anderem. Keiner wird dich jemals wieder berühren, außer mir«, ist alles, zu was ich noch im Stande bin, zu sagen.

# 18

IZ

## ... SCHAM IST AUCH EINE ART DER LUST, NUR HASS GREIFT NOCH TIEFER.

Mein Körper ist ein bebendes Etwas, als ich schon wieder komme, und seine drohenden Worte heizen das Ganze bloß noch weiter an. In diesem Moment möchte ich in ihm versinken. Möchte, dass er nie wieder von mir weggeht. Ich möchte, dass seine Hände keine andere mehr anfassen. Nie wieder. Doch sobald die Wellen in mir abebben, sobald ich die Augen öffne, ihn ansehe, wie er zwischen meinen Schenkeln sitzt ... sein großes, breites Geschlecht, das nur darauf wartet, mich in Besitz zu nehmen ... schreit alles in mir, ihm wehzutun. Ihn zu hassen für das, was er *wieder* mit mir gemacht hat. Dass er mich wieder hat kommen lassen, auf eine Art und Weise, die ich nicht kannte, und dass ich dabei gefühlt habe, was es eben war ... Lust, Verbundenheit, Zuneigung ... Das alles darf ich nicht fühlen. Und es ist nicht richtig, dass er mir das aufzwingt. Noch weniger richtig ist es, dass ich es mir gerne aufzwingen lasse. Weil wir uns kaum kennen, weil ich keine Ahnung von all dem habe. Weil er mich hier festhält und mich nicht zurückbringt. Weil mein Bruder ihn geschickt hat. Weil er sich im Grunde gar nicht wirklich für mich interessiert. Das alles weiß ich. Nur zu genau. Doch ich bin trotzdem nicht fähig, mich dagegen zu wehren.

Sein Atem geht schnell und sein Gesicht wandert zwischen meinem und meiner Mitte hin und her. Als ich einigermaßen wieder Herr meiner Sinne bin, ziehe ich die Beine schnell an den Bauch und schließe sie. Er soll mich nicht so sehen. So nackt. So ausgebreitet vor ihm zu liegen, fühlt sich jetzt, nach meinem Orgasmus, nicht richtig an. Es macht mich noch verletzlicher, als ich es schon bin.

Diese widersprüchlichen Gefühle toben so sehr in mir, dass ich eigentlich überhaupt nichts mehr weiß. Ich weiß nicht mehr, was richtig und was falsch ist. Wenn ich es denn überhaupt einmal wusste.

Ich rechne schon damit, dass er jetzt wütend wird, aber genau das Gegenteil ist der Fall. Ein Lächeln legt sich auf sein sündig schönes Gesicht und er steigt vom Bett.

»Vergiss niemals, was ich dir gesagt habe, meine Hübsche. Du gehörst mir und niemals wieder einem anderen.«

Ich starre ihn an, starre wieder auf sein Geschlecht und wende mich lautlos zur Seite, als er nackt und so unendlich reizvoll auf die Tür zugeht. In diesem Moment mischen sich alle möglichen Gefühle in meinem Inneren. Wut, Angst, Hass, Selbsthass und Verzweiflung ... verdammte pure Lust und Zuneigung. »Ich hasse dich«, schreie ich ihm nach, als er nach draußen verschwindet. Eine wirkliche Reaktion bekomme ich nicht, nur sein laszives dunkles Lachen ist zu hören.

Mit der Hand taste ich nach dem Shirt und meinem Höschen. Steige eilig wieder hinein und ziehe die Decke bis an meinen Hals. Ich mache mir nicht die Mühe, die Kerze auf dem Tisch auszupusten. Alles, was ich noch schaffe, ist, heiße Tränen zu vergießen und meine Augen zu schließen.

*Du gehörst mir und niemals wieder einem anderen.*

Ich gehöre nicht ihm … Ich gehöre niemandem und genau das wird er morgen feststellen, wenn er aus dem Wald zurückkommt, und seine *kleine Hübsche* nicht mehr hier ist. Ich muss von hier weg, bevor ich mich komplett in seinem Netz versponnen habe. Bevor es wirklich wehtut, wenn er mich Easton übergibt. Eines muss ich meinem Bruder lassen: Er hätte niemand Besseren auf mich ansetzen können als Mic.

\*\*\*

Als ich am Morgen aufwache, ist leider alles anders, als ich es mir erhofft hatte.

Mic ist vor der Hütte, ich höre ihn dort irgendetwas arbeiten. Das bedeutet zum einen, dass mein Plan, sofort nach dem Aufwachen zu verschwinden, nicht funktionieren wird. Kurz keimt dadurch ein Gefühl der Erleichterung in mir auf. Einfach, weil ich ihn dann doch noch nicht verlassen muss. Diesen unsinnigen Gedanken verwerfe ich aber sofort wieder. Alles, was zählt, ist, von hier abzuhauen. Easton zu entkommen und Allegra zu suchen. Ich kann nur hoffen, dass Mic wie sonst auch jeden Tag, später noch in den Wald geht. Zum anderen bedeutet es aber auch, dass mein Körper sofort unter Strom steht, sobald er registriert hat, dass der Mann, der ihm diese wahnsinnigen Gefühle schenkt, sich in unmittelbarer Nähe befindet. Unweigerlich habe ich die Bilder der letzten Nacht wieder vor Augen. Ich spüre seine Berührungen fast so, als fänden sie tatsächlich gerade statt. Und sofort treibt die damit verbundene Zerrissenheit durch meinen Körper, meinen Geist. Etwas, das mir nicht gefallen darf, gefällt mir viel zu sehr. Jemanden, den ich nicht mögen sollte, mag ich viel zu sehr. Ich weiß nicht, ob ich mich selbst dafür hassen soll oder nicht. Und ich weiß nicht, wie lange mein Kopf dieses Hin und Her noch erträgt.

Der Rest der Nacht war auch nicht wirklich erholsam. Ständig bin ich schweißgebadet aufgewacht. Herausgerissen aus meinen Träumen, durch meine eigenen leisen Schreie. Träume, in denen Mic mich Easton ausgeliefert hat. Träume, in denen sie mich für meinen Ungehorsam gefoltert haben. Gemeinsam. Ich traue meinem Bruder durchaus zu, dass er genau das vor Wut mit mir tun würde. Schon als ich noch klein war, hat Easton mich das ein oder andere Mal geschlagen, wenn ihm danach war. Und das auch völlig grundlos. Ich glaube wirklich, dass er mich schon immer gehasst hat. Nur warum, dafür finde ich keine wirkliche Erklärung. Ich habe meinen Eltern nie von diesen Schlägen erzählt, weil Easton mich damit erpresst hat, dass er Dad, sollte ich ihn verraten, Lügen über mich erzählen würde. Lügen, die so schlimm wären, dass Mom und Dad mich verbannen würden. Als Kind habe ich ihm das geglaubt und hatte wirklich Angst. Und als ich älter wurde, wurden auch endlich seine Schläge weniger. Nicht seine Drohungen, aber es passierte so selten, dass er mir körperlich wehtat und auch nicht so, dass man mir etwas angesehen hätte, dass ich es einfach hinnahm. Was hätte ich auch tun sollen? Ich war zwar immer Dads kleines Mädchen, aber Easton war sein Nachfolger und hatte – zumindest meinem Empfinden nach – immer einen höheren Stellenwert als ich. Auch wenn Mom und Dad mich das niemals haben spüren lassen. Was es für mich so viel unglaublicher macht, dass sie festgelegt haben, dass mein Bruder entscheidet, wen ich heirate. Das Verhältnis zwischen Mom und mir war immer gut. Wir verbrachten fast jede freie Minute miteinander. Meinen Dad bekam ich nicht so oft zu Gesicht. Wahrscheinlich war es gut so, dass ich von dem Menschenhandel, den Dad ja bereits aufgebaut hatte, zu jener Zeit noch nichts wusste. Ich weiß nicht, ob ich ihn sonst so uneingeschränkt hätte lieben können, wie ich es tat. Nur wie er manchmal zu meiner Mom war, das gefiel mir nicht. Herrisch, bestimmend und herablassend. Nicht immer, aber es kam doch öfter vor. Zu mir war er immer gut. Nannte mich selbst als Teenager noch sein kleines Mädchen. Ich glaube, dass genau das auch immer Eastons Problem war. Er und Dad hatten ständig Streit. Manchmal so heftig, dass Dad Easton verprügelte. Dann tat mir mein Bruder sogar leid. Denn oft war es so, dass Easton genauso wenig verbrochen hatte wie ich, wenn er mich schlug. Aber egal wie das Verhältnis der beiden auch war … es stand immer fest, dass Easton Dads Nachfolger sein würde. *Frauen haben in unserem Geschäft nichts zu suchen*, hatte Dad gerne betont.

Ich habe lange nach dem Sinn einer Frau gesucht. Was ist es denn, wofür wir da sind? Kinder auf die Welt bringen? Unseren Körper zur Verfügung stellen? Ich will nicht, dass das alles sein soll. Das kann einfach nicht alles sein! Doch was ist das, das Mic jetzt mit mir macht? Er benutzt meinen Körper und verdient im Anschluss auch noch Geld mit mir.

Die Tür springt auf. Ich fahre erschrocken zusammen und ziehe die Decke fester um meinen Körper.

»Guten Morgen, Elizabeth.« Seine Stimme ist rauchig, dunkel und so anziehend.

Mein Körper will einfach nicht verstehen, dass das falsch ist. Und sein Körper ist so begehrenswert wie immer. Und wie immer starre ich ihn an. Mir ist einfach nicht zu helfen. Nur bekleidet mit einer enganliegenden dunklen Shorts, geht er an mir vorbei, ohne mich groß weiter zu beachten. Mein Blick fällt wieder auf die Kreuz-Flügel-Tätowierung in seinem Nacken. Auf die zwei schmalen und die eine breite Narbe, die darunter liegen. Diese Narben tun seiner Perfektion keinen Abbruch. Ganz im Gegenteil. Sie machen ihn nur noch gefährlich interessanter. Dieser verdammte Mann. Dieser verdammte Nacken.

Vor der Spüle bleibt er stehen. »Ich hoffe nicht, dass die Schreie, die du heute Nacht von dir gegeben hast, mir galten.« Hohn liegt in seiner Stimme. »Wenn ich dich schreien hören will, meine Hübsche, dann sollen es Lustschreie sein.« Er dreht sich so abrupt zu mir herum, dass mir ein Keuchen entweicht, und ich schäme mich dafür. Unendlich erleichtert, dass er sich wieder der Spüle zuwendet, atme ich auf. »Du kannst mich mal«, zische ich, auch wenn seine Worte sofort ein Prickeln in meiner Mitte entfacht haben.

»Gerne. An einer besonderen Stelle?«

Wut packt mich und ich springe aus dem Bett, während ich gleichzeitig sein Shirt tiefer über meine Beine ziehe. »Dort, wo die Sonne niemals scheint!« Ich liebe diesen Spruch. Er ist meiner und Easton hat ihn schon oft zu hören bekommen. Als Mic sich mir wieder zuwendet, seine Augen wie zwei dunkle Kristalle funkeln und er ein paar Schritte auf mich zu macht, weiche ich trotzdem so weit zurück, bis ich mit den Kniekehlen an das Bettgestell knalle.

»Das, kleine Lizzy, ist eine Stelle, um die ich mich bei Zeiten sehr gerne kümmern werde.«

Er macht noch einen Schritt auf mich zu und ein eiskalter Schauder erfasst mich. Und ich kann nicht mal genau sagen, warum.

»Geh duschen, Elizabeth«, sagt er plötzlich mit einem spöttischen Unterton und wendet sich wieder ab. »Du bist völlig verschwitzt und wir wollen doch nicht, dass du die letzten deiner Tage noch krank wirst.«

Ich erstarre. *Die letzten deiner Tage …*

»Wenn ich dich noch mal dazu auffordern muss, komme ich mit unter die Dusche – willst du das?« Wieder lacht er. »In zehn Minuten gibt es Frühstück und das möchte ich mit einem sauberen Mädchen genießen.«

Ich warte nicht weiter. Schnappe mir das Handtuch von gestern, das über dem Stuhl hängt, und ein frisches seiner Shirts aus dem Regal. Und dann bin ich so schnell draußen, dass ich nicht mal auf meinen Knöchel achte, der bei diesen schnellen, harten Schritten schmerzt. Immer wieder rauscht dieser Satz durch meinen Kopf. *Die letzten deiner Tage …* Ich muss hier weg. Egal wie. Als ich vor der Dusche stehe, bin ich mit meinen Gedanken eigentlich schon mitten im Regenwald. Doch die Zeit, in der er jetzt noch hier mit mir bei der Hütte ist, muss ich mitspielen. Er darf nicht merken, was wirklich in mir vorgeht. Wo ich eigentlich gedanklich schon bin. Meine Augen gleiten über die Dusche.

Wer kommt überhaupt auf die Idee, direkt vor einem Fenster eine Dusche zu platzieren? Die Seitenwände sind zwar aus Holz, Bambus oder etwas ähnlich Blickdichtem, doch zum Fenster hin gibt es eine Glasscheibe. Und mir ist nur zu bewusst, dass Mic mir zuschauen wird, wenn ich jetzt nackt hier hineinsteige. Kurzerhand tausche ich das alte Shirt gegen das frische aus, steige in die Dusche und riskiere einen Blick durch das Fenster. Mic steht immer noch an der Spüle, mit dem Rücken zu mir.

Das verschwitze Shirt nehme ich in beide Hände und zerre so lange daran bis es endlich in der Mitte auseinanderreißt. Danach klemme ich es zwischen Fenster- und Duschschei-be ein, so, dass Mic nichts mehr als sein kaputtes Shirt sehen wird. Erst dann ziehe ich mich wieder aus und greife nach dem Seil, damit frisches klares Wasser auf mich perlt.

Immer wieder muss ich an diesen Satz denken … *Die letzten deiner Tage …* Wenn ich eins nicht verstehe, dann, warum Mic das alles tut. Also nicht, dass er mich hier festhält und meinem Bruder ausliefern wird. Dafür bekommt er sicher genug Geld.

Aber warum berührt er mich nachts? Warum sieht er mich immer so an? So …

»Dein Hintern ist so atemberaubend, Lizzy, dass ich dabei fast vergesse, mich weiter um das Frühstück zu kümmern.«

Ich schrecke zusammen, fahre halb herum und bedecke meine Brüste mit meinen Armen, während ich die Beine so verschränke, dass er so wenig wie möglich von meiner Mitte sieht. »Was soll das?«

Sein Blick wird lüstern und gefährlich zugleich, als er auf mich zukommt und unmittelbar vor der Duschkabine stehenbleibt. »Wenn du mir die Sicht nimmst, auf das, was mir gehört, meine Hübsche, dann hole ich es mir auf andere Art.«

Seine Hand schießt vor, ergreift mein Kinn. Im nächsten Augenblick liegen seine vollen Lippen auf meinen und lassen mich wieder zur Eisskulptur erstarren. Er dringt nicht in meinen Mund ein. Er berührt mich auch nicht, außer mit seinen Lippen. Doch alles an ihm wirkt bedrohlich und alles an ihm zieht mich an. Oder zumindest meinen Körper. Das versuche ich mir einzureden, während allein die Berührung unserer Münder mich in den Wahnsinn treibt. Ich rede mir ein, dass es nur sein perfekter Körper ist, der meinen so durcheinanderbringt. Dass es nicht an ihm selbst liegt, an Mic, der meine Seele auf eine unbekannte Weise erreicht. Es ist einfach nur das Unbekannte, das mich reizt. Nichts sonst. Er gibt mir nichts, das mein Herz erreichen könnte. Meinen Verstand. Er nährt einzig nur meine Lust. Meine Augen. Meine Sinne.

Sein starker Griff entlässt mich so plötzlich, wie er gekommen ist, und mit einem Ruck hat er das zerfetzte Shirt vom Fenster gerissen. Ich starre ihn an, während er immer noch mit geschlossenen Augen seine Lippen auf meine presst und das zerfetzte Shirt einfach fallen lässt. So fühle ich mich. Wie dieses verdammte zerrissene und fallengelassene Stück Stoff.

Unerwartet öffnet er seine Augen und zwei dunkle Krater sehen mich an. Krater, die ein Feuer in meine Mitte schießen. Und dann löst er sich von mir, ohne ein weiteres Wort. Er lächelt und verschwindet aus meinem Sichtfeld. Ich bleibe zurück, wie das eingeschüchterte Ding, das ich nun mal bin. Und das, das will ich nicht mehr sein!

Scheiße! Ich weiß echt nicht, welche Probleme dieser Mann hat. Ich weiß nur, dass ich ihn dafür hasse, dass er mit mir umgeht, als sei ich sein Eigentum. Als könne er mit mir machen, was er will ... wenn er mich am Ende doch nur ausliefert. Am schlimmsten ist aber, dass ich es geschehen lasse und gar nicht fähig scheine, mich auch nur ansatzweise dagegen zu wehren.

Nach ein paar Sekunden kommt endlich Bewegung in meinen Körper. Die Wut treibt mich an. Das Handtuch, das auf dem Boden liegt, reiße ich hoch, trockne mich notdürftig damit ab und ziehe sein Shirt und das Höschen danach wieder an. Die Haare kämme ich mir mit den Fingern durch. Ich brauche meine Sachen zurück. Ich kann schlecht in einer Unterhose und einem Männershirt durch das Amazonasgebiet laufen. Aber wie komme ich an meine Sachen? Warum gibt er sie mir nicht zurück? *Weil er sicherstellen will, dass du nicht abhaust, du dummes Schaf. Ganz einfach.*

»Die zehn Minuten sind um, Elizabeth. Wenn du nicht sofort reinkommst, werde ich dich bestrafen müssen.«

Seine Stimme kommt von der Tür aus und hört sich wieder völlig anders an als vorhin noch. Da ist nichts neckisches mehr, bloß dieser Militärton. Kurz frage ich mich, ob ich nicht jetzt einfach loslaufen soll. Jetzt genau in dieser Sekunde. Und was soll das überhaupt bedeuten? Er bestraft mich?

»Lizzy?«, wirft er hinterher und es klingt alles andere als zärtlich.

Mit weichen Knien trete ich um die Duschkabine herum und erst dann verschwindet er in der Hütte. Verdammt, verdammt, verdammt! Ich hätte einfach zu Hause bleiben sollen. Owen Sticks heiraten sollen. Wie schlimm kann es schon sein, so einen alten Sack zu ehelichen? Zumindest wäre Roberto nicht gestorben. Ich hätte Allegra nicht mit in diese Sache gezogen und ich wäre niemals diesem großkotzigen und selbstgefälligen Mic begegnet. Ich versuche mir einzureden, dass ich Schlimmeres gewohnt bin. Dass ich vor diesem Mann keine Angst haben muss. Vielleicht ist er doch bloß ein Aussteiger und ich bin die Tochter eines großen Mafia-Bosses. Leider ist das nichts, worauf ich stolz bin, weshalb mir dieser eigene Zuspruch auch nicht wirklich weiterhilft.

Als ich eintrete, sitzt er bereits am Tisch, mit dem Rücken zu mir. Dieser verdammte Rücken! Zumindest riecht es nach etwas Leckerem, das ich nicht einordnen kann. Vielleicht ja meine Henkersmahlzeit. Ich schleiche an ihm vorbei, setze mich ihm gegenüber an den Tisch und schiebe meine Beine zur Fensterseite hinüber, damit wir uns unter dem schmalen Tisch nicht berühren, an dem er natürlich breitbeinig sitzt. Chauvi! »Ich will meine Sachen zurück. Wenn du mich schon hier festhältst, dann doch zumindest vernünftig angezogen.« Er breitet seine Finger neben seinem Teller aus. Sie sind groß, lang und unweigerlich denke ich daran, wie sie mich schon berührt haben. Und an welchen Stellen. Er trägt nahezu an jedem Finger einen Siegelring, was selbst seine Hände ultraheiß aussehen lässt. Seine Fingernägel sind sehr gepflegt und sehen gar nicht danach aus, als würde er täglich im Wald Holz hacken, Früchte sammeln … und was weiß ich, was er da sonst noch tut.

Ich beobachte ihn. Wende den Blick diesmal nicht ab wie sonst. Ich muss stark sein. Oder zumindest stärker als sonst.

Ich will meine Sachen zurück und davon werde ich nicht abweichen.

»Elizabeth«, sagt er leise, »deine Jeans war kaputt, deine Bluse blutverschmiert. Und außerdem gefällst du mir in meinen Sachen viel besser.«

»Ich mir aber nicht. Also gib mir die Sachen einfach zurück.« Er lächelt verschmitzt und mein Bauch kribbelt dabei wieder unangebracht.

»Wenn du sie findest, meine Hübsche, gehören sie dir. Bis dahin, lass uns essen. Ich habe zum ersten Mal in meinem Leben gekocht. Das solltest du dir nicht entgehen lassen.« Er greift nach dem Deckel des Topfes, der zwischen unseren beiden Tellern steht, und hebt ihn ab.

Neidlos muss ich zugeben, dass das Ganze nicht nur gut riecht, sondern auch wahnsinnig gut aussieht. Mic hält mir seine Hand entgegen und deutet auf meinen Teller, den ich ihm daraufhin reiche. Eigentlich ärgert es mich schon, dass wir hier fast gemütlich zusammensitzen und essen. Das hier darf nicht gemütlich sein. Das hier ist krank. Während er von dem für mich ungewöhnlich aussehenden Fleisch auf meinen Teller packt und von dem Gemüse und den Kartoffeln, blinzle ich ihn böse an. »Du spielst wohl gerne Spielchen.«

»Wovon sprichst du?«, fragt er und gibt mir den Teller zurück.

»Ich will einfach meine Sachen zurückhaben, mehr nicht. Das kann ja nicht so schwer zu verstehen sein.«

»Guten Appetit.«

Er ignoriert meinen Einwand einfach und befüllt auch seinen Teller. »Was heißt das überhaupt, du hast noch nie gekocht? Letztens hast du gegrillt und du lebst doch schon eine Zeit lang hier.« Mit dem Besteck schneide ich mir das Fleisch etwas kleiner und führe die erste Gabel in meinen Mund. Der

Geschmack ist seltsam. Nicht schlecht, aber er erinnert mich an Hasenfleisch. Ich weiß noch, als Trudy, eine unserer Köchinnen, einmal Hase zubereitet hatte. Ich war schon immer eine verdammte Tiernärrin und habe auch nie wahnsinnig gerne Fleisch gegessen, außer beim Grillen. Als mein Dad mir damals nach dem Essen erzählte, dass ich Hasen zu mir genommen hätte, habe ich den ganzen Abend nur gewürgt, aus Mitleid mit dem armen Tier. Ich weiß, das ist bescheuert, da ich ja auch ab und an Rindfleisch esse ... aber so ein kleiner, süßer Hase ... »Sag mal, das ist aber nicht zufällig Hase?«, frage ich vorwurfsvoll. »Den esse ich nämlich nicht.«

Wieder legt sich ein Lächeln auf Mics Züge. »Nein, meine Hübsche. Kein Hase. Das ist Cuy Chactado.«

Ich führe die nächste Gabel zum Mund. »Cuy was?«

»Kartoffeln. Dazu Früchte aus dem Amazonasgebiet. Und Meerschweinchen.«

»Kartoffeln sind ...« Mir fällt die Gabel aus der Hand. »Meerschweinchen?« Mir wird schlecht und Mic bricht in schallendes Gelächter aus. Wie vom Blitz getroffen, springe ich auf, renne nach draußen und auf die ersten Grünpflanzen zu. Und dann spucke ich, was das Zeug hält. Ich habe Meerschweinchen gegessen. Er hat mir Meerschweinchen gegeben! Ich habe keine Ahnung, wie lange ich da stehe und spucke, irgendwann spüre ich ihn dicht hinter mir.

»Das war nicht sehr nett, Elizabeth. Ich hatte mir wirklich Mühe gegeben.«

»Du kannst mich mal«, zische ich und spucke demonstrativ noch einmal auf den Boden.

»Ganz sicher sogar«, flüstert er ganz nah an meinem Ohr und ich erschauere sofort unter dieser Nähe.

Ich höre, wie er einen Schritt zurückmacht, und erst dann richte ich mich wieder auf.

»Meerschweinchen kann ich dann wohl von der Liste streichen?«

Am liebsten möchte ich ihm in den Bauch boxen oder sonst was tun … aber, da geht er schon an mir vorbei. »Meine Sachen, Mic!«

»Such sie, meine Hübsche. Wenn du sie findest, erlasse ich dir sogar deine Strafe.«

»Welche Strafe?«, brülle ich ihm zornig hinterher, doch er ist schon in den dichten Regenwald verschwunden. Der Mann spinnt komplett. Völlig und total! Mein Blick fällt hinter mich, auf die Hütte. Danach hinunter auf meinen Knöchel, der nur noch blau und grün verfärbt ist, und dann scheiße ich auf meine Klamotten. Ich renne in die Hütte, greife mir einen der Rucksäcke, die hier liegen, stopfe eine Wasserflasche hinein und steige in ein paar Turnschuhe von Mic, die mir natürlich viel zu groß sind. Kurzerhand ziehe ich sie wieder aus. So komme ich niemals vom Fleck. Zur Sicherheit packe ich sie trotzdem in den Rucksack. Als ich an der Tür stehe, fällt mein Blick auf das Bett, das die letzten Tage das meine war, und dann lasse ich die Tür hinter mir zufallen. Mein verräterisches Herz versucht mir einzureden, dass ich nicht gehen sollte, als ich durch das Dickicht trete. Meine Angst, meine Vorahnungen und alles andere allerdings, treiben mich voran.

# 19

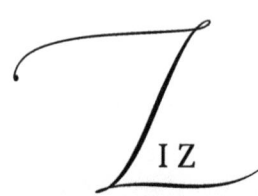

LIZ

## ... STARKREGEN UND ANDERE UNANNEHMLICHKEITEN

Ich weiß nicht, wie lange ich schon durch diesen Dschungel irre. Ich weiß nur, ich finde nicht hinaus.

Die ersten Minuten bin ich noch gerannt, als sei der Teufel hinter mir her. Doch schon nach kurzer Zeit schmerzte mein Knöchel wieder und ich gab es auf. Zumal es sicher besser ist, nicht blindlings hier herumzurennen. Seit bestimmt einigen Stunden gehe ich vorsichtig vor. Schleiche mich von Baum zu Baum, damit ich früh genug höre, sollte Mic irgendwo in der Nähe sein. Vielleicht ist er auch längst zurück an der Hütte und jetzt schon auf der Suche nach mir. Aber alles, was mir bisher begegnet ist, waren ein paar Affen, die mich kurz neugierig beäugt haben und dann weitergezogen sind. Ich kann nicht mal sagen, ob ich nicht vielleicht sogar im Kreis gehe oder gleich wieder vor der Hütte stehe … Für mich sieht einfach alles gleich aus und langsam mache ich mir Sorgen, dass ich überhaupt nicht mehr hinausfinde aus diesem Grün, bevor die Dunkelheit einbricht. Der Gedanke mit dem ganzen Viehzeug, das hier herumkriecht, die Nacht zu verbringen, macht mich ganz kirre im Kopf.

Ich bin sogar schon auf die Idee gekommen, den Amazonas zu suchen. Wenn ich ihm gefolgt wäre ... egal in welche Richtung ... irgendwo in der Zivilisation hätte ich schließlich ankommen müssen. Das Problem ist nur, dass ich ihn nicht finden kann. Seit ein paar Minuten habe ich sogar Mics Schuhe an. Lieber gehe ich noch langsamer und umständlicher, dafür schmerzen meine schon von den Wurzeln aufgeschürften Füße nicht mehr so sehr.

Wie vom Donner gerührt bleibe ich auf der Stelle stehen und dränge mich dicht an einen der sicher dreißig Meter hohen Bäume. Da ist ein Geräusch. Ein Geräusch, das sich tatsächlich danach anhört, als würde jemand Holz schlagen. Kurz überlege ich, schnell davonzulaufen, aber vielleicht ist das auch gar nicht Mic. Wenn ich Glück habe, bin ich bereits weit genug von der Hütte entfernt und einer der Bauern aus Leticia geht hier seiner Arbeit nach und bringt mich in die Stadt. Vorsichtig gehe ich bis zum nächsten Baum, hinter dem ich mich verberge. Noch hört sich das Geräusch weit genug entfernt an. Ich sollte mir aber auch nicht zu viel Zeit lassen. Wenn der Bauer seine Arbeit erledigt hat und in eine andere Richtung davongeht, ist meine Chance auf Hilfe vertan. Die nächsten zwanzig Bäume bringe ich relativ schnell hinter mich, als das Klopfen endlich lauter wird. Etwas Freudiges löst es trotzdem nicht in mir aus. Ich bin noch immer angespannt, denn wenn es doch Mic ist ... wenn er mich sieht ... ich weiß nicht, was ich dann machen soll. Dieser große, starke, trainierte Mann hat mich sicher im Handumdrehen eingefangen, bevor ich überhaupt erst einen Schritt gemacht habe.

Ich arbeite mich noch zehn weitere Bäume vor und nehme dann ein weiteres Geräusch wahr. Und zwar direkt über mir, in den Bäumen. Wieder eine Affengruppe von vielleicht zwanzig Tieren. Vielleicht ist es auch dieselbe Gruppe von vorhin, das kann ich unmöglich sagen. Sie starren mich an, als würden sie mir vorwerfen, hier in ihrem Gebiet herumzumarschieren. Ich bewege mich drei weitere Bäume vor und dann ... sehe ich ihn.

Scheiße! Ein paar Meter vor mir steht Mic. Er trägt lediglich eine Jeans und das weiße Shirt, das er noch anhatte, als er mich gegen Mittag verließ, hängt inzwischen lässig um seinen Nacken. Er hat keine Axt oder ein ähnliches Werkzeug ... nein, er hat ein verdammt breites und langes Messer, mit dem er auf am Boden liegende Äste einschlägt. Schweiß perlt seinen gesamten Oberkörper entlang und tropft ihm bei jeder Bewegung von der Stirn und der Brust. Statt das Weite zu suchen, stehe ich einfach nur da und starre ihn an. Beobachte, wie seine Muskeln arbeiten. Fühle, was sein Anblick in mir auslöst, und bin wie paralysiert von all dem. Das ganze Grün überall um uns herum, die vielen Tiergeräusche, diese schwüle Hitze ... sein halb nackter verschwitzter Körper, seine Muskeln. Es ist zum wahnsinnig werden!

Und dann ... kreischen die Affen los. Direkt über mir, als ob sie mir gefolgt wären und mich jetzt um jeden Preis an meinen Gefängniswärter verraten wollen. Ich zucke zurück. Sehe, wie Mic in unsere Richtung sieht, und spüre die ersten Regentropfen, die plötzlich und völlig unerwartet durch das Baumdach dringen. Und statt mich zumindest hinter einem Baum zu verstecken, weil er mich ja vielleicht doch noch nicht gesehen hat, stehe ich wie ein Idiot da und sehe zu, wie seine Augen mich finden und seine Finger auf dem Griff des Messers zucken. Verdammte Scheiße! Dieser Mann sieht so verdammt gut aus, so verdammt anziehend ... und dieses Angstgefühl, das er in mir auslöst, macht mich eher an, als dass es mich abschreckt. Was es aber definitiv sollte! Mit jeder Sekunde wird der Regen stärker, und schon nach schätzungsweise einer Minute schmerzen die Tropfen, die durch das hier nicht so dichte Baumdach fallen, sogar auf meiner Haut. Ich sehe an mir hinunter. Sehe, wie meine Nippel deutlich zum Vorschein kommen und wie Mics weißes Shirt völlig durchweicht ist. Die Suppe schwappt bereits aus Mics Schuhen, die ich mir ausgeliehen habe und in denen ich dastehe und mir vorkomme wie die letzte Irre. Und dann hebe ich ganz langsam meinen Blick wieder an. Sehe zu ihm hinüber. Wie er genauso dasteht, wie ich es tue, und mit einem Mal kommt Bewegung in das Ganze. Als Mic den ersten Schritt tut, beschleunigt sich mein Atem, und als er losläuft, hafte ich wie Klebstoff am Dschungelboden fest und kann nichts weiter tun, als darauf zu warten, dass er mich berührt.

»Du.« Er ist nicht mal aus der Puste.

Seine Brust hebt sich nicht ansatzweise so schnell wie meine … was ich aber erkenne, ist, dass seine Lippen beben und die Hand, in der er immer noch das lange Messer hält, genauso. Der Regen nimmt an Intensität zu und der Boden unter uns weicht immer weiter auf.

»Du«, wiederholt er und ein heftiger Schauer zieht über meinen Körper, direkt in meinen Bauch hinein, als er das Messer zur Seite wirft und seine großen Hände um meine Taille legt.

Ich sage nichts. Er sagt nichts mehr. Ich lasse es geschehen, dass er mich über seine Schulter hebt, mich an sich drückt, mit einer Stärke, die sogar schmerzt. Das alles fühlt sich gerade so an, als müsse es so sein. Als gäbe es gar keine andere Möglichkeit.

Als er losgeht, ist mir für den Moment völlig egal, wohin er mich bringt. Ob er mich zu Easton bringt, zurück zur Hütte? Oder … mich umbringt. Ich will ihm einfach nur nah sein. Will, dass er mich berührt. Überall. Er kann mit mir machen, was er will. Das ist alles, an das ich denken kann, und ich weiß, dass es nichts Dümmeres geben könnte.

Vor einem Baum stoppt er. Einem, der wesentlich breiter und größer ist als alle anderen. Er stellt mich auf meine mittlerweile wieder nackten Füße, baut mich genau vor sich auf und ich kann immer noch nicht klar denken. Im Gegenteil. Alles Rationale schaltet sich nach und nach aus. Ich scheine nur noch für ihn zu existieren. Für ihn zu atmen, zu leben, und er ist der Einzige, der mich am Leben halten kann. Ich nehme den Regen wahr, der von seinem Gesicht perlt. Beneide jeden verdammten Tropfen, der seine Lider, seine Haut und seine Lippen berührt. Scheiße! Ich bin total krank und vollkommen verloren.

Er ergreift den Saum meines Shirts, zieht es mir über den Kopf und lässt es auf den Boden fallen. Mit unheimlicher Kraft presst er mich danach gegen die harte Rinde des Baumes. Ich keuche kurz auf, als sich das Holz schmerzhaft in meinen Rücken drückt. Doch als seine Hand sich auf meine Wange legt, sein Gesicht so nah ist, dass wir uns beinahe berühren … begrüße ich diesen Schmerz sogar.

»Lizzy.«

Seine Stimme, mehr Offenbarung als mein Tod, lässt meine Knie weich werden.

»Das hättest du nicht tun sollen«, flüstert er warnend und zieht seinen Mund so sanft über meine Wange, dass ich dabei wimmere. »Dafür werde ich dich bestrafen müssen.«

Diesmal ängstigen seine Worte mich nicht. In diesem Moment sind sie wie mein Mantra. Mit seinem Knie drückt er fast brutal meine Schenkel auseinander, aber alles, an das ich denken kann, ist, dass ich will, dass er mich anfasst. Dass er mich hart anfasst. Hart, weich, zärtlich und abweisend. Alles auf einmal, ich kann mich kaum entscheiden. Ich kann meine Augen nicht von diesem Mann nehmen. Nicht einmal, als seine Hand zwischen meine Beine fährt und er ein Knurren von sich gibt, das sogar den Starkregen übertönt. »Mic«, wimmere ich, während er seine Hand in mein Höschen schiebt. Als er seinen Daumen auf meine Klit legt und mit einem anderen Finger in mich eindringt, geht der Rest der Welt verloren.

Ich bin verloren. Und ich wollte niemals verlorener sein.

»Das, was ich eigentlich mit dir vorhatte, meine Hübsche, ist nichts im Vergleich zu dem, was ich tun werde, jetzt, nachdem du mir davongelaufen bist.«

Seine Zunge streicht langsam über meine Unterlippe und sein Finger krümmt sich in mir, während sein Daumen meinen Lustpunkt massiert und ich gleich den Boden unter den Füßen verliere.

»Wenn Strafe so aussieht«, seufze ich, »werde ich dir jedes Mal wieder davonlaufen.« Seine Hand entfernt sich viel zu schnell von meiner Mitte. Ist viel zu schnell in meinem Nacken und hat mein nasses Haar ergriffen. Deutlich zu fest dreht er es um seine Hand und selbst, als ich kurz aufschreie, hört er nicht auf. Aber ich schreie nicht vor Schmerz. Nicht nur. Ich schreie vor Verlangen. Er dreht mich an meinen Haaren herum und drückt mich mit dem Gesicht gegen den Baum. Ich will schon lautstark protestieren, als ich seine andere Hand auf meinem Hintern spüre. Sein Gesicht erscheint neben meinem und ich fühle seinen Atem auf meiner Haut. Sofort ist das Prickeln meiner Mitte wieder entfacht und ich vergesse die Angst, die für einen Moment überhandnehmen wollte.

»Du tanzt hier mit dem Teufel, kleine Liz. Vergiss das nie.«

Er findet den Weg zu meiner Pussy, und ich stöhne rau, als einer seiner Finger wieder in mir versinkt. »Vielleicht bin ich stärker als der Teufel.« Ich erkenne meine Stimme kaum mehr, und das liegt keinesfalls am Regen.

»Nimm deine Hände über deinen Kopf, meine Hübsche.«

Sein Ton hat wieder dieses Befehlende und ich komme ihm sofort nach. Das ist keine bewusste Entscheidung. Ich mache es ohne Bedenken. Ich fühle mich sicher, geborgen und so, als könne ich endlich alles andere loslassen. Das ist so krank! Kaum, dass ich die Arme über dem Kopf habe, entfernt er seinen Finger aus mir und ich wimmere wehleidig auf, was ihm ein dunkles Lachen entlockt.

»Warte ab, meine Hübsche.«

Ich höre etwas reißen, während ich mich einzig auf sein Geschlecht, das gegen meinen Arsch drückt, konzentrieren kann, und dann spüre ich nassen Stoff auf meinen Handgelenken. Ich möchte den Kopf drehen, möchte hochsehen, aber er lässt mich nicht.

»Psst, kleine Liz. Vertrau mir.«

Er zieht den Stoff so fest zusammen, dass etwas von meiner Haut dabei mit eingequetscht wird, und ich jammere kurz. Doch sobald seine Lippen sich in meinen Nacken legen, mich dort küssen, verstumme ich. Bin nur noch für seine Berührungen da.

»Hab keine Angst, das ist nur mein Shirt, Lizzy«, raunt er und tritt wieder etwas zurück.

Als Nächstes liegt sein Oberschenkel wieder zwischen meinen. Er drückt meine Beine weiter auseinander und ich habe Angst, auf dem schwammigen Boden auszurutschen. Doch sofort ist seine Hand an meiner Taille und hält mich. Und ich weiß … mit ihm falle ich nicht. Nicht in diesem Moment.

»Ich halte dich. Immer«, raunt er mir wie zur Bestätigung zu und ich antworte mit einem Stöhnen.

Seine Worte lösen wieder dieses seltsame Gefühl in mir aus. Etwas wie Geborgenheit. Was schwachsinnig ist. Dieser Mann ist gefährlich. Dieser Mann hat meine Hände gefesselt und drückt mich hart gegen einen Baum. Und dieser Mann ist alles, was ich will.

»Keine Angst, Liz. Lass einfach deine Hände dort, wo sie sind.«

Seine dagegen wandern von meiner Taille abwärts, ergreifen den Stoff meines Höschens und reißen ihn ebenso ohne Probleme auseinander wie wahrscheinlich zuvor sein nasses Shirt. Mein Atem geht so heftig, dass mir leicht schwindelig wird, und als seine Finger wieder an meiner Taille liegen und er meinen Hintern leicht zu sich zieht, kriecht doch die Angst höher. »Mic«, keuche ich, als er hinter mir in die Hocke geht. Ich spüre seinen Atem an meinem Hintern. Er ist warm, süß, verlockend ... aber ich weiß nicht, was er vorhat. Und genau das verunsichert mich. Es ist ein Gemisch aus der Angst, dass er mich hier einfach so nehmen könnte, ohne dass ich wirklich bereit dafür bin, und der Sehnsucht, dass er genau das tun soll, und ich mein Leben lang nur auf ihn und diesen Moment hingelebt habe.

»So wunderschön, meine Lizzy«, höre ich ihn sagen und spüre, wie seine Finger meine Backen auseinanderziehen.

Alles an mir zittert. Alles in mir ist in Erwartung und hat zugleich Angst. Doch als sein Mund Küsse auf meinen Pobacken verteilt, als seine Zunge mein Geschlecht erreicht und ich das Knurren aus seinem Mund als Vibration auf meiner Klit spüre, schalte ich ab. Ich bekomme nichts mehr mit, außer sein Lecken, Streicheln, das zarte Knabbern, welches er immer wieder dazwischen einbaut, und ich werde beinahe wahnsinnig vor Lust.

»So gut, meine Hübsche. Du schmeckst so verdammt gut.«

Und dann taucht seine Zunge in meinen Kanal ein, sein Daumen legt sich erneut auf meine Klit und ich schreie. Ich schreie tatsächlich und versuche, mich mit meinen gefesselten Händen in der Rinde festzukrallen. Als der Orgasmus mich viel zu schnell erreicht, drücke ich meine Stirn sogar noch fester in den Baum und lehre dieses alte Holz Mics verdammten Namen.

# 20

# MICHELE

## ... VERLETZUNGEN VIELFÄLTIGER ART

Meine Sinne explodieren. Meine Gefühle explodieren.

Ich schmecke nur ihre Süße. Schmecke ihre Lust, ihre Angst – und es ist das Beste, das ich je gekostet habe.

Der Regen wird zahmer, so, als habe er gespürt, dass ihr Orgasmus abebbt. Ich selbst bin so aufgeheizt, dass ich um Luft ringe. Fast fühlt es sich besser an, ihr diese Lust geschenkt zu haben, als dass ich einen eigenen Orgasmus gehabt hätte. Sobald ich mich von ihrer Pussy zurückziehe, sackt sie zusammen. Ich schlinge meine Arme um sie, hebe sie hoch an meine Brust und sie legt erschöpft ihren Kopf in meine Halsbeuge. »Ich bringe dich nach Hause, meine Hübsche.« Sie antwortet mir nicht, das muss sie auch nicht, denn es bedarf gerade keiner weiteren Worte.

Als ich durch den jetzt nur noch leichten Regen gehe und sie fest an mich gedrückt halte, ist sämtliche Wut, die ich vorhin noch in mir gefühlt habe, weil sie es gewagt hat wegzulaufen, verschwunden. Ich weiß, dass in ihr eine viel stärkere Frau wohnt, als sie nach außen hin zeigt – wahrscheinlich weiß sie selbst nicht, wie stark sie wirklich ist –, aber dass sie ohne ein Wort die sichere Hütte verlässt und mir davonlaufen will ... dafür hätte ich ihr zuvor noch etwas ganz anderes gegeben als einen Orgasmus. Doch es ist ihre Aura, ihr Duft, ihr Aussehen, ihr Körper, ihre Stimme ... immer wieder ihre Stimme ... Ich höre sie bereits nachts in meinen Träumen. Umso überzeugter bin ich davon, dass ich Liz nicht gehen lassen werde, bevor ich nicht zumindest einige der Dinge mit ihr getan habe, die mir vorschweben. Mein kranker Kopf hat sich in ihre Art verliebt. Dieses Ängstliche, von dem ich mir sicher bin, dass sie es auch in Feuer verwandeln kann. Und mein Körper ... er hat sich in ihren verliebt. In ihre süße Pussy, ihre kurvige Taille, die perfekten Brüste. Einfach alles. Es wird mir nicht leichtfallen, sie in zwei Tagen zurückzubringen. Sie in Leticia irgendwo einfach abzulegen. Beim Gedanken daran fühle ich die Lava wieder aufkommen, und ich drücke Liz sofort etwas fester an mich, um diese verbrennende Hitze wieder zu einer erträglichen Glut werden zu lassen. »Wir sind jeden Moment da«, sage ich rau. Sie antwortet nicht, sondern lässt ein leises Wimmern über ihre Lippen kommen. Ich habe keine Ahnung, wie lange sie schon unterwegs war. Vielleicht waren es fünfzehn Minuten. Die Zeit, die ich jetzt für diese Strecke gebraucht habe. Oder sie ist schon seit Stunden unterwegs und im Kreis gelaufen. Hier von diesem Standort aus, den Weg aus dem Regenwald zu finden, ist für jemanden wie Liz fast unmöglich. Sie kennt diese Umgebung, diesen Wald nicht.

Sobald ich die Stufen zur Hütte hinaufsteige, endet der Regen gänzlich und die Hitze fängt uns wieder ein. Meine Augen gleiten über Liz nackten Körper. Sie ist nass, dreckig vom Waldboden und eine Gänsehaut zieht sich über ihre gesamte Haut. »Ich werde dich waschen, Lizzy«, sage ich beinahe zärtlich und stelle sie vor der Dusche auf die Füße, lasse meine Hände aber an ihrer Taille, um sie im Notfall halten zu können. Doch sobald sie den Boden berührt, wimmert sie laut und reißt die Augen auf, die mich schmerzverzerrt ansehen. »Dein Knöchel?«, frage ich hitzig und hebe sie sofort wieder an.

»Nein«, antwortet sie leise, »meine Füße.«

Ich sehe hinunter, aber bis auf den Schmutz kann ich nichts entdecken, weshalb ich sie sanft, diesmal mit dem Hintern auf dem Boden ablasse. Sofort verschränkt sie die Arme vor ihren Brüsten, doch statt mich darüber zu ärgern ist meine Sorge größer, dass sie verletzt ist. Als ich den ersten Fuß anhebe und ihn mir anschaue, kommt die Lava zurück. Auch der zweite Fuß sieht nicht anders aus. Alles ist voller Blut. Ihre Haut sieht aus, als wäre sie durch Glasscherben gelaufen. »Sprechen wir jetzt nicht davon, dass du weggelaufen bist, aber wenn du es schon tust, warum ohne Schuhe, Elizabeth?«

Sie zuckt kurz aufgrund meines harschen Tonfalls, während ich sie wieder auf meinen Arm hebe und dann auf dem Boden der Dusche ablasse. Ebenfalls im Sitzen.

»Hättest du mir meine Sachen zurückgegeben, hätte ich sehr wohl Schuhe gehabt.« Sie will hart klingen, schafft es aber nicht wirklich.

Ich schüttele nur mit dem Kopf und beginne, meine völlig durchnässten Sachen abzulegen. Sofort reißt sie panisch die Augen auf, so, als hätte ich ihr nicht vorhin den besten Orgasmus ihres Lebens geschenkt. Doch ich sehe, wie erledigt sie ist. Von ihrem Lauf durch den Wald. Von meiner Inbesitznahme. »Ich will dich nur waschen, Liz, und deine Wunden säubern. Mehr nicht.« *Vorerst …* denke ich mir, sage es aber nicht laut. Sie nickt, als bräuchte ich ihre Zustimmung und ich ziehe die Wasserkordel. Sobald uns das Nass einfängt, verfärbt sich der Duschboden rosa und ich beuge mich zu ihren Füßen hinab. Nehme einen nach dem anderen vorsichtig in eine Hand und streiche noch vorsichtiger mit meiner anderen darüber, um auch den letzten Dreck abzuwaschen. Währenddessen sieht sie mich die ganze Zeit an und ich kann nichts dafür, dass mein Schwanz anschwillt. Ich werde sie jetzt und hier nicht wieder für mich einnehmen. Sie braucht diese Dusche, braucht etwas Warmes zu trinken, Verbände und Ruhe. Was ich heute Nacht, oder morgen mit ihr tue, das steht auf einem anderen Blatt. »Es tut mir leid, wenn ich eben zu grob war. Das mit deinen Füßen ... du hättest etwas sagen können.«

»Eben war ich abgelenkt und habe die Schmerzen nicht gemerkt«, antwortet sie leise.

»Entspann dich, Elizabeth.« Meine Stimme scheint so zu ihr durchzudringen, wie ich es erwarte, denn sie lehnt sich gegen die Scheibe zurück und schließt ihre Augen. Ich schäume ihr Haar ein, wasche ihren Körper und fahre dann, das Wasser begleitend, über jeden Zentimeter ihrer Haut, um sie wieder davon zu befreien. Mein Schwanz, meine Eier ... alles schmerzt vor Verlangen ... aber das Bedürfnis, sie zu heilen, ist gerade übermächtig. »Warte hier, Liz. Ich hole ein Handtuch.« Eilig gehe ich ins Innere der Hütte, schnappe mir zwei Handtücher und laufe zurück. Sie hat sich etwas aufgerichtet und ihre Augen haben einen fragenden Ausdruck. Erneut beuge ich mich zu ihr, lege das eine Handtuch um ihr Haar und schlinge das andere um ihren Oberkörper, bevor ich sie wieder hochhebe und sie in die Hütte trage.

»Warum tust du das?«, fragt sie leise, als ich sie auf einen der beiden Stühle setze.

»Dich tragen? Weil deine Füße verletzt sind.« Ich schnappe mir ein weiteres Handtuch und tupfe vorsichtig die Feuchtigkeit von ihr ab.

»Das alles, meine ich. Ich bin kein Kind, weißt du«, sagt sie mit einer etwas festeren Stimme.

»Das weiß ich, Lizzy. Aber das, was mir gehört, das schütze und pflege ich.« Die Worte sind aus meinem Mund, bevor ich sie selbst überhaupt verstehe. Zeitgleich spüre ich, wie Liz sich tiefer in den Stuhl drückt.

»Ich gehöre niemandem. Ich bin kein Gegenstand. Ich bin ein Mensch, Mic.«

Für einen Augenblick bleibe ich starr. Sehe in ihre leuchtend blauen Augen und ringe mit mir, ob ich ihr hier und jetzt zeigen soll, wie sehr sie mir gehört. Wie sehr sie mein Besitz ist. Nur meiner.

Doch ich mache es nicht. Sie kann nicht verstehen, was für ein Mann ich bin. Was sich in meinen Fantasien abspielt. Frauen sind bisher immer nur Gegenstände für mich gewesen. Dinge, mit denen ich mache, was ich will und wie lange ich es will. Bloß mit dem Unterschied, dass der Zeitraum in denen ich genau diesen Besitzanspruch den Frauen gegenüber habe, bisher nie lang war. Meist nicht über den Sex hinaus. Und niemals hat mich der Gedanke, dass eine Frau nicht mehr mir gehören könnte, so zerrissen.

Meine Hand schießt vor, ich ergreife ihr Kinn und ziehe sie zu mir heran. So nah, bis unsere Lippen sich direkt gegenüberliegen. Ihr Atem geht schneller, ihre Augen werden größer und mein Schwanz schmerzt. »Meine Hübsche, mach dir keine Gedanken um Dinge, die du sowieso nicht ändern kannst. Und vor allem … so lange du hier bist, solange du mir gehörst … lauf nie wieder weg.« Sie keucht, als ich meinen Mund auf ihren drücke und meine Zunge ihre Lippen durchbricht.

Sie schmeckt, wie sie riecht … nach roten Beeren. Ich halte weiter ihr Kinn, spiele mit ihrer Zunge, die sie mir erst zaghaft und dann voller Inbrunst entgegenbringt. Ein Knurren dringt aus meinem Mund, und erst als ich mich kaum noch beherrschen kann, sie nicht auf jegliche erdenkliche Art zu ficken, ziehe ich mich zurück. Wieder wimmert sie, als unsere Körper sich trennen, auch wenn ihr Blick sofort wieder ängstlich, wütend und verstört zugleich wirkt. Ich stehe auf, deute ihr mit dem Finger an sitzen zu bleiben und gehe hinaus in den Schuppen hinter der Hütte. Mit ein paar Mullbinden aus dem Verbandskasten kehre ich zurück und hocke mich wieder vor ihre Füße. Mir ist nicht bewusst, wann ich jemals vor einer Frau gekniet hätte. Fachmännisch umwickle ich die Verletzungen, die mittlerweile aufgehört haben zu bluten. Wenn sie die Nacht über ruhig im Bett liegen bleibt, bin ich mir sicher, dass es ihr morgen wieder besser geht. Danach gehe ich zur Spüle, erhitze Wasser in einem kleinen Kessel und setze ihr einen Tee auf. Dass es hier Tee gibt, habe ich wieder nur Nicolo zu verdanken. Überhaupt ist alles, als ob er gewusst hätte, dass meine Hübsche sich zu mir verirren wird. »Trink den«, sage ich harsch. Dass sie diese Gefühle in mir auslöst, ist etwas, mit dem ich selbst erst mal zurechtkommen muss. Besonders, weil unsere Zeit begrenzt ist. Ich hätte natürlich die Möglichkeit, Nicolo zu kontaktieren und Liz einfach auf mein Anwesen bringen zu lassen, damit sie dort auf mich wartet. Ob sie will oder nicht. Leider kann ich diese Entscheidung nicht treffen, denn selbst wenn meine Pläne mit der Panait-Tochter aufgehen, werde ich danach keine Zeit für Liz haben. Vielleicht niemals mehr …

»Wirst du mich bestrafen?«

Die Frage kommt so überraschend, dass ich zu ihr herumfahre, nachdem ich eines meiner frischen Shirts für sie aus dem Regal gezogen habe. Dass sie es so auf den Punkt trifft und ohne es reell zu wissen davon ausgeht, dass ich sie für ihr Weglaufen tatsächlich bestrafen muss, zeigt mir nur mehr, wie perfekt sie ist. Wie für mich gemacht. Ich antworte ihr nicht sofort, sondern hebe sie vom Stuhl hoch und lasse sie dann auf dem Bett ab. »Das, meine Hübsche, liegt durchaus im Bereich des Möglichen.« Ich spüre das verlangende Pochen meines Schwanzes und höre die Drohung, die Lust in meiner Stimme. Mit einer Hand entferne ich das Handtuch von ihrem Oberkörper, mit der anderen, das, das um ihr Haar liegt. Sofort verdeckt sie wieder ihre Brüste. »Aber, meine Hübsche, ich werde es nicht heute tun.« Ich ziehe ihr das Shirt über den Kopf, greife nach der Bürste vom Regal und bürste damit ihr noch feuchtes, langes, dunkles Haar. Als ich fertig bin, drücke ich sie zurück, ziehe die Decke über ihren Körper und gehe hinüber zum Tisch. »Schlaf, Lizzy. Du bist erschöpft und brauchst Ruhe.« Sofort schließt sie die Augen und ich setze mich auf den Stuhl, damit ich ihr beim Einschlafen zusehen kann.

»Wirst du mich wieder berühren, wenn ich schlafe?« Ihre Stimme klingt beinahe panisch.

Ich muss hart schlucken, bevor ich antworte. »Nein, Lizzy. Nicht heute Nacht.«

# 21

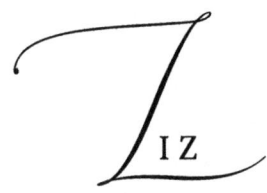

Liz

## ... FLEHEN HILFT NICHT BEI JEDEM MENSCHEN

Sicher über eine Stunde habe ich noch wach gelegen, obwohl ich völlig erschöpft war. Das Umherirren durch den Regenwald, mein missglückter Fluchtversuch ... und dann Mic. Mic im Regen, Mic im Wald ... Mic mit seiner Zunge in mir. Es war zwar jetzt schon das dritte Mal, dass er mich angefasst hat, aber das draußen im Wald ... Es war heftig. Heftig gut und heftig gefühlvoll. Und genau das nimmt mich so sehr mit. Allegra hat mir mal erzählt, dass Frauen dazu neigen, sich nach dem Sex zu verlieben, sofern sie es vorher noch nicht haben. Ich meine, ich hatte keinen Sex mit Mic, und verliebt habe ich mich auch noch nicht. Glaube ich zumindest. Doch jetzt muss ich mir eingestehen, dass mein Herz schneller schlägt, wenn er in meiner Nähe ist. Selbst wenn ich bloß an ihn denke. Und trotzdem, gestern Abend, nachdem er mir die Füße verbunden und mich ins Bett gelegt hatte, war Angst das beherrschende Gefühl. Vor einer erneuten Berührung. Vor noch mehr Gefühlen. Wäre nicht alles mit Easton gekoppelt, mit Robertos Tod und Allegras Verschwinden, vielleicht könnte ich diesen schönen, interessanten, aber leider auch verrückten Einsiedler dann wirklich lieben. Doch lieben … was ist das schon? Ich habe noch nie geliebt – keinen Mann. Verliebt, das war ich, ja. Aber echte wahre Liebe … wie fühlt die sich an? Allegra hat mir erzählt, dass sie nur einen Mann liebt, dieser Mann sich aber nie für sie entschieden hat, sondern immer nur für den Sex. Ist Mic auch so ein Mann?

Ich fühle mich nicht bloß wie ein Teenager, ich bin es im Grunde auch. Ich habe von nichts eine Ahnung … nicht mal von der Liebe.

Irgendwann war ich schließlich eingeschlafen, über den Bildern, die durch meinen Kopf flogen, und im Bewusstsein, dass Mic dicht neben mir saß. Jetzt bin ich seit etwa einer Stunde wach, war schon auf der Toilette, aber Mic habe ich noch nicht gesehen. Ich habe sogar kurz überlegt, mir die Verbände abzunehmen, da meine Füße nicht mehr schmerzen, aber ich kann mir ansatzweise vorstellen, dass er nicht damit einverstanden wäre. Was macht er eigentlich wieder so lange? Man hackt doch nicht jeden Tag Holz, oder? Um ehrlich zu sein, habe ich aber auch davon keine Ahnung.

Als ich vor der Hütte etwas zu Boden fallen höre, versteife ich mich automatisch und ziehe mir die Decke bis zum Kinn hoch. Ich will keine Angst vor ihm haben. Möchte eigentlich nur diese angenehmen Schmetterlingsgefühle für ihn empfinden. Doch es geht einfach nicht. Er ist nicht *der* Mann für mich. Kann es gar nicht sein. Er ist bloß der Mann, der mich gegen Bezahlung meinem Bruder ausliefern wird und das wahrscheinlich sogar in dem Wissen, dass Easton mir wehtun oder mich an Owen Sticks verheiraten wird.

»Guten Morgen, Liz.«

Er drückt schwungvoll und mit einem verwegenen Lächeln die Tür auf. Ich bin schon froh, dass er diesmal komplett bekleidet ist. Das lässt mich etwas sicherer sein und bringt mich nicht so aus der Ruhe. »Guten Morgen«, antworte ich relativ neutral. Als er sich vor mein Bett hockt und die Ellbogen auf der Matratze abstützt, werde ich aber doch wieder nervös. Ich dachte, er geht wie immer sofort zur Spüle oder zum Tisch, doch mit seiner einnehmenden Präsenz bringt er mein Blut zum Kochen.

»Wie geht es dir heute?« Seine Augen funkeln dunkel. Er riecht nach frisch geschlagenem Holz und … Mic. Viel zu anziehend. Viel zu gut. Viel zu sehr Mic.

»Ich glaube, die Verbände können runter«, sage ich matt. Mein Blick gleitet zu meinen von der Decke verdeckten Füßen, nur damit ich nicht in seine dunklen Augen sehen muss.

»Glaubst du das?«, fragt er schelmisch und seine Hand wandert zur Decke. »Dann schauen wir uns das mal an.«

Wie eine Ertrinkende klammere ich mich an dem Stück Stoff fest. »Ich schaffe das sicher alleine.« Meine Stimme ist mit einem Mal viel zu zynisch, ich höre es selbst. Doch die Angst, die Vorfreude, dass er mit seinen großen Händen meinen Körper berührt, lässt mich auf Abwehr schalten.

Er atmet einmal tief durch, nimmt seine Hand aber nicht zurück. »Elizabeth, hör mir zu. Dir sollte inzwischen aufgefallen sein, dass ich derjenige bin, der entscheidet. Du solltest genauso wissen, dass jegliches Auflehnen dir nichts nutzt. Und deine Strafe für das Davonlaufen gestern … nun«, er stockt, und ich traue mich endlich, ihm wieder ins Gesicht zu sehen, »ich würde sagen, du solltest sie nicht noch erhöhen.«

Ein Schauder läuft über meinen Körper, da ich die Festigkeit und Ernsthaftigkeit in seiner Stimme höre. »Was heißt das? Strafe?«

Er lacht heiser, bevor er antwortet. »Zuerst sehe ich mir deine Wunden an, dann sage ich dir vielleicht, was dich erwartet.«

Ich schlucke und verhalte mich diesmal still, als er die Decke bis über meine Füße hinunterzieht. Will er mich wirklich bestrafen? Dafür, dass ich von hier wegwollte? Etwas, das mein absolutes Recht ist, da ich nicht ihm gehöre? Ich weiß, dass mir gestern der Gedanke durch den Kopf ging, diese Strafe zu wollen. Dass in seinem Fall Strafe vielleicht etwas Lustvolles ist. Doch jetzt … Je länger ich darüber nachdenke, umso wütender werde ich und bekomme nicht mal richtig mit, dass er längst die Verbände abgerollt hat. »Du kannst mich nicht bestrafen!«, stoße ich hervor. »Ich bin keine Gefangene und du bist auch nicht mein Vater! Was glaubst du eigentlich, wer du bist?« Meine Stimme überschlägt sich beinahe, aber ich bin so wütend, dass ich ihm am allerliebsten meine flache Hand ins Gesicht schlagen würde. Vergleichsweise auch gerne meine Faust. Doch anstatt, dass Mic vor Wut aufspringt oder zurück schreit, bleibt er ganz ruhig und seine Hände wandern von meinen Knöcheln, meine Beine hinauf. Scheiße! Nicht das.

»Liz, Liz, Liz … du hast es immer noch nicht verstanden.«

Seine Finger erreichen meine Knie und mein verdammter verräterischer Atem beschleunigt sich.

»Solange du hier bist, solange gehörst du mir. Und das, meine Hübsche, ist noch mindestens zwei Tage so. Nicht, dass du überhaupt die Entscheidungsgewalt darüber hättest, wann du gehen darfst. Und solange du mir gehörst, bringt dieses Hin und Her dir also nichts.«

Er erreicht meine Oberschenkel und gleitet nun nach innen, näher an meine Pussy heran. Oh Gott! Wenn er mich jetzt wieder dort berührt, komme ich wahrscheinlich auf der Stelle. Doch das ist noch nicht mal das Schlimmste. Das ist nämlich, dass ich dem nichts entgegenzusetzen habe, sobald er mich anfasst. Und ich glaube, das weiß dieser Scheißkerl ganz genau.

»Und in diesen zwei Tagen habe ich noch so viel mit dir vor, dass du wahrscheinlich danach immer noch nicht in der Lage sein wirst, auf eigenen Beinen aus diesem Wald hinauszulaufen. Allerdings aus ganz anderen Gründen als jetzt.«

Seine Stimme ist ein heiseres Raunen und schon hat er das Bündchen der Shorts erreicht. Seine Shorts, die ich trage, nachdem er mein Höschen gestern zerfetzt hat. Heilige Mutter Gottes! Ich erbebe, als sein Daumen sich ohne Umwege auf meine schon zuckende Klit legt. »Ahh«, ist alles, was aus meinem Mund kommt. Kein Widerspruch, keine Beschimpfungen, keine Abwehr. Nur ein wahnsinniges Willkommenheißen. Und ich hasse mich dafür.

»Das ist es, was du brauchst, Lizzy.« Sein Finger wird schneller. »Und du solltest dich immer darauf verlassen, dass ich weiß, was du brauchst. Dass ich nur das Beste für dich will.«

Was ich will, ist widersprechen. Ich will toben. Doch alles, was in mir tobt, ist das Gefühl für diesen Mann. Und dass er genau das in mir auslöst macht mich fast wahnsinnig. »Ja«, keuche ich und spüre, wie der Orgasmus sich anbahnt.

»Komm für mich, Lizzy. Zeig mir, wie sehr ich weiß, was du brauchst.«

Als er zusätzlich zu seiner Reibung einen Finger in mich schiebt, ist es vorbei. Ich komme laut, heftig und ziehe mich dabei um seinen Finger zusammen, als bräuchte ich ihn zum Überleben.

»Es ist eine Schande, dass ich dich bald gehen lassen muss«, äußert er fast sachlich und holt mich damit zurück auf die Erde.

In dieses Bett. Zu sich. Zu einem Mann, der mich ausliefern wird. Sein Mund gibt einen zarten Kuss auf meinen sich noch heftig hebenden und senkenden Bauch und seine Hände entfernen sich aus der Shorts.

»Und jetzt erst mal eine kleine Stärkung, Liz, bevor wir über Strafen sprechen.« Er erhebt sich, geht hinüber zur Spüle und wäscht sich seine Hände, als hätte er mir gerade bloß einen angenehmen Tag gewünscht.

Und alles, zu dem ich imstande bin, ist, ihn anzustarren.

»Wann bringst du mich?«, frage ich und versuche, sämtliche enttäuschten Gefühle aus meiner Stimme herauszulassen. Er muss nicht wissen, dass er mich gerade sehr verletzt. Obwohl ich mich von ihm fernhalten sollte, wünsche ich mir gerade jetzt seine Nähe. Einfach seine starke Umarmung.

»Sobald ich mit dir fertig bin«, sagt er kühl.

Ich ziehe die Decke wieder zu mir hoch und erschaudere bei seinen Worten. Sobald er mit mir fertig ist ... er spricht von noch zwei Tagen. Also wird er mich in zwei Tagen an Easton ausliefern. So lange kann ich nicht bleiben. Ich muss ein weiteres Mal versuchen, von hier fortzukommen. Nur diesmal muss ich mich besser vorbereiten und muss es geschickter anstellen.

»Komm essen, Elizabeth.« Er trägt zwei Teller, Brot und Avocado zum Tisch.

Mit der Decke, die ich fest um meinen Körper wickle, gehe ich zum Tisch und setze mich ihm gegenüber. Nachdem ich mir ein Stück trockenes Brot genommen habe und hineinbeiße, beobachte ich ihn. Akribisch verteilt er das Fruchtfleisch der Avocado auf seiner Scheibe Brot. Meine Augen liegen aber eher auf seinen Fingern und den vielen Ringen daran.

»Was haben die Buchstaben zu bedeuten?«, frage ich. Alle Siegelringe sind schwarz. Vier haben allerdings einen silbernen Buchstaben eingraviert. An der linken Hand auf einem ein *D* und auf einem anderen ein *E*. An der rechten Hand findet sich einmal ein *M* und einmal ein *I*.

»Das geht dich nichts an.«

Die Schroffheit seiner Stimme lässt mich zusammenzucken, doch als seine Augen mich einfangen, sehe ich etwas wie Schmerz darin.

»Es tut mir leid. Ich wollte dich nicht anfahren.«

»Ist schon gut«, sage ich. »Darf ich dich etwas anderes fragen?« Ich habe keine Ahnung, warum ich nicht wissen soll, für was diese Buchstaben stehen, aber die Narben auf seinem Rücken interessieren mich ebenso. Und seine Abfuhr gerade, die übergehe ich einfach.

»Fragen kannst du alles«, setzt er an, doch ich winke ab.

»Ich weiß schon … ob ich eine Antwort darauf bekomme, steht auf einem anderen Blatt.« Ein Lächeln tritt auf sein Gesicht und sofort hat er mich damit wieder um den Finger gewickelt. »Dein Rücken … die Narben. Woher stammen die?«

Ich mache mich schon darauf gefasst, dass er mich wieder anschnauzt, aber er atmet einmal tief durch und seine Stimme ist im Anschluss sanft.

»Das ist während der Ausbildung passiert.« Er beißt in sein Brot, als wäre die Frage damit plausibel beantwortet.

»Was war das für eine Ausbildung? Hast du nicht gesagt, du warst ein erfolgreicher CEO? Welche Ausbildung durchläuft man dafür, die einem solche Narben einbringt?«

Kurz flackert wieder etwas wie Wut in seinen Augen auf. »Das stimmt.« Seine Stimme ist bedrohlich. »Meine erste Ausbildung fand allerdings in meinem Heimatland statt und hatte nichts mit dem zu tun, was ich später tat.«

»Du stammst nicht hier aus Kolumbien?«

»Nein, meine Hübsche. Kannst du nicht hören, woher ich komme?«

Um ehrlich zu sein, Mic hat zwar einen leichten Akzent, aber ich dachte wirklich, er komme hier aus Kolumbien. »Ich weiß es nicht.«

»Italien, Elizabeth. Und jetzt bin ich wieder dran.«

»Aber die Narben …«

»Ich bin dran«, sagt er schroff und wieder blitzt diese Dunkelheit in seinem Blick auf und lässt mich verstummen.

»Was war dein bisher schlimmstes Erlebnis?«

»Dass ich hier mit einem verrückten Fremden im Regenwald gelandet bin?« Ich lache bei meiner Antwort, sie war die erste, die mir eingefallen ist. Mic jedoch, scheint sie keinesfalls lustig zu finden. »Das war nicht so gemeint. Ein Spaß, verstehst du?« *Gott, Elizabeth, hörst du dich erbärmlich an. Leck ihm doch noch die Stiefel.*

Doch urplötzlich legt sich ein Lächeln auf sein Gesicht. »Du hast recht, meine Hübsche. Etwas Schlimmeres hätte dir nicht passieren können.« Erneut beißt er in sein Brot und sieht mich dabei abwartend an.

»Du willst wirklich wissen, was für mich bisher das Schlimmste war?«

Er nickt und breitet seine Hände neben seinem Teller aus. Gott diese Finger …

»Als meine Großmutter gestorben ist und ich plötzlich alleine war. Das war das Schlimmste.« Wieder kommt die Lüge mir nicht schwer über die Lippen, denn ich stelle mir dabei einfach meine Mutter vor.

»Im Moment bist du nicht alleine, Liz.«

Seine Stimme vibriert nahezu, und ich weiß nicht, was dunkler ist. Seine Augen oder sein Timbre. »Ich bin wieder dran. Was war dein schlimmstes Erlebnis?«

Es dauert unendlich viele Sekunden, bis er endlich ansetzt zu antworten. »Als meine Eltern gestorben sind.«

Diese Aussage trifft mich in meinem tiefsten Inneren. Er hat auch beide Elternteile verloren? Gleichzeitig? So wie ich?

»Mic«, sage ich mitfühlend und wie automatisch legt sich

meine kleine Hand auf seine große. Doch ohne dass ich es vorausgesehen habe, reißt er sie nahezu unter meiner fort, steht so heftig auf, dass beinahe der Stuhl kippt, und im nächsten Moment ist er zur Tür hinaus verschwunden. Was zum Teufel war das gerade? Und warum schließt er mich jetzt wieder aus?

# 14

## MICHELE

### ... MANCHE ERINNERUNGEN SOLLTE MAN NICHT TEILEN. MIT NIEMANDEM.

Es ist nicht so, dass sie etwas falsch gemacht hätte. Nicht sie hat es getan. Ich selbst war es. Und ich hatte gar keine andere Möglichkeit, als sofort die Hütte zu verlassen, bevor ich sie für etwas bestrafe, das sie nicht verdient hat.

Die Strafe für ihr Fortlaufen wird sie schon sehr bald bekommen. Aber sie ist eine andere, als die, die ich ihr jetzt geben würde, weil ich etwas aus meiner Vergangenheit preisgegeben habe. Etwas, dass sie nichts angeht, auch wenn ich mich ihr mehr verbunden fühle als jemals einer anderen Frau zuvor.

Vor der Hütte laufe ich ein paar Mal auf und ab. Versuche, mich und die Lava in mir wieder runterzufahren, aber es geht nicht. Selbst wenn ich gerade erst aus dem Wald zurückgekommen bin ... ich brauche Luft und laufe deshalb auf die Rückseite der Hütte zu. Hinter dem Schuppen, nur ein paar Meter weiter, fließt ein kleiner Bach. Ich weiß nicht mal, ob er erst durch die vielen Regenfälle entstanden ist, aber das spielt auch keine Rolle. Ich sitze gerne dort. Zumindest die paar Mal, die ich schon hier war. Aus diesem Bach wird das Wasser für die Dusche, das Wasser für unseren Tee und alles andere gespeist. Es läuft durch eine Pumpe und einen Filter, die im Schuppen stehen. Ich dagegen bin nicht in der Lage mich zu reinigen. Da hilft keine Pumpe, kein Filter, sofern es so etwas gäbe. Meine alten Schatten kann ich weder abwaschen noch ablegen, und ich werde sie auch nie wieder los. Sie haben sich mit der Zeit von Schatten in mein eigenes Ich verwandelt. Und ich bin nichts weiter als dunkles Nichts. Ein gefährliches Nichts.

Nach zehn Minuten komme ich an dem kleinen Bachlauf an und lasse mich auf einem davor umgefallenen Baum nieder. Meine Hände fahren angestrengt durch meine Haare und zum ersten Mal in meinem Leben zucke ich fürchterlich zusammen, als sich eine Hand auf meine Schulter legt. Eine Hand, die ihr gehört. Lizzy. »Wie kommst du hierher?«, frage ich rau und versuche, die Wut aus meiner Stimme zu lassen. Es gelingt mir nicht wirklich.

»Ich bin dir gefolgt«, antwortet sie leise.

Wie konnte sie mir folgen? Oder vielmehr … wie konnte ich das nicht bemerken? »Wozu?« Ihre Hand löst sich von mir und etwas wie Kälte bleibt an dieser Stelle zurück. Doch im nächsten Augenblick setzt sie sich bereits dicht neben mich, auf den Baumstamm und alles wird sofort etwas wärmer.

»Ich verstehe dich manchmal nicht, Mic.«

»Was bedeutet das?« Meine Augen fahren zu ihr und dieser verlorene Blick in ihren blauen Iriden ist zum Niederknien.

»Du hast so Momente, da bist du nicht du.«

»Und du denkst, das beurteilen zu können?« Ein Lachen kommt über meine Lippen, und ich merke selbst, wie schäbig es klingt.

»Das kann ich nicht«, sagt sie. Diesmal mit festerer Stimme. »Aber ich würde es gerne.« Ihre Hand schleicht sich zu meiner. »Wenn du mich lässt.«

Diese Nähe ... diese gefühlvolle Nähe ... ihre gefühlvollen Worte ... das alles ist zu viel für mich. Vor allem geht es nicht von mir aus und es hat nichts mit dem zu tun, was ich eigentlich von ihr will. Von ihr brauche. Ich löse mich aus ihrem Griff und stehe auf. »In zwei Tagen ist es vorbei, Elizabeth. Wir müssen nicht viel mehr voneinander wissen als das, was wir bisher kennen. Es gibt nur noch ein paar Dinge aus meiner Welt, die ich dir zeigen werde. Und die haben weder etwas mit Verständnis noch Erinnerungen zu tun. Sondern schlicht und einfach mit Gehorsam. Deinem Gehorsam, meine Hübsche. Gehorsam und Lust.« Nachdem ich diese drei Wörter gesagt habe, fühle ich mich wieder mehr wie ich selbst. Allerdings auch wieder völlig kalt.

Liz springt hektisch auf und ein Sturm tobt in ihren Augen. »Und du denkst wirklich, dass ich diese Dinge wissen will, wenn du nicht mal in der Lage bist, über normale Sachen mit mir zu sprechen? Weißt du was, Mic?« Sie kocht beinahe vor Wut.

Und irgendwie finde ich sie unheimlich süß und sexy so. »Was, meine Hübsche?«

»Du kannst deine Hübsche mal, und mich sowieso!« Sie wendet sich abrupt ab und marschiert mit festen Schritten los.

Doch ich bin schneller. Im Nu habe ich sie eingeholt, sie mir über die Schulter geworfen und drücke ihren Körper fest an mich, während ihr Kopf hinter meinem Rücken in der Luft hängt und mir Verwünschungen zuruft.

»Lass mich runter, du Arschloch! Oder willst du mich jetzt wieder befingern?«

Ich kann nichts dafür, ihre Worte, ihre Wut ... das alles vertreibt meine eigene. Sie ist wirklich aufgebracht, aber so, wie sie ihren Körper an mich drückt, spüre ich auch, dass sie mich will. Egal, ob sie den wahren Michele kennt oder nicht.

»Wenn du mich jetzt nicht sofort runterlässt!«

»Was dann?«, frage ich mit einem Lachen und schlage meine flache Hand auf ihren perfekt runden Hintern. »Drohst du mir dann Schläge an?«

Plötzlich wird sie still, und als wir an der Hütte ankommen, ich sie auf der Veranda auf ihren Füßen abstelle, ist ihr Kopf hochrot. Und genau mit diesem Kopf kommt sie bedrohlich langsam auf meinen zu.

»Nie wieder schleppst du mich irgendwo hin. Nie wieder«, sagt sie zischend. »Nie wieder machst du etwas gegen meinen Willen. Und nie wieder ...«, ihr warmer süßer Atem prallt gegen meine Lippen, »behandelst du mich wie ein dahergelaufenes Mädchen, mit dem du machen kannst, was du willst. Ich bin nicht dein Spielzeug.«

Sie tobt und spürt gar nicht, wie sehr sie mir damit imponiert. Wie heiß sie mich damit macht. Noch nie hat eine Frau sich getraut, so mit mir zu reden. Und während ich sie anstarre, ihren weiteren Schimpftiraden kaum noch folgen kann, bemerke ich, dass ich mein Bild von Liz ändern muss. Sie mag unerfahren sein. Sie mag noch nicht viel von der Welt gesehen haben. Was sie aber dennoch und definitiv nicht ist: meine kleine Liz. Sie ist eine Frau. Und zwar die mutigste, die mir je begegnet ist.

»Hast du wieder gar nichts dazu zu sagen?«

»Doch«, antworte ich rau, lege meine Hand in ihren Nacken und ziehe sie unerbittlich an mich. »Das, Liz.« Und dann küsse ich sie. Wild, leidenschaftlich und mit viel zu viel Gefühl. Doch da ist in diesem Moment nichts anderes, das ich tun will. Ich möchte ihre Wärme. Ihre Nähe. Ihren Kuss und ihre Zunge. Und all das gibt sie mir. Nach allem, was sie mir in den letzten Minuten an den Kopf geschmissen hat, gibt sie mir doch, was ich brauche. Sich selbst und das völlig selbstlos. »Lizzy«, flüstere ich zwischen einem Kuss gegen ihre Lippen, aber da fängt sie mich bereits wieder ein. Meine Hände umgreifen sie so fest, als könne sie sich jeden Moment in Luft auflösen und sie drückt ihren Körper so hart gegen meinen, dass ich die Füße wirklich fest in den Boden drücken muss. »Lizzy«, raune ich erneut.

»Du bist ein Arschloch«, gibt sie wimmernd von sich, während mein Mund eine heiße Spur von Küssen auf ihrem Hals hinterlässt.

»Das größte unter der Sonne«, bestätige ich und spüre unerwartet ihre Hände auf meiner Brust. Kurz denke ich, sie will mich einfach nur berühren, doch im nächsten Augenblick drückt sie mich von sich weg.

»Und genau, weil du das bist, wirst du nicht mehr mit mir spielen, Mic, dessen Nachnamen ich nicht kenne. Mic, von dem ich nichts weiß oder kenne, außer vielleicht seinen nackten Körper.« Sie macht einen Schritt zurück. »Was ich vorhin am Bach gesagt habe, war mein voller Ernst. Spiel nicht mehr mit mir, sonst spiele ich nicht mehr mit.«

Ihre Augen sind ein einziges funkelndes Etwas und in dieser Sekunde glaube ich wirklich, dass sie mich hasst.

»Du bist kälter als der kälteste Stein, Mic, und mit kalten Dingen umgebe ich mich nicht gern.«

Wut schießt erneut durch meinen Körper. Ich will nach ihr greifen, aber da hat sie sich schon von mir abgewandt und geht in die Hütte hinein. Sie geht einfach und lässt mich hier stehen.

Der erste Schritt ist schon getan, nämlich der, ihr nach, als ich mich selbst aufhalte. Ich versuche, einen klaren Kopf zu bekommen. Versuche, zu rekapitulieren, was in der letzten halben Stunde geschehen ist, und versuche dann, mich auf das Wesentliche zu fokussieren. Es gibt weiterhin nur eine

Priorität. Das Panait-Mädchen, das in wenigen Tagen hier sein wird und dann erst kommt Elizabeth. Elizabeth, die nur aus einem Grund hier ist. Für meine Lust. Nichts weiter. Und Elizabeth, die keine Spiele mehr spielen will. Sie hat recht. Genug der Spiele. Scheiß auf weitere Vorbereitungen. Vierundzwanzig Stunden werden sie sowieso nicht besser auf das vorbereiten, was ich noch mit ihr vorhabe. Und ihre Strafe steht so oder so noch aus. Ich weiß nicht, was mein kranker Kopf oder mein stumpfer Körper versuchen, mir zu sagen, seit sie hier ist … ich weiß nur, dass das nicht ich bin und es auch nicht sein will.

*Du willst nicht mehr spielen, Liz? Dann endet dieses Spiel jetzt. Und der letzte Schachzug beginnt.*

# 23

## LIZ

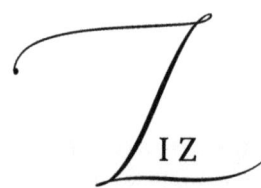

### ... KANN DENN SCHMERZ
### AUCH LIEBE SEIN?

Mic hat mich noch nicht oft geküsst, wenn man bedenkt, was er sonst schon mit mir gemacht hat. Doch dieser Kuss gerade ... fast hätte er mich damit wieder so weit gehabt, dass ich all meine Vorsätze, die ich zuvor am Bach getroffen habe, über den Haufen werfe. Es fühlte sich nach so viel mehr an, als er offensichtlich bereit ist, zu geben. Ich würde gerne wissen, was für ein Mensch er unter seiner rauen Schale ist. Welche Gedanken ihn bewegen. Was genau er bisher im Leben erlebt hat und warum er zu dem Mann geworden ist, der er ist. Doch selbst den kenne ich ja nicht. Ich kenne nur das, was ich sehe. Mehr ist er nicht bereit, mir zu zeigen.

Ich bin ihm vorhin nur nachgegangen, weil ich dachte, er hätte eventuell ein schlechtes Gewissen wegen der Angelegenheit mit Easton und sperrt sich deshalb vor mir. Dass, wenn die Sache mit Easton nicht wäre, es ganz anders laufen würde. Zumindest der Teil, mit dem Sich-öffnen. Für einen kleinen Moment dachte ich, dass dieser mysteriöse und gefährliche Mann doch mehr für mich übrighat, als er zugeben will. Aber all das scheint nicht wirklich der Fall zu sein. Alles, was er will, ist mein Körper und das Geld, das er mit mir verdienen kann. Manchmal würde ich ihm gerne genau das an den Kopf werfen. Ihn zur Rede stellen. Ich schätze bloß, dass das Geld ihm wichtiger ist als der Spaß, den er sich mit mir ausmalt. Und dann, dann wird es erst richtig gefährlich. Wenn er weiß, dass ich Bescheid weiß … ich möchte mir lieber gar nicht vorstellen, was er dann mit mir macht. Noch habe ich die Möglichkeit erneut zu verschwinden und mich zu retten.

Schlimmer als beim ersten Mal kann es eigentlich nicht werden. Im Zweifelsfall laufe ich ihm wieder genau vor die Füße oder er fängt mich ein. Das Ende ist bei jeder dieser Szenarien dasselbe. Ich werde wieder bei Easton landen und diesmal werden es mehr als Schläge für meinen Ungehorsam sein. Außer, ich mache es endlich richtig und schaffe es aus diesem Wald heraus.

Mein Blick gleitet hinüber zu dem kleinen Fenster. Mic ist nicht mehr zu sehen. Zaghaft gehe ich zurück zur Tür. Wenn er wieder weg ist, sollte ich darauf scheißen, dass es gleich irgendwann dunkel wird. Lieber verbringe ich die Nacht im Regenwald als in den Armen dieses Mannes. Das Problem an der Sache ist nur, dass ich mir das selbst nicht mehr glaube. Ich bin nirgends lieber als in seinen Armen. Nichts fühlt sich besser an, als von ihm geleitet zu werden. Das Ganze ist ein einziges Armutszeugnis. Für mich und niemand anderen.

In dem Moment, in dem ich meine Hand auf die Klinke legen will, schwingt die Tür auf und ein Mic mit Augen so dunkel wie Obsidiansteine steht vor mir.

»Du«, raunt er und seine Stimme hat sich seinem Blick angepasst.

Intuitiv weiche ich zurück. Und diesmal zieht mich nichts an. Er ist hier, um mir wehzutun. Ich sehe es nicht nur, ich spüre es. Sofort liegen seine Hände auf meinen Oberarmen und er zieht mich so heftig an sich, dass ich kaum reagieren kann.

»Deine Strafe, Elizabeth. Es wird Zeit.«

Sein Mund kommt meinem Gesicht verdammt nahe und mein Körper erzittert. Ich fühle keine Lust. Keine Zuneigung. Nur Angst. Er kommt mir vor wie ein vollkommen anderer Mensch. Alles an ihm strahlt Gefahr aus. Und zwar so sehr, wie ich es in den ganzen letzten Tagen noch nicht wahrgenommen habe. »Ich will, dass du mich gehen lässt«, fordere ich und lasse die Angst meine Stimme nicht beherrschen. Ich darf nicht schwach vor ihm sein. Ich darf es einfach nicht und will es nicht! Er erstickt meine restlichen Worte, da er meinen Kopf so fest an seine Brust drückt, dass es wehtut.

»Wenn du mir heute Nacht alles von dir gibst, Liz, dann darfst du morgen vielleicht gehen.«

Seine Wörter spuken durch meinen Kopf wie in einem riesigen Labyrinth, aus dem ich nicht weiß, wie ich herauskommen soll. Er hat bereits alles von mir. Er hält mein Leben in der Hand. Was will er noch? »Lass mich gehen«, presse ich hervor und kann es mir trotz der gegenwärtigen Angst selbst nicht wirklich glauben. Will ich wirklich gehen?

»Morgen, Elizabeth. Und jetzt machen wir genau das, was du verlangst. Wir hören auf zu spielen und ich zeige dir den Mann, den du so unbedingt sehen und verstehen willst.«

Seine Stimme ist dunkel, seine Hände halten mich in Schach. Doch seine leicht rauen Finger, die auf meinen nackten Oberarmen liegen, streifen zärtlich über meine Haut. Und schon setzt sich wieder in Gang, was sich bisher immer bei mir in Gang gesetzt hat, sobald er mir so nah ist. Angst vermischt sich mit Lust. Lust mit Angst und dieses Wirrwarr macht mich fast willenlos. Seine Worte sind eine einzige Dro-

hung, und ich frage mich panisch, welchen Teufel ich herauf-
beschworen habe. »Bitte ... Mic ...«, seufze ich mehr, als zu
flehen. Ich bekomme kaum Luft, so hart drückt er mein Gesicht an sich. Er löst seine Hände von meinen Armen, leider
zu kurz, um mich von ihm befreien zu können. Schon greift er
wieder nach mir und zieht meine Handgelenke schmerzlich
hinter meinen Rücken.

»Das ist es doch, was du wolltest, oder nicht? Du wolltest wissen, wer ich bin und was mich treibt.« Seine Stimme
lullt mein Hirn ein wie Zuckerwatte. Da ist nichts mehr, außer
klebriger Zuckerwatte.

Mit seinem tiefen, rauen Timbre kriecht dieser Mann
förmlich unter meine Haut. Dringt ein in jeden meiner Sinne.
Besetzt sie und macht sie zu seinen. Ich spüre nur noch seine
Küsse, die er jetzt meinen Hals entlang verteilt. Spüre, wie er
mich vollkommen in Besitz nimmt, und ich liebe es, als könne
ich ohne seine Führung nicht mehr weiterleben. Ich bin verrückt. Völlig verrückt nach seinen Berührungen.

»Setz dich«, raunt er, und als ich nicht sofort in Bewegung
komme, schubst er mich rückwärts.

Ich lande mit den Kniekehlen am Bett und danach sofort
auf meinem Hintern. »Mic«, murmle ich heiser.

»Runter mit der Shorts.« Seine Augen glühen nahezu und
er greift in seinen Rücken, während ich mir seine Unterwäsche abstreife. »Wir sprechen jetzt nicht mehr, meine Hübsche. DU sprichst jetzt nicht mehr. Nur noch, wenn ich es verlange.«

Ich höre, was er sagt, nehme den Raum wahr, nehme ihn
wahr, aber alles, was ich wirklich aufnehmen kann, sind die
Seile, die er hinter seinem Rücken hervorholt. In meinem
Bauch prickelt es heftig und ich kann endgültig nicht mehr
einordnen, ob es Angst oder Lust ist. Doch als er auf mich zu-

kommt, weiß ich, dass es wie immer beides ist, und es macht mich verdammt noch mal an.

»Vertraust du mir, Elizabeth?«, fragt er ernsthaft, und ich fange an zu lachen, was seine Augen noch dunkler wirken lässt. »Vertraust du mir?« Seine Stimme ist jetzt noch dominanter.

»Wie könnte ich«, erwidere ich mit fester Stimme und spreize trotzdem meine Beine für ihn, als wüsste ich, was er vorhat. Ich weiß es nicht. Ich kann mir nur denken, wofür die vier Seile gut sind. Und alles, was ich will, ist, dass er es mir zeigt. Mir mehr von sich zeigt. Seine Augen werden etwas größer, noch etwas dunkler, als der Blick auf meine nackte Mitte frei wird, und für einen Moment fühle ich mich so, als könne ich über ihn bestimmen. Als hätte ich das Sagen. Als wäre mein Körper dazu im Stande, ihn zu leiten. So, wie er mich leitet.

»Du bist wunderschön, Lizzy.« Er schluckt und hockt sich genau zwischen meine Schenkel.

Der harsche Ton ist etwas verklungen und in seinem Blick meine ich tatsächlich mehr als Gier zu sehen. Aber das kann bloß ein Trugschluss sein. Mein eigenes Wunschdenken.

Alleine die Nähe seines Gesichts zu meinem Geschlecht entfacht ein unglaubliches Verlangen in mir. Wieder sehe ich auf die Seile, die er in den Händen hält, und als ich mir vorstelle, dass er mich damit fesselt, mich dann berührt, an all diesen verbotenen Stellen … »Ich vertraue dir nicht, Mic. Ich kenne dich kaum. Aber ich vertraue dir, wenn du mich festbindest. In dem Moment weiß ich, dass ich sicher bei dir bin. Wenn du mir Dinge zeigst, die ich noch nicht kenne.« Selten war ich so überzeugt von etwas und ich kann meine rechte Hand nicht davon abhalten, zärtlich und doch fest zugleich in sein dichtes dunkles Haar zu greifen. Daran zu ziehen, so, dass er kurz dunkel und animalisch aufstöhnt.

Ein Blitzen geht durch seine Augen und schon hat er mein rechtes Bein umfasst, schlingt eines der Seile darum und zieht es dann bis zum äußeren Bettpfosten, an dem er es festmacht. Seine Augen gehen immer wieder kurz zu mir, während ich heftig atmend auf der Bettkante sitze und ihm dabei zusehe, wie er mein anderes Bein ebenso anbindet. Die Seile sitzen verdammt stramm um meine Fußgelenke und der Druck schmerzt leicht an meinem verstauchten Knöchel. In meinen Oberschenkeln zieht es leicht … doch als er Halt macht, genau vor meiner Mitte, und seinen Daumen auf meine Klitoris legt, stöhne ich rau und laut. Ekstatisch langsam reibt er über diesen kleinen geschwollenen Punkt und ich stütze mich mit meinen Händen auf der Matratze ab. »Ja«, kommt fast wimmernd über meine Lippen, da die Gefühle, die diese Berührung, diese Situation im Allgemeinen in mir auslöst, einfach so heftig sind.

»So ist gut, meine Hübsche. Lass dich gehen.«

Ich möchte mich ganz zurückfallen lassen, als er anfängt, zusätzlich zum Reiben, einen Finger in meine Öffnung zu schieben. »Mic«, stöhne ich wieder und fühle bereits, wie der Orgasmus sich ankündigt. Und in der Sekunde, in der ich meinen Oberkörper nicht mehr halten kann, mich wirklich zurückfallen lassen will, legt er seine freie linke Hand in meinen Rücken und hält mich an Ort und Stelle.

»Wir sind noch nicht fertig, Elizabeth.«

Seine Finger entfernen sich von meinem Geschlecht, und bevor ich überhaupt protestieren kann, hat er schon mein linkes Handgelenk ergriffen und verfährt damit ebenso, wie zuvor mit meinen Beinen. Der Unterschied ist bloß, dass nach zwei Minuten meine Hände nicht ebenfalls an den vorderen Bettpfosten festgebunden sind, sondern an den Holzstreben, die etwa einen Meter rechts und links neben dem Bett stehen. Ich dachte immer, die dienen zur Stützung der Hütte ... jetzt bin ich mir da nicht mehr so sicher. Ich sitze hier wie ein ausgepacktes Geschenk. Weit geöffnet und nackt. Als Mic mit seinem Werk fertig ist, geht er bis zum Tisch und wendet sich von mir ab. Was wird das jetzt? Kurz keimt in mir die Angst, dass er mich so an Easton ausliefert, doch als er ein Feuerzeug aus seiner Hose holt und die zwei Kerzen, die auf dem Tisch stehen, damit anzündet, beruhige ich mich wieder. Zumindest so lange, bis ich etwas anderes aus seiner Jeans herausragen sehe. Etwas, das aussieht wie eine Peitsche. Genau die zieht er in diesem Moment auch heraus, legt sie fast andächtig auf den Tisch und steigt danach aus seiner Hose, unter der er rein gar nichts trägt.

Es ist noch nicht ganz dunkel. Einige Lichtstrahlen fallen noch in die Hütte. Dazu jetzt der Schein der Kerzen ... Kurz vergesse ich die Peitsche und starre erregt auf seinen Rücken. Auf seine Tattoos, auf seine Narben. Scheiße, ich liebe alles an diesem Monster. Wenn das Liebe ist, was hier stattfindet und was ich für Liebe halte, bin ich wahrscheinlich noch viel gestörter, als ich bisher angenommen habe. Meine Arme und Beine schmerzen leicht, ich fühle mich in dieser Position völlig ausgeliefert ... ich sollte schreien! Aber ich kann es kaum erwarten, dass er sich endlich wieder zu mir herumdreht und dort weitermacht, wo er gerade aufgehört hat.

»Lizzy«, sagt er in meine Gedanken hinein und endlich wendet er sich mir wieder zu.

Sein großes Geschlecht steht senkrecht in die Höhe, und ich kann gar nicht anders, als genau darauf zu sehen, weil es ebenso schön ist, wie Mic selbst. Als er auf mich zukommt, lässt er die Peitsche Gott sei Dank auf dem Tisch liegen und kaum, dass er sich wieder zwischen meinen Beinen platziert, tritt Schweiß auf meine Stirn. Er lächelt verwegen, als er es bemerkt, legt seine Hände auf die Innenseiten meiner Oberschenkel und drückt sie noch ein Stück weiter auseinander. Ein Schmerzensschrei dringt aus meiner Kehle. Schmerz, Lust, Angst, prickelnde Erwartung. »Mic«, keuche ich heiser. »Psst, meine Hübsche«, sagt er rau und ich starre gebannt in seine glimmend dunklen Augen. »Ich will, dass du lernst, dich zu kontrollieren. Zeig anderen nicht, wenn du Schmerzen hast.«

Wie meint er das? Warum sagt er so etwas? Ich kann nicht weiter darüber nachdenken, da in diesem Augenblick seine Zunge auf meine Klitoris trifft und ich erneut stöhne. Diesmal vor Lust. Ich unterdrücke diesen Laut sofort, da ich Angst habe, er beendet das, was er gerade tut. Ein raues Lachen kommt über seine Lippen, das in tausend kleinen Vibrationen direkt auf meinem Lustpunkt landet. Ich weiß schon jetzt, dass, wenn er mit seiner Zunge dort so weitermacht, ich in spätestens dreißig Sekunden meinen Höhepunkt erreiche. Plötzlich kommt zu seiner Zunge, zu den kleinen Bissen, die er immer wieder um meine Klit verteilt, seine Hand. Sie wandert von meinem Becken über meinen Bauch. Verweilt dort einige Sekunden und wandert höher, bis sie meine vor Lust schwere Brust erreicht. Seine Zunge wird immer schneller, immer besser und ich unterdrücke unter höchster Anstrengung mein Stöhnen. Seine Finger legen sich um meinen harten Nippel, und als er daran zieht, explodiere ich an seinem Mund. Und diesmal kann ich meine Lustschreie nicht zurückhalten. Will es auch gar nicht. Ich schreie seinen Namen hinaus, zerre an den Seilen und kann den Orgasmus kaum aushalten, weil seine Zunge nicht aufhört, diesen zuckenden Punkt zu bearbeiten. Seine Finger kneifen schmerzhaft in meine Brust, so sehr, dass es wirklich weh tut, aber all das liebe ich in diesem Moment. Ich will immer mehr von ihm, will, dass er niemals wieder aufhört. Mich niemals wieder verlässt. Ich reite unendlich lange auf dieser Welle und keuche, als die Kontraktionen abebben und Mic sein Gesicht von meinem Geschlecht zurückzieht, während seine große Hand sich zärtlich und warm um meine schwere, gereizte Brust legt.

»Meine Hübsche«, höre ich ihn raunen und bemerke erst da, dass ich die Augen geschlossen habe. Als er seine Hand auch von meiner Brust nimmt, sich erhebt, öffne ich sie wieder und komme beinahe erneut, weil ich sehe, wie er mich ansieht. Wie sehr er mich in diesem Moment begehrt.

»Du bist so wunderschön, wenn du kommst, Lizzy. Ich habe so etwas Schönes noch nie gesehen.«

»Nicht so schön wie du«, wispere ich und sehe ihm nach, während er zum Tisch geht und die Peitsche in seine Hand nimmt. Die Ringe an seinen Fingern scheinen im Schein der Kerzen zu flackern und diese durchweg tiefdunkle Peitsche, die mehrere Riemen besitzt, gleitet durch seine Finger, während er sich mir wieder zuwendet.

»Kennst du das hier, Elizabeth?« Er klingt sachlich. So sachlich und so schön.

Ich schüttle mit dem Kopf, da ich nicht weiß, ob ich sprechen soll oder nicht. Er macht einen Schritt auf mich zu. Einen weiteren und steht dann direkt vor mir. Seine Gestalt ist groß, maskulin, voller Stärke. Seine tätowierten Hände spielen jetzt mit den Riemen der Peitsche, während seine Augen über meinen Körper wandern. Und all das in der Summe lässt mich zittern. Mein Geschlecht pocht bereits wieder und mein Mund ist viel zu trocken.

»Ein Flogger«, sagt er rau. »Die Riemen sind aus feinen Lederstreifen«, er stockt kurz. »Und wenn ich diese Streifen über verschiedene Stellen dei…«

»Tu es«, rufe ich dazwischen. Ich weiß nicht wirklich, was

mit mir los ist. Aber ihn so vor mir zu sehen ... so erhaben, so unwiderstehlich, so dominant ... Er weiß genau, wann und wie er mich berühren, ansprechen muss, damit ich innerhalb von Sekunden komme. Mir ist egal, was er mit diesem Flogger tun will, ich weiß, solange er es tut, wird es gut sein. »Ich vertraue dir. Ich will, dass du es machst!« Ich erkenne mich selbst kaum wieder. Ich vertraue ihm immer noch nicht, was all die Umstände angeht, aber in diesen körperlichen Dingen, da weiß ich einfach, ich bin sicher bei ihm. Mic hat das Tier in mir geweckt und ich schäme mich in diesem Moment nicht mal dafür.

Ein dunkles Lächeln läuft über sein Gesicht. »Du bist erstaunlich, Lizzy. Und du bist weitaus mehr, als ich mir erhofft habe.« Er knurrt beinahe, während er spricht. »Aber denk daran, zeig anderen niemals deine Schwächen. Sie könnten sie für ihre Zwecke missbrauchen.«

»Warum sagst du das?« Ich sehe ihn an, mit schlotterndem Körper. Ihm völlig ausgeliefert und heiß auf alles, was er mit mir vorhat. Warum spricht er jetzt so?

»Ich will dich nicht nur Lust lehren, meine Hübsche. Wenn du nicht mehr mir gehörst, wenn ich dich nicht mehr beschützen kann, will ich, dass du es selbst tust.«

Seine Worte drohen jedes Lustgefühl in mir zu ersticken, doch als hätte er es bemerkt, greift seine Hand grob in mein Haar und zerrt meinen Kopf zurück. Ein lustvoller Schauer zieht direkt in meine Mitte.

»Wirst du auf dich aufpassen, wenn es so weit ist?«, faucht er, und ich wimmere ein leises *ja*. Seine Hand löst sich aus meinen Haaren und ich richte mühsam meinen Kopf wieder auf.

Meine Augen fallen sofort auf sein Geschlecht, das quasi direkt vor meinem Gesicht steht. Wann wird er mir endlich zeigen, wie es sich anfühlt, ihn in mir zu spüren? Wird er es mir überhaupt zeigen? Ich lecke mir über die Lippen und sehe dann wieder seinen Blick.

»Fangen wir langsam an, meine Hübsche.«

Mein Unterleib schreit danach, endlich von seinem Geschlecht in Besitz genommen zu werden. Endlich zu fühlen, wie er sich in mir anfühlt. Doch Mic ... er macht einen Schritt zurück. Seine Hand, die, in der der Flogger liegt, holt leicht nach hinten aus und im nächsten Moment treffen die schwarzen Lederriemen auf meine Brust. Ich stöhne leise, aber es schmerzt nicht so sehr, dass ich tatsächlich Schmerzen empfinden würde. Eher schmerzt mein Geschlecht, weil es sich so sehr nach dem Mann vor mir verzehrt. Ein Mann, der mehr wie ein Gefängniswärter für mich ist als mein Retter. Wieder holt er nach hinten aus, diesmal etwas weiter, und als jetzt die Riemen genau auf meinen Nippeln aufkommen, tritt aus meinem Mund ein heiseres Keuchen.

»Meine Hübsche«, wiederholt mein Wärter, und als ich ihn ansehe, weiß ich, ich könnte keinen schöneren Wärter haben.

»Mach weiter«, fordere ich rau und spüre die erneute Feuchtigkeit zwischen meinen Beinen. Wieder holt er aus. Und diesmal treffen die Riemen nicht meine Brust. Sie landen hart und unverfälscht auf meinem Bauch und ich krümme mich, so weit ich kann, weil dieser Hieb wirklich wehtut. Aber ganz anders, als erwartet, schmerzt nicht die getroffene Stelle meines Bauchs. Nein, zeitgleich strömt pure Lust und Vibration durch meine Klit, ohne dass sie wahrhaftig berührt worden ist.

»Du bist in deinem Schmerz und deiner Lust die schönste Frau dieser Welt, Lizzy«, höre ich Mic sagen, als im nächsten Moment erneut die Riemen meinen Körper treffen.

Diesmal genau auf mein Geschlecht. Ich stöhne so laut,

dass es mir selbst Angst einjagt, spüre aber neben dem Schmerz auch, wie mein Körper sich immer weiter aufheizt. Wie mit jedem Schlag meine Klit mehr pulsiert, und nach drei weiteren Hieben kann ich den nächsten kaum noch erwarten, da er mich unweigerlich kommen lassen wird.

»Ich will dich hören, wenn du für mich kommst, Lizzy«, dringt Mics Stimme in meinen Kopf.

Und mit dem nächsten Schlag komme ich tatsächlich für ihn. Laut, ungezähmt und so voller Gefühl für das Monster, das vor mir steht, mit der Peitsche in der Hand.

***

Es dauert nicht lange, bis sein Atem gleichmäßig geht.

Mein Körper wird von ihm, wie von einem Schraubstock umschlungen, und für einen Augenblick genieße ich diese Nähe noch. Für einen Moment lasse ich die Bilder der letzten Stunden zu. Ich versuche, mir den Schmerz gepaart mit der Lust einzuprägen. Versuche, alles so in meinem Kopf abzuspeichern, damit ich mich immer wieder daran erinnern kann.

Doch als meine Mitte erneut Feuer fängt und gleichzeitig die Realität mich einholt, verbanne ich alle Bilder und achte nicht auf diese beschissenen Gefühle. Es ist seltsam … ich glaube, viel mehr als das, was Mic und ich getan haben, kann man in diesen Dingen nicht tun. Und trotzdem haben wir nicht miteinander geschlafen. Wahrscheinlich ist das auch das Einzige, was das Ganze noch toppen würde. Ihn in mir zu spüren … Aber ich bin auch froh darum, dass das nicht passiert ist. Es ist Quatsch, nach all dem, aber diese eine Sache … ich fühle mich nicht ganz so schlecht und benutzt, wenn ich daran denke, dass er mich gleich ausliefern will.

Nachdem ich unter dem Flogger gekommen bin, hat er

mich losgebunden, ist zu mir ins Bett gekommen und hat mich gestreichelt. Zärtlich, und so, als würde er genauso viel in mir sehen wie ich in ihm. Aber jetzt ist das alles wieder vorbei und obwohl er mich so fest an sich drückt, habe ich das Gefühl, alles an Nähe, an Zuneigung von vorhin ist wie ausradiert. Mein Körper, meine Sinne, alles ist gesättigt und die Realität hat mich wieder eingefangen.

Versuchsweise rutsche ich ein winziges Stück vor, doch sofort schließen sich seine Arme fester um mich. Scheiße! Frische Shirts, Shorts, all die Dinge, die ich brauche, sind über dem Bett in dem Regal verstaut. Selbst wenn ich es aus seinem Griff schaffen sollte, mir bleibt keine Zeit, um in der Dunkelheit danach zu greifen. Der Gedanke, wirklich nackt in den Regenwald zu laufen, ist keiner, der mir behagt, aber ich sehe keinen anderen Ausweg. Wenn ich leben will, wenn ich keine Schmerzen will, wenn ich frei sein will … dann muss ich in Kauf nehmen, dass man mich seltsam ansehen wird, sobald ich Leticia erreiche. Wenn ich nur wüsste, wo die Wohnung von Allegras Cousin ist … oder wenn ich es zufällig bis dorthin schaffen würde. Irgendwo hier im Regenwald muss dieser Cousin leben, aber ich denke, dass sein Haus oder in was auch immer er wohnt, eher am Rande des Waldes liegt. Es wäre also nicht unmöglich, zwangsläufig dort vorbei zu kommen.

Noch einmal versuche ich, Mics Arme von mir zu schieben, aber er knurrt sofort leise auf.

»Schlaf, meine Hübsche.« Seine Stimme ist so leise, so verschlafen … und trotzdem behält er die Oberhand. Selbst im Halbschlaf.

Mir bleibt nichts anderes übrig als das, was ich mir gerade überlegt habe. Geht es schief, verliere ich vielleicht alles. Denn wenn ich ihn jetzt anspreche, könnte es sehr gut sein, dass er nicht mehr einschläft. »Mic«, flüstere ich. »Ich muss zur Toilette. Bitte.«

Kurz spannt sein Körper sich an, bevor er seine Arme zurücknimmt. »Zwei Minuten, Liz.«

Er ist nicht richtig wach, aber auch nicht wirklich am schlafen. Und alles, was ich tun kann, ist innerlich aufzuatmen, mit völliger Ruhe zur Tür zu gehen und keinen Blick mehr zurückzuwerfen. Denn wenn ich es tue, verlässt mich vielleicht jede Zuversicht und ich krabble einfach zurück zu ihm ins Bett.

Sobald meine Füße den Boden hinter dem Dickicht betreten, ist es doch mein verdammtes Herz, das sich schmerzlich zusammenzieht.

# 24

# MICHELE

## ... AUCH WORTE KÖNNEN VERLETZEN

Ich träume.

Ich träume von einer Welt, in der ich nicht der bin, der ich bin. In der ich mit Liz zusammen sein kann, ohne mich auf andere, grausame Dinge konzentrieren zu müssen. Doch auch in diesem Traum wird sie mir schmerzlich entrissen. Viel schlimmer noch, ich selbst bin es, der ihr die Luft abdrückt. Und zwar so sehr, dass sie nie wieder ihre Augen öffnet. Erschrocken reiße ich meine auf und das Erste, das ich spüre, ist, dass sie nicht mehr da ist. Kurz packt mich Wut, Panik, doch dann fällt es mir wieder ein. Liz ist nur zur Toilette gegangen. Zwei Minuten habe ich ihr gegeben.

Alles, was wir in dieser Nacht geteilt haben, was sie von mir empfangen hat und ... was sie mir geschenkt hat ... es war so viel mehr, als alles, was ich bis zu diesem Moment erlebt, gespürt habe. Für jemanden empfunden habe. Diese Spiele sind für mich völlig normal, doch sie mit Liz zu teilen, löst etwas ganz anderes in mir aus, als es das sonst tut. Ich empfinde wirklich etwas für sie. Etwas Warmes. Etwas, das mir so fremd ist, dass ich es nicht einordnen kann. Meine Hand gleitet zu meiner Nasenwurzel und ich knete sie angestrengt, während ich langsam wirklich wach werde. Und mir allmählich auffällt, dass Liz bereits viel länger weg sein muss als zwei Minuten. Ich springe so schnell auf die Füße, als sei der Teufel hinter mir her, doch sobald ich zur Tür hinaus bin, weiß ich, dass ich selbst dieser Teufel bin. Ich sollte nicht nach ihr suchen. Sollte sie einfach ziehen lassen. Aber ich kann es nicht.

Die Toilette ist leer. Fuck! Fuck! Fuck! Ich renne wieder in die Hütte, zünde eine Kerze an. Mit einem Blick checke ich die Shirts im Regal. Ich kann nicht genau sagen, ob welche fehlen oder nicht. Wieder renne ich zur Tür, sehe hinaus. Meine Uhr sagt mir, dass es noch eine Stunde dauert, bis die Sonne aufgeht. Scheiße! Sie ist tatsächlich wieder weggelaufen. Sie irrt wahrscheinlich nackt und alleine in der Dunkelheit durch den verdammten Regenwald. Doch dieser Regenwald, der kann sie umbringen. Und diesen Gedanken ertrage ich nicht. *Lass sie einfach laufen. Mehr als ihr hattet, ist sowieso nicht drin,* versuche ich mir einzureden, ziehe aber zeitgleich meine Jeans und Stiefel an. Egal, was ich mir einrede, egal, ob ich sie heute oder morgen sowieso nach Leticia bringen muss … ich kann sie nicht da draußen herumlaufen lassen. Das schaffe ich einfach nicht. Ihr könnte etwas passieren, ich habe mich nicht auf meine Weise verabschiedet … Ich will wissen, wo sie wohnt, wie sie mit vollem Namen heißt, damit ich sie vielleicht irgendwann wiederfinden kann. Und … ich will sie erneut bestrafen, weil sie sich mir entzogen hat. Ohne meine Erlaubnis. Aus dem Schuppen schnappe ich mir eine der großen Taschenlampen und renne los.

Ich renne und renne und renne. Zu dem Platz, an dem ich immer das Holz schlage und an dem sie mir beim letzten Mal vor die Füße gelaufen ist. Er ist leer. Genauso das gesamte Gebiet darum. Ich schlage den Weg Richtung Leticia ein. Bleibe alle fünf Meter stehen, sehe mich um. Höre auf die natürlichen Nachtgeräusche des Waldes und ob etwas nicht hierhergehört. Aber verdammt noch mal … da ist nichts. Nach etwa einer Stunde geht die Sonne auf und ich entschließe mich dazu, tatsächlich nach Leticia zu gehen. Wenn sie es geschafft hat, aus Zufall den richtigen Weg einzuschlagen … Mein Kopf funktioniert nicht mehr richtig. Vor Sorge, vor Wut und vor Schmerz. Dass diese junge Frau, diese unerfahrene und so verdammt sinnlich starke Frau einfach aus meinem Leben verschwunden sein soll, kann und werde ich so nicht akzeptieren. Egal wie, und wenn ich in jedes Haus, jede Pension und jede Absteige in Leticia einlaufen muss, ich werde sie finden. Finden und zurückbringen. Und dann behalte ich sie noch mindestens bis morgen Abend. Als ich an Liz Unfallwagen vorbeikomme, ist mir sogar egal, dass das Panait-Mädchen bald hier erscheinen wird. Sie rennt mir dann sicher nicht weg wie Liz. Ich weiß, dass ich mich auf Roberto und Allegra verlassen kann. Easton Panaits Schwester wird mir keine Schwierigkeiten machen. Liz dafür umso mehr.

Zwei Stunden später passiere ich die ersten Häuser Leticias. Die Menschen sehen mich an, wie sie mich immer ansehen. Angstvoll. Zurückhaltend. Den Blick gesenkt. Hier kennt mich keiner dem Gesicht nach, und trotzdem spüren sie, wer ich bin. Wüssten sie konkret, dass ich Michele D'Angelo bin, die Straßen wären leergefegt. Ich spreche die ersten Passanten an. Frage sie nach einem nackten Mädchen, das heute Morgen aus dem Wald gelaufen gekommen sein muss. Zur Antwort bekomme ich meist nur ein unverständliches Kopfschütteln und den direkten Rückzug. Als ich nach weiteren dreißig Minuten immer noch keine konkreten Anhaltspunkte habe, überlege ich ernsthaft, Nicolo anzurufen. Doch als ich in meine Hosentasche greife, fällt mir auf, dass ich mein

Handy gar nicht dabei habe. Von einem normalen öffentlichen Telefon aus erreiche ich ihn allerdings nicht. Als eine alte Frau schimpfend an mir vorbeiläuft, nehme ich mich zum ersten Mal an diesem Morgen selbst wahr. Meine schwarzen Kampfstiefel sind nicht mehr schwarz, sondern braun vor Regenwaldschlamm. Meine Jeans sieht nicht viel besser aus und mein Oberkörper ist völlig nackt. Dazu will ich mir gar nicht ausmalen, welchen Gesichtsausdruck ich im Moment aufweise. Fuck! Das ist völlig verrückt. Ich kann hier nicht so herumrennen und die Leute aufscheuchen. Wer kommt schon so aus dem Wald und fragt nach einem entlaufenen nackten Mädchen.

Ein Knurren dringt über meine Lippen, als ich einsehe, dass ich aufgeben muss. Ich, Michele D'Angelo, muss aufgeben. Ich muss in den Wald zurück und mich auf das Panait-Mädchen vorbereiten. Für das, was ich hier mache, habe ich keine Zeit und keine Nerven. Ich weiß nicht, wie Liz es angestellt hat, den Weg aus dem Amazonasgebiet zu finden, aber für sie, für ihren Körper ist es das Beste so. Denn was ich mit ihr gemacht hätte, um sie zu bestrafen, das kann ich mir selbst kaum ausmalen. Missmutig drehe ich auf dem Absatz um und verschwinde hinter dem Dickicht, das mich dorthin führt, wo ich sein sollte. In die Einsamkeit des Regenwalds.

*** 

Mein Kopf ist so leer, wie er nur sein kann. Den Gedanken an Liz habe ich weitestgehend verbannt. Zumindest rede ich mir das ein. Selbst meiner Rache den Panaits gegenüber versuche ich gerade keinen Raum zu geben.

Liz hat alles durcheinandergebracht. Ich verstehe selbst nicht, warum. Diese Episode endet nun zwangsläufig durch ihre Abwesenheit. Vielleicht brauche ich diesmal ein paar Tage, um wieder ich selbst zu sein, doch ich weiß, dass ich am Ende wieder genau der bin, der ich sein muss. Meine Arme drücken das Dickicht vor dem Bereich, auf dem die Hütte steht, auseinander, und als ich durchgehe und den Kopf anhebe, macht mein totes Herz einen Satz. »Liz?« Meine Stimme ist viel zu leise, als dass sie mich unter der Dusche von hier aus hören könnte, doch da steht sie. Nackt, mir den Rücken zugewandt und sie ist in aller Ruhe damit beschäftigt, ihre Haare zu waschen. War ich heute Morgen noch nicht ganz klar im Kopf? War sie vielleicht gar nicht weg und ich habe sie einfach nur nicht gesehen? Ich schüttle mit dem Kopf, als müsse ich Dämonen daraus verbannen, bevor ich meinen Gang, direkt auf die Dusche zu, wieder aufnehme.

Definitiv bin ich nicht verrückt. Sie war heute Morgen nicht hier. Aber jetzt … jetzt ist sie es und ich kann kaum beschreiben was dieses Gefühl in mir auslöst. Erleichterung, Wärme, Zufriedenheit … und Hass! Warum ist sie wieder hier? Warum ist sie gegangen? »Elizabeth!«, stoße ich laut hervor, als ich direkt hinter ihr stehe. Sofort zuckt sie zusammen, dreht sich zu mir herum und reißt die Arme vor ihre Brust.

»Wo warst du?« Ihre Stimme könnte nicht unschuldiger sein und das treibt die Wut in mir nur noch mehr an.

Meine Hand schießt vor, genau zu ihrem Hinterkopf und an ihren nassen Haaren ziehe ich sie zu mir, aus der Dusche heraus. Sie schreit kurz aufgrund des unerwarteten Schmerzes auf, und als ich sie an mich ziehe, stöhnt sie leise. Sofort versteift sich mein Schwanz. Verdammtes Mädchen! Eigentlich braucht es etwas mehr, damit ich hart werde. Nicht viel, aber was Liz in mir auslöst, mit den kleinsten Dingen ist unglaublich. »Du fragst mich, wo ich war?« Ich nehme ihren Duft auf, spüre das leichte Zittern, das von ihr ausgeht, und fühle ihren warmen, nassen Körper auf meiner nackten Brust. Ich will sie nehmen, will sie bestrafen und lieben zugleich.

»Es tut mir leid«, wispert sie und legt dabei ihre Hände auf meinen Rücken.

»Fuck, Elizabeth! Kannst du es so wenig abwarten, von mir wegzukommen?« Ohne dass ich es bewusst tue, drücke ich meine Stirn gegen ihre und genieße ihre Finger, die sanft über meinen Rücken gleiten.

»Ich kann es dir nicht erklären. Ich … ich will weg und will es nicht …«

Sie sieht zu mir auf, und das Blau ihrer Augen scheint nie leuchtender gewesen zu sein. »Lizzy«, knurre ich leise. Entlasse ihr Haar aus meiner Hand und lege meine Hände auf ihren Arsch. »Wo zum Teufel warst du? Ich habe mir verdammte Sorgen gemacht. Und was noch viel wichtiger ist: Ich hatte dir nicht erlaubt zu gehen!« Meine Lippen küssen ihr Gesicht wie ein Ertrinkender und sie stöhnt bei jeder Berührung leicht auf.

»Ich bin nach hundert Metern stehen geblieben. Etwa eine Stunde habe ich einfach auf einem Baumstamm gesessen und nachgedacht.« Ihre Stimme ist brüchig.

Und je besitzergreifender meine Hände, meine Küsse werden, desto lauter höre ich sie stöhnen. »Du bist freiwillig zurückgekehrt?«, frage ich, während meine Hand von hinten ihre weiche, warme Pussy erreicht.

»Ich glaube schon«, antwortet sie mit einem Seufzen, als mein Finger in ihren engen Kanal eindringt.

»Warum bist du so?« Meine Stimme bebt, während mein Finger sie erforscht.

»Wie bin ich denn?«

Sie küsst meine Brust, ihre warmen, nassen Finger schicken Stromschläge über meinen Rücken und ich kann einfach nicht genug von ihr bekommen. »Du bist im Moment alles«, sage ich hitzig, hebe sie auf meinen Arm und trage sie nach drinnen, um sie dort wie ein Geschenk auf dem Bett zu drapieren. Mit großen Augen sieht sie mich an. Lasziv, hungrig, erwartungsvoll. »Ich möchte dir etwas schenken, Lizzy«, sage ich rau. »Etwas, dass dir hoffentlich gefällt.« Ich weiß nicht, mit was sie rechnet, aber sofort tritt Angst in ihre Augen. »Warte hier, meine Hübsche.« Sie nickt und ich gehe zum Schuppen hinüber. Schließe meinen besonderen Schrank auf und hole die Augenbinde und die Handschellen heraus. Mir war klar, dass ich die kleine Panait hier foltern würde, weshalb es nicht unsinnig war Handschellen mitzunehmen. Warum ich aber die anderen Sachen, die, die ich eigentlich nur für meine Spielstunden besitze, mitgenommen habe, das kann nicht mal ich erklären. Es muss wie Vorsehung gewesen sein, dass ich den Flogger, die Seile und all den anderen Kram hier deponiert habe. So, als hätte ich gewusst, dass mir eine Frau wie Elizabeth hier begegnen würde. Ich bin mir gerade noch nicht sicher, welches meiner Gefühle gleich siegen wird. Ich möchte ihr diesmal wirklich wehtun. Richtig wehtun. Will ihr mehr Schmerz als Lust zufügen, weil sie gegangen ist.

Dass sie aber freiwillig zurückgekommen ist, mildert die Wut ab, und es fühlt sich beinahe so an, als wolle ich einfach zärtlich zu ihr sein. Auf dem Rückweg lache ich, denn das Letztere kann ich mir selbst nicht glauben.

Ich bin aufgeregt wie ein Teenager. Kann mir kaum erklären, warum sie diese Widersprüche in mir auslöst. Ich weiß nur, dass es anders ist als sonst. Ich trete ein, sehe sie noch auf derselben Stelle sitzen. Sehe, wie sie mich anblickt … Fuck! Dass ich mich überhaupt so lange zusammenreißen kann, sie nicht einfach zu ficken, ist unglaublich. Doch das ist etwas, das ich mir wirklich bis zur letzten Minute aufheben will.

»Streck deine Hände nach vorn«, weise ich sie an und sie gehorcht sofort. Selbst diese winzige Aktion lässt mich schon wieder erhärten. Ich lege ihr die Handschellen an und als die Zahnrasten einklicken, zuckt mein gieriger Schwanz. »Ich werde dir jetzt die Augen verbinden. Deine Beine bleiben frei, Lizzy. Du musst einfach nur machen, was ich dir sage. Wirst du das tun?« Sie nickt leicht. Ich ziehe die schwarze Augenbinde aus meiner Hose und halte sie ihr direkt vor die Augen.

»Wirst du mich ficken, Mic?« Sie fragt es völlig unschuldig. Völlig ernst.

Ich weiß nicht, warum, aber es stört mich und treibt meine Wut an, dass sie dieses für mich eigentlich alltägliche Wort benutzt. »Heute nicht, Lizzy«, antworte ich, trete vor und verbinde ihre Augen. Dann begutachte ich mein Mädchen. Sie ist mir komplett ausgeliefert. Ihren nackten perfekten Körper überzieht eine leichte Gänsehaut. Ihre Nippel stehen hart und prall. Sie dazu mit den Handschellen zu sehen, ihre verbundenen Augen, ihr leicht geöffneter Mund ... »Du machst mich verrückt, Lizzy«, sage ich wahrheitsgemäß und ihr Atem steigt an. »Spreiz die Beine für mich.« Kurz zögert sie, kommt aber dann meiner Aufforderung nach. Ihr rosa Fleisch, ihr feuchtes Geschlecht ... Ich öffne den Knopf meiner Hose und den Reißverschluss, nur damit ich besser atmen kann. Mein Schwanz bleibt in seiner Hose. »Ich habe es dir mit meiner Hand gemacht, meine Hübsche. Habe dich durch meinen Mund kommen lassen. Aber ... bist du jemals durch einen Vibrator gekommen?« Als ich den kleinen schwarzen Helfer ebenfalls aus meiner Jeans hole, ihn anstelle und das leise surrende Geräusch durch den Raum geht, bin nicht nur ich es, der schluckt.

»Nein«, antwortet sie heiser. »Nein, so was habe ich nie benutzt.«

Diese Antwort genügt mir. Ich hocke mich zwischen ihre Beine, begutachte jeden Zentimeter ihres Fleisches, ihrer Pussy und befeuchte danach meinen Zeigefinger, bevor ich ihn sanft auf ihre geschwollene Klit lege. Sofort kommen die süßesten Geräusche über ihre Lippen und meine Eier ziehen sich gewaltig schmerzhaft zusammen. »Ja, meine Hübsche. Zeig mir, wie sehr dir das gefällt.« Es ist krank. Für meine Verhältnisse krank. Normalerweise mache ich mit meinen Sexpartnerinnen wirklich Dinge, die andere als krank bezeichnen würden. Zwar sind für diese Spiele hier die Begebenheiten nicht wirklich vorhanden, aber wenn ich wollte, es ginge bestimmt mehr, als der Frau vor mir, unzählige Orgasmen zu schenken. Doch bei Liz empfinde ich genau das. Ich will zwar auch, dass sie lernt, Schmerz und Lust zu verbinden, einfach, weil es mich geil macht. Weil ich darauf stehe. Aber noch viel mehr will ich, dass es ihr gut geht. Dass sie Lust empfindet und das ist krank. Ich muss krank sein.

Ich beuge mich vor, fahre mit meiner Zunge rund um ihre Klit und sie stöhnt so süß, so vollkommen. Jeder Ton aus ihrem Mund macht es mir schwerer, sie nicht doch einfach zu nehmen. Aus meiner Hose zu steigen und ihr meinen harten Schwanz ohne Rücksicht auf Verluste einzuhämmern. Doch … ich will sie sehen. Will sehen, wie sie vor Verlangen vergeht. Ich selbst bin gerade mehr als unwichtig. Sie einfach zu beobachten gibt mir gerade so viel mehr. Ich sauge ihre Klit fest in meinen Mund ein, genieße ihren überwältigenden Geschmack und die Töne aus ihrem Mund sind wie Musik für mich. Dann greife ich wieder nach dem Vibrator, ziehe mein Gesicht zurück. Ihre Beine zittern, ihre vollen Brüste rufen nahezu nach mir, aber ich habe eine andere Idee. Eine, die mich beinahe wild macht. Ich will sie kontrollieren. Will, dass sie nur mir gehört. Dass sie nur auf meine Bedürfnisse und für meine Vorstellungen ihre Lust dosiert. »Sag mir, wie du es findest.« Meine Stimme ist heiser, und als ich den surrenden Vibrator gegen ihre Klitoris drücke, ist es mir kaum noch möglich, zu sitzen.

»Oh Gott, Mic«, stöhnt sie rau.

»Wie fühlt es sich an, Lizzy?« Ich stelle das Teil eine Stufe höher und kann dabei zusehen, wie die Wände ihrer Pussy sich zusammenziehen. Sie ist schon kurz davor zu kommen und ich genieße den Gedanken an das, was ich gleich tun werde. »Wie fühlt es sich an, Elizabeth?«

»Es ist Wahnsinn«, keucht sie, und ich sehe, wie sie sich am liebsten nach hinten fallen lassen würde.

Nur das, das erlaube ich nicht. »Du darfst dich nicht hinlegen, Liz. Und … du darfst noch nicht kommen, meine Hübsche.« Wie zur Untermauerung meiner Worte ziehe ich den Vibrator zurück und nehme mit Genugtuung ihr protestierendes Wimmern wahr. »Wie fühlt sich das jetzt an?«, frage ich.

»Scheiße«, kommt zischend aus ihrem Mund und ich muss mir ein Lachen verkneifen.

»Na, na«, rüge ich sie, darauf bedacht, dass sie nicht hört, wie süß ich ihre Aussage finde. Wie viel heißer sie mich damit macht. »Willst du es noch mal spüren?« Nur kurz lege ich den Vibrator erneut auf ihre zuckende Stelle und ziehe ihn sofort wieder zurück.

»Bitte, Mic … ich muss kommen.«

Gott, Lizzy … du machst mich fertig. »Warum?«, frage ich kalt, auch wenn ich alles andere als das bin.

»Weil es gut ist«, antwortet sie mit einem Seufzen.

»So?« Erneut fahre ich mit dem Vibrator über ihr rosiges Fleisch und endlich kommen diese lustvollen Töne wieder über ihre Lippen.

»Bitte, hör nicht auf«, raunt sie und leckt sich dabei über die Lippen.

Ich gebe ihr, was sie will. Zwanzig Sekunden lang. Bis ich spüre, dass sie kurz vor dem Abschluss ist. Und dann ziehe ich den Vibrator zurück und stehe auf.

»Mic«, keucht sie.

»Du machst mich so an, Lizzy. Es tut mir leid, aber du wirst dich gedulden müssen.« Als ich meinen steinharten Schwanz aus der Hose hole ... als ich meine Faust darum schließe und sie dabei ansehe, komme ich fast schon. Mit langsamen Bewegungen beginne ich, mich zu reiben. Sauge dabei ihren Anblick in mich auf. Ihre nackte Haut, die gespreizten Beine, ihre nackte und gierige Pussy. »Du bist perfekt, Lizzy«, keuche ich rau und spüre, dass ich jeden Moment komme. »Und du gehörst nur mir.«

»Was tust du?«, fragt sie, doch ich kann ihr nicht mehr antworten.

Mit einem lauten Stöhnen komme ich in meiner Hand. Meine Augen liegen auf ihrem Körper, ihren Brüsten und mein Samen schießt genau darauf. *Sie gehört mir. Nur mir!*

»Mic«, höre ich sie sagen und ich brauche einen Moment, bis ich mich wieder unter Kontrolle habe.

Erst danach beuge ich mich wieder zu ihr hinunter. Fahre mit meinem Finger durch mein Sperma und verteile es zärtlich um ihre Nippel herum. *Sie gehört mir. Nur mir und niemand anderem.* »Und jetzt, Lizzy, leg dich zurück, du wirst eine neue Stufe der Lust erfahren.« Sie gehorcht augenblicklich. Ich löse die Handschellen, und als ich den Vibrator in ihre Pussy schiebe, meine Zunge mit ihrem Kitzler spielen lasse, weiß ich, dass sie meine Königin ist. Und dass es nicht das letzte Mal für heute Nacht sein wird, dass ich sie fessle.

# 25

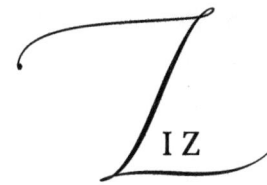

## ... FRAGEN BEKOMMEN NICHT IMMER LIEBSAME ANTWORTEN

Wieder liege ich mit ihm in diesem Bett. Wieder schlingt er seine Arme um mich, als wäre ich sein kostbarstes Gut. Wieder habe ich es nicht geschafft, mich ihm zu entziehen. Und wieder hat er mir Gefühle geschenkt, die ich so nie erwartet hätte. Mit jedem Mal fühle ich mehr für ihn. Und das ist nicht gut.

Der Unterschied ist diesmal nur: Er ist wach und ich kann ihm nicht entkommen. Will es aber auch nicht. Vielleicht ist da irgendwo in mir etwas, das mich hoffen lässt, dass er mich doch nicht ausliefert. Mic spricht nicht, er schlingt einfach seine starken Arme um mich. Hält mich.

Dass ich zurückgekommen bin … was ich ihm dazu erzählt habe, war nicht vollkommen gelogen. Nur war es nicht er, der mich zum Umdrehen bewogen hat. Es war vielmehr die Nacht, die Dunkelheit, meine Nacktheit und meine Angst. Kaum war ich durch das Dickicht geflohen, wurde mir bewusst, dass ich so nicht verschwinden kann. Ganz unabhängig davon, dass ich einfach nicht imstande bin, den Weg hier herauszufinden.

Ich habe wirklich sicher eine Stunde dort auf einem umgefallenen Baumstamm gesessen. Habe etwa genau solange überlegt, was schlimmer ist. Mir im Wald den Hals zu brechen, oder es vielleicht doch bis kurz vor Leticia zu schaffen und dabei von jemandem aufgegriffen zu werden, der eine nackte Frau einfängt und was weiß ich was mit ihr macht ... oder eben zu dem Mann zurückzugehen, dem ich bereits völlig verfallen bin und darauf zu hoffen, dass ich ihm eventuell doch wichtiger bin, als das Geld meines Bruders. Was mich letztendlich wirklich dazu bewegt hat, den Rückzug anzutreten, kann ich gar nicht sagen. Vielleicht von allem ein wenig. Ich weiß nur, dass ich mich jetzt, hier mit ihm, in seinen Armen sicher fühle. Und dabei spielt es gerade keine Rolle, wer er wirklich ist. Wobei mir klar ist, dass das an naives Kleinmädchendenken grenzt. Es vielleicht sogar überschreitet. Aber das bin ich nun mal. Naiv und dem Monster hinter mir restlos verfallen.

»Du gehst erst morgen«, sagt er plötzlich mit seiner rauen dunklen Stimme, die wie immer sofort in meine Mitte schießt.

»Warum?«, frage ich wie automatisch. Ich würde ihm gerne sagen, dass ich weiß, dass er mich nicht freilässt. Dass er mich nicht nach Leticia bringt, aber ich kann es noch immer nicht. Zu groß ist die Angst, dass er mir danach einen Mic zeigen könnte, den ich vielleicht nicht an ihm sehen will.

»Weil ich dich noch einen Tag länger bei mir haben will.«

»Um mich zu bestrafen?« Ich höre selbst, dass meine Stimme ängstlich und zugleich erwartungsvoll klingt.

»Ich mag es, dich zu bestrafen, Lizzy. Doch diesmal bist du freiwillig zurückgekommen. Ich denke, ich kann einmal fünf gerade sein lassen.« Ein leichtes Schmunzeln liegt in seiner Stimme.

Es gefällt mir. Er lacht viel zu selten. Wir lachen viel zu selten. »Und wenn ich das nicht will?«, frage ich und drehe mich abrupt zu ihm herum. Seine Augen fixieren mich, verschlingen mich beinahe. Augenblicklich verhärten sich meine Nippel und ich spüre die Feuchte zwischen meinen Beinen. Dieser Mann ist ein Sex-Monster. Anders kann es nicht sein. Einzig und alleine dazu erschaffen, Frauen wie mir, den Kopf zu verdrehen. Frauen wie mir, Schmerz und Lust zugleich zu zufügen. Ich wusste nur vor ihm nicht, dass ich auf solche Dinge stehe.

»Wenn das so ist«, wispert er und ich spüre seine Erektion an meiner Mitte, »kann ich gar nicht anders, als deinen Wunsch zu erfüllen.«

»Ich mag es, wenn du meine Wünsche erfüllst.« Meine Hände fahren in sein dichtes dunkles Haar, und als unsere Lippen aufeinandertreffen, blende ich wie jedes Mal mit ihm, alles andere aus.

***

»Gehst du mit mir duschen?«, fragt er und löst dabei die Seile von meinen Armen und Beinen. Selbst das sieht total heiß aus.

Alleine schon, wie er mich dabei ansieht. Ich habe mich niemals so begehrt gefühlt. Doch sobald er mir in die Augen blickt, merke ich, dass mein Gesicht rot anläuft. Für mich ist diese Intimität immer noch neu. Und mit ausgebreiteten Beinen so vor einem Mann zu liegen, fühlt sich seltsam an. Auch wenn ich jede Minute der letzten zwei Stunden genossen habe. Vielleicht waren es sogar drei Stunden. Ich kann es nicht sagen. Noch bevor ich antworten kann, sitzt er schon auf mir, legt seine Hände um mein Gesicht und zieht mich an sich.

»Lass mich dich noch einmal schmecken, Lizzy.«

Jede Silbe aus seinem Mund lässt mein Herz schneller schlagen. »Schon wieder?« Er lacht rau auf, aber ich meine es ernst. Er hat mich so oft durch seinen Mund und seine Hand kommen lassen, dass ich völlig fertig bin.

»Deine Lippen«, antwortet er sinnlich und beißt dabei in meine untere.

Viel zu schnell löst er sich wieder von mir und steht auf. Den Blick auf seine Erektion kann ich mir nicht verkneifen. Selbst wenn mir auch das noch peinlich ist.

»Komm, Liz«, bittet er mich und streckt mir seine Hand entgegen.

Ich würde wirklich gerne während des Sonnenuntergangs mit ihm unter der Dusche stehen, aber ich bin erledigt, wie nach einem Marathonlauf. »Ich kann nicht. Mein Körper fühlt sich an wie Pudding. Ich gehe später duschen, wenn das für dich okay ist.«

Ein verwegenes Grinsen erscheint auf seinem so schön gezeichneten Gesicht. »Um dich wieder davonzuschleichen?«

Ich schüttle schnell mit dem Kopf. »Nein, das muss ich ja nicht. Du hast doch gesagt, dass du mich morgen bringst.« Er sieht mich nachdenklich an und kurz rechne ich damit, dass er mir endlich die Wahrheit sagt.

»Mir gefällt, was du mit mir anstellst, Lizzy. Aber du hast recht, weglaufen musst du nicht. Morgen ist unsere gemeinsame Zeit vorbei.« Fast klingt er reumütig dabei.

Mein Magen, mein Herz, alles zieht sich zusammen. Er wird es mir nicht sagen. Er wird mich morgen an Easton ausliefern. »Die ist dann vorbei«, bestätige ich matt und versuche, mir nicht anmerken zu lassen, wie sehr er mich damit eigentlich verletzt. Ich sehe ihm nach, wie er zur Tür geht und kurz darauf am Fenster unter der Dusche erscheint. Er sieht nicht zu mir herein und ich betrachte ihn. Ich kann nicht mehr ändern, was morgen geschieht. Ich weiß ja nicht mal, ob Easton hierherkommt oder ob Mic mich zu ihm bringt, wo auch immer er sich gerade aufhält. Ich weiß nur, dass ich die letzten Stunden einfach noch genießen will. Ich empfinde etwas für diesen seltsamen Mann. Dass das völlig krank ist, weil er Geld für meine Auslieferung bekommen wird, das ist mir bewusst. Aber gerade, weil ich nicht weiß, was in den nächsten Tagen geschieht ... ob ich vielleicht doch verheiratet werde ... ob ich gefoltert werde, oder wenn es am Schlimmsten kommt, dann verkauft mein eigener Bruder mich womöglich, so, wie er es mit anderen Menschen tut. Und warum zum Teufel, sollte ich dann diese letzten Stunden hier mit Mic nicht völlig auskosten? Mir kann doch egal sein, ob er wirklich etwas für mich empfindet. Es würde nichts an alledem ändern.

Ich schrecke kurz zusammen, weil mich ein Geräusch von der Scheibe ablenkt. Mic hat seinen Kopf dagegen gelehnt. Seine Augen sind geschlossen und Wasser fließt über seinen stählernen Körper. Jetzt hätte ich gerne Allegra hier. Also nicht wirklich und in diesem Moment. Ich bräuchte einfach ihren Rat. Denn eins verstehe ich nicht. Nie, nicht ein einziges Mal konnte ich Mics Penis berühren. Ich meine, ich habe nicht groß darüber nachgedacht, weil eigentlich die gesamte Zeit über ich diejenige bin, die befriedigt wird. Aber müsste er nicht wollen, dass ich ihn auch anfasse? Dort unten? Müsste er nicht mit mir schlafen wollen? Ich konnte an nichts anderes denken, während er mich ein ums andere Mal hat kommen lassen. Aber ihn danach zu fragen, habe ich mich auch nicht getraut. Was macht er jetzt da draußen? Holt er sich einen runter, so wie er es in der letzten Nacht getan hat, als meine Augen verbunden waren? Warum lässt er mich nicht wirklich daran teilhaben oder es mich machen? Allegra hat mir erzählt, dass Männer das tun. Und wenn mein Bruder fast täglich diese Frauen zu sich holt … Die fassen ihn auch alle dort an. Auch in ihren Mund nehmen sie ihn. Gesehen habe ich es schon oft genug. Der Gedanke, das bei Mic zu tun, ist aufregend. Doch scheinbar hat er kein Interesse daran.

Das Wasser über seinem Kopf verebbt, ich sehe zu, wie er sich abtrocknet und dann aus meinem Sichtfeld verschwindet. Es dauert ein paar Minuten, bis er wieder in die Hütte kommt, mit dem weißen Handtuch um die Hüften.

»Ich dachte, du seist eingeschlafen.«

Er tritt zu mir ans Bett, beugt sich herab, küsst meine Stirn und fischt sich dann eines der Shirts aus dem Regal, das er daraufhin überzieht.

»Ich habe die Feuerstelle angezündet. Wir müssen etwas essen. Meerschweinchen kann ich dir wohl nicht mehr anbieten?«, fragt er neckend und ich verziehe das Gesicht. »Ich röste etwas Brot. Soll ich es dir später ans Bett bringen, meine Hübsche?«

»Ich komme raus zu dir, ja?« Er beugt sich erneut zu mir.

»Ich kann mir nichts Besseres vorstellen, Liz.«

Seine Hand greift wie so oft besitzergreifend in meinen Nacken und seine Lippen treffen warm, weich und doch fordernd auf meine. Ich könnte stunden-, tagelang darin versinken. Doch wie alles, hält auch dieser Kuss nicht an, und Mic richtet sich wieder auf. Nachdem er in eine frische Shorts gestiegen ist, nimmt er das Brot und ein paar Früchte auf einem Teller mit hinaus. »In zehn Minuten?«

Ich nicke und steige erst aus dem Bett, nachdem er die Tür hinter sich zugezogen hat. Warum macht ein Mann wie er das? Wie kommt er an den Kontakt zu Easton? Während ich mir eine der Jogginghosen von Mic nehme, frage ich mich, ob seine Geschichte mit dem CEO überhaupt stimmt. Vielleicht macht er es deshalb? Weil er kein Geld mehr hat? Aber so, wie ich das sehe, lebt er gerne hier draußen und er macht auch nicht den Anschein, als wolle er in nächster Zeit von hier verschwinden. Wenn ich ehrlich zu mir selbst bin, wenn ich wüsste, dass es Allegra gut geht … ich bin so weit, dass ich auch noch viel länger hier bei ihm im Regenwald bleiben würde. Wenn ich selbst über Bargeld verfügen würde, könnte ich Eastons Lohn vielleicht sogar überbieten und … *Hör dir mal selbst zu, Elizabeth! Jetzt willst du deinen Entführer, oder wie immer man ihn auch nennen will, auch noch fragen, ob er für mehr Geld die Seiten wechselt.* Ich bin mehr als bescheuert und gehöre vielleicht sogar weggesperrt. Ob mein gespartes Geld überhaupt noch draußen im Wagen liegt? Vielleicht hat Mic es ja bereits am ersten Tag an sich genommen.

Als ich die Tür aufschiebe und ihn in der untergehenden Sonne im Schein des kleinen Feuers sehe, weiß ich jedoch, dass ich gerne bescheuert bin, wenn ich nur bei ihm sein kann. Wenn er bloß nicht der wäre, der er ist. Kaum, dass er mich gehört hat, springt er auf und kommt zu mir.

»Das hat zu lange gedauert«, raunt er in mein Ohr und nimmt mich wie ein Schraubstock in seine Arme. »Du weißt, dass ich so etwas nicht durchgehen lassen kann.«

»Ich weiß«, antworte ich stockend, da er mir wirklich die Luft aus den Lungen drückt. »Wenn du nicht lockerlässt, werde ich in Zukunft für alles zu spät kommen.« Abrupt lässt er mich los und sein Blick wirkt verstört.

»Das wollte ich nicht.«

»Nichts passiert«, antworte ich und sehe ihm zu, wie er sich zurück ans Feuer setzt. Eigentlich hatte ich diese feste Umarmung eher für Spaß gehalten. Er hat wohl gar nicht gemerkt, wie stark er zugedrückt hat. Ich lasse mich auf dem Stein neben ihm nieder und sehe dabei zu, wie er an einem Stock die Früchte und das Brot grillt. »Ist Mic eigentlich dein richtiger Name?« Für diese Frage wird er mir wohl nicht den Hals umdrehen oder wieder wütend werden.

»Michele«, sagt er matt und gibt mir danach ein Stockbrot in die Hand. »Wie lautet dein richtiger Name?«

»Elizabeth, das weißt du doch.«

Er selbst behält auch eines der Stockbrote in der Hand und stellt die anderen hochkant an die kleine Feuerstelle. »Dein Nachname, meine Hübsche. Den meine ich.«

Mein Nachname? Was wird das für ein dummes Spiel? Er kennt meinen richtigen Namen. Aber gut, wenn er mal wieder spielen will. »Jackson«, sage ich kurzerhand. »Elizabeth Jackson.«

»Elizabeth Jackson aus Dallas. Interessant.« Ein Lächeln fliegt über sein feuerbeschienenes Gesicht.

»Findest du das lustig?«

»Nicht annähernd, meine Hübsche. Wirst du nach Leticia wieder dorthin zurückkehren?«

Warum macht er das? Ist er wirklich ein schlimmerer Sadist als Easton? Oder liege ich doch falsch? Nein, das kann nicht sein. Alles, was er bisher gesagt hat, passt dazu, dass mein Bruder ihn mir hinterhergeschickt hat. Wie diese Hütte allerdings hierher passt, das weiß ich nicht. Vielleicht war sie verlassen hier oder sie ist generell einer der Unterschlupfe für Eastons Männer.

»Liz?«, fragt er und ich sehe ihn wieder an.

»Wenn ich kann, kehre ich zurück«, sage ich und versuche, mir nicht anmerken zu lassen, wie ich mich wirklich fühle. Eigentlich weiß ich nicht mal, wie ich mich fühle. Beschissen irgendwie. »Wann gehen wir morgen los?«

Sofort flackert etwas Dunkles durch seine Augen. »Sobald wir bereit sind. Du kommst schon noch früh genug hier raus.«

Ich glaube ihm nicht. Kann es nicht. Und jetzt gerade fühlt

es sich so an, als könne ich ihn nicht einmal mehr ansehen. Warum sagt und fragt er diese Sachen, wenn er die Antworten doch kennt? Es kann nur eins bedeuten: Ich, ich bedeute ihm nichts. Ich lege den Stock mit einem Rest Brot gegen die anderen und stehe auf. »Wenn du nichts dagegen hast, ich bin völlig fertig und würde gerne schlafen gehen. Damit ich morgen auch fit für den weiten Weg bin.«

»Dann solltest du genau das tun«, sagt er rau und richtet sein Gesicht auf das Feuer.

# 26

# ICHELE

## ... OHNMACHT IST AUCH EIN GEFÜHL

Diese Frau bringt mein Blut dermaßen zum kochen, dass ich mich kaum im Zaum halten kann.

Ich schaffe es nicht, ihr nachzusehen, da ich mir sonst nicht sicher bin, sie nicht hier einfach auf dem Waldboden auf ihren Rücken zu drücken und so hart zu ficken, bis sie nie wieder aufstehen kann.

Mein Plan für den heutigen letzten Abend war eigentlich ein ganz anderer. Entgegen meinem sonstigen Gemüt hatte ich das Bedürfnis, mit Liz zu reden. Also nicht, dass ich bisher nicht mit ihr gesprochen hätte, aber ich wollte, bevor sie morgen gehen muss, mehr über sie erfahren. Und ... ich war sogar bereit, ihr mehr von mir zu erzählen. Weil ich spüre, dass sie das braucht, auch wenn es keinen Sinn macht. Ich hätte ihr nichts erzählt, was auf den wahren Michele D'Angelo schließen lassen würde, aber doch so viel, dass ich mich damit noch wohl fühle. Und sie erst recht. Aber ... ich kann Liz einfach nicht einordnen. Denn entgegen dem, was mein Körper mir vermittelt, ist alles, was sie will, so schnell wie möglich von mir fortzukommen.

In meinem kranken Kopf hatte die bevorstehende Nacht

anders ausgesehen. Unsere letzte Nacht … Ein paar tiefgründigere Gespräche am Lagerfeuer – was für mich schon etwas heißen will –, eine lauwarme Dusche im Mondschein, bei der ich ihren Körper, ihre Pussy auf mich vorbereitet hätte. Und danach hätte ich sie so oft und so zärtlich genommen, wie ich es noch nie bei einer Frau getan habe. Jetzt allerdings, nachdem sie mich einfach sitzen lässt und nicht schnell genug von mir wegkommen kann … jetzt spüre ich bloß noch die Lava durch meine Venen fließen. Ich will ihr wehtun. Mit allem, was ich habe und besitze. Ich will ihr mit meinem Schwanz einhämmern, dass sie nur mir gehört und dass es nicht ihre Entscheidung ist, wann sie geht. Fuck! Das sadistische Tier in mir tobt mehr, als jemals zuvor, und ich muss mich mit aller Kraft hier auf diesem verschissenen Stein halten, damit ich diesem Tier nicht nachgebe. Denn im Grunde weiß ich selbst, dass ich sie eigentlich doch nicht verletzen will. Weil sie Lizzy ist. Weil sie meine Hübsche ist. Weil ich sie sowieso gehen lassen muss.

Warum konnte sie mir nicht zu einem anderen Zeitpunkt über den Weg laufen? Warum nicht viel früher? Bei allen Frauen, mit denen ich jemals auf irgendeine Art zusammen war, nie war auch nur eine dabei, die mich so gereizt hat wie Liz. Es war sowieso nie eine dabei, die ihr auch nur annähernd das Wasser reichen könnte. Dabei ist gerade Liz die, die am wenigsten Erfahrung hat. Die am wenigsten etwas von einem Leben kennt, wie ich es führe. Vielleicht gerade deshalb, weil sie so rein, so unbedarft ist, reizt sie das Tier in mir. Mein Blut fließt während dieser Gedanken wieder etwas langsamer. Sie ist, wer sie ist. Ich kann mich nicht in ihren Kopf hineindenken. Und das nicht bloß, weil ich keine Frau bin. Ein solch wahrscheinlich wohlbehütetes Leben, wie sie es geführt hat, kenne ich nicht. Ich kenne nicht mal solche

Menschen. Ich weiß, dass sie genauso wie ich diese eigenartig starke Verbindung zwischen uns spürt. Doch Liz ist jung. Und mit allem, was sie ausmacht, ist ihr Drang, in ein normales Leben zurückzukehren, einfach größer, als der Wille sich mir vollkommen hinzugeben. Sich mir auszuliefern. Denn das ist es, was ich brauche.

Nach etwa dreißig Minuten lösche ich das Feuer mit den Füßen, entledige mich meiner Sachen und stelle mich alleine unter die Dusche. Mein Blick ist auf ihr Bett gerichtet. Viel erkenne ich nicht, da in der Hütte kein Licht brennt, aber der Mondschein gibt zumindest ihre schlafende Silhouette preis. Ich umgreife meinen harten Schwanz, und während ich sie beobachte, fange ich an, mich zu reiben. Ich werde sie nicht ficken, selbst wenn der Gedanke, es nicht zu tun, mir einiges abverlangt und schmerzt. Meine Faust wird schneller, und als meine Eier sich an meinen Körper ziehen, mein Samen durch meinen Schwanz schießt, ist es ihr Name, den ich leise in die Nacht hinausstöhne. Mein Körper zittert unter der Heftigkeit des Orgasmus, und als das Wasser versiegt, ich mich abtrockne, bin ich zum ersten Mal seit Langem einigermaßen zufrieden mit mir. Ich werde Liz gehen lassen, ohne dass ich jemals in ihr war. Ohne dass wir vollkommen verbunden waren. Denn im Grunde muss ich mir eingestehen, dass ich bereits öfter darüber nachgedacht habe, dass, wenn dieser letzte Schritt erst getan ist, ich sie vielleicht wirklich nie wieder gehen lassen kann. Und das darf einfach nicht sein. Es sind nur noch ein paar Tage, bis das Panait-Mädchen hier ist. Ein paar Tage, bis ich endlich an dem Punkt bin, auf den ich seit Jahren hinarbeite. Für den ich eigentlich nur noch existiere. Da ist für Liz kein Platz, egal was mein kranker Kopf mir versucht zu sagen.

Als ich mich leise und völlig nackt neben sie lege, ihren

Körper an mich ziehe und uns beide zudecke, grummelt sie leise, wird aber zum Glück nicht wach. Ihren kleinen runden Arsch an meinem Schwanz zu spüren, ihre Wärme, ihr Geruch ... das alles lässt mich sofort wieder hart werden. Ich rufe mir meine Eltern vor Augen. Das Bild von dem Tag, als ich sie tot an der Wand ihres Schlafzimmers aufgefunden habe. Ich lasse Sequenzen all der Grausamkeiten, die ich mir für die Panait-Familie ausgedacht habe, durch mein Hirn laufen ... und erreiche das, was ich wollte. Liz treibt immer mehr von mir weg. Sie spielt keine Rolle. Sie ist bloß eine hübsche junge Frau. Nichts weiter. Solche gibt es an jeder Ecke. Als ich in die Schwärze des Schlafs hinabsinke, ist da trotzdem wieder dieses kleine, warme lodernde Feuer, das nur Liz in mir entfacht. Und ... ich hasse es.

*** 

»Nein, Roberto ... bitte nicht ...«

Ich komme nur langsam in die Realität zurück, da ich eine Stimme neben mir höre. Eine aufgeregte. Sie ist nicht ganz deutlich, aber ...

»Bitte, Allegra ... wir mü...«

Mit diesen Worten reiße ich meine Augen auf. Mein Herz schlägt mir bis zum Hals, Schweiß tritt aus all meinen Poren und ich liege trotzdem so still wie einer der Steine, draußen vor der Hütte.

»Roberto ...«

Mit aller Kraft halte ich meine Arme davon ab, zuzudrücken. Sie einfach jetzt und hier zu töten. Liz ist nicht wach. Sie träumt. Das ein ums andere Wimmern kommt zwischen ihren unzusammenhängenden Worten über ihre Lippen.

»Ich wünschte, du ... nicht mei...«

Lava, so dick, so heiß, dass sie mich beinahe umbringt, rinnt durch meinen Körper.

»Mic …«

Ich drehe meinen Kopf zur Seite, weil ich heftig ausatmen muss. Verstehen muss. Ist das hier wirklich nicht meine kleine Lizzy? Ist sie kein netter unbedarfter Bonus? Ist es wirklich möglich, dass das hier die Frau ist, auf die ich eigentlich warte? Lebe ich seit Tagen mit dem Panait-Mädchen hier und habe mich von ihr an der Nase herumführen lassen? Hat Easton Panait es tatsächlich geschafft, mir meinen eigenen Plan vorzuführen? Ich kann und will das nicht glauben.

»Roberto«, jammert sie leise und verstummt dann wieder.

Ich weiß nicht, wie ich es schaffe, aber so geräuschlos wie möglich schiebe ich mich aus dem Bett und gehe nach draußen. Ich kann kaum denken. Kaum einen klaren Gedanken fassen. Das kann nicht sein! Hier stimmt etwas nicht. Denn wenn es so wäre, würde das bedeuten, dass Roberto und Allegra aufgeflogen sind. Das Easton Panait über alles Bescheid weiß. Das ist unmöglich. Nicht durch Roberto und Allegra. Selbst unter Folter würden sie mich nicht verraten. Nur aus diesem Grund waren es die beiden, die diesen Job übernommen haben.

Meine Gedanken fahren Achterbahn. Das ist einfach unmöglich. Und es gibt sicher nicht nur einen Roberto auf dieser Welt. Nicht nur eine Allegra. *Idiot!* Ich muss diesen verschissenen Wagen durchsuchen. Ich kann Liz aber nicht einfach hier zurücklassen. Nicht, wenn sie die ist, von der ich denke, dass sie es ist. Viel wahrscheinlicher ist allerdings, dass diese Frau eine von Panaits Kämpferinnen ist. Wobei ich nicht wusste, dass er für solche Dinge Frauen beschäftigt. Die Panait-Familie ist dafür bekannt, Frauen nicht in solche Positionen vordringen zu lassen. Zielstrebig gehe ich zum Schuppen, öffne meinen besonderen Schrank und nehme das Paar Handschellen an mich.

*Es tut mir leid, meine Hübsche, sollte ich falschliegen. Bestätigt sich allerdings mein Verdacht …*

Ich schleiche zurück in die Hütte. Als hätte sie geahnt, dass ich komme, um sie in Handschellen zu legen, hat sie sich die Decke vom Körper gestrampelt. Ihr Shirt ist hochgerutscht, sodass ihr Bauch nackt vor mir liegt, und ihr rechtes Bein ist leicht angewinkelt. Die Arme jedoch, die hat sie, wie für mich gemacht, über ihrem Kopf liegen. Sofort verhärtet sich bei diesem Anblick mein Schwanz, auch wenn diesmal mehr Wut als Lust durch ihn fließt. In Sekundenschnelle habe ich ihre Hände in Schellen gelegt und sie öffnet verschlafen ihre Augen.

»Mic? Was machst du?«

Ihr Blick gleitet leicht panisch zu meinem ausgefahrenen Schwanz und Hitze packt mich. Ich beuge mich zu ihr hinunter, lege die andere Handschelle leise auf den Boden und küsse ihren Bauch, während ich mit den Händen nach der Shorts von mir greife, die sie anhat.

»Mic«, raunt sie mit belegter Stimme.

Ich kann kaum antworten, so aufgewühlt bin ich. »Wir spielen ein letztes Spiel, meine Hübsche.« Die Shorts fällt zu Boden, und als ihr Duft mir entgegenströmt, fahre ich langsam mit meiner linken Hand zu ihrer nun nackten Pussy. Mein Daumen legt sich grob auf ihre Klit und sie ist bereits feucht.

»Gott, Mic«, stöhnt sie süß, aber so groß meine wütende Lust auch gerade ist … ich brauche Gewissheit.

Trotzdem fährt mein Finger hart und unnachgiebig in ihren nassen Kanal, während sie mir ihr Becken entgegen drückt.

»Schneller, Mic«, wimmert sie, während ich sie hart fingere und zeitgleich ihre Klit mit einer so rauen Zärtlichkeit verwöhne, dass ich selbst fast komme. Sie ist so wahnsinnig schön ... sie kann einfach keine von Panaits Schlampen sein. Kaum, dass dieser Gedanke durch meinen Kopf schießt, entferne ich meine Hand von ihr. Ihr protestierendes Keuchen ist wie Musik in meinen Ohren, doch es geht nicht. Ich greife nach der Handschelle, lege sie um ihre Fußgelenke und verschließe sie mit einem Klick.

»Mic?« Ihre Augen sind fragend.

»Ein Spiel, Lizzy. Ein letztes Spiel.« Ohne noch einmal zurückzusehen, verlasse ich die Hütte. Ziehe meine Sachen von gestern an, die noch hier draußen liegen, gehe erneut zum Schuppen, schnappe mir mein Handy und mache mich auf den Weg. Ich kann für ihr Leben nur beten, dass ich falschliege. Dass das alles nur ein beschissener Zufall ist ... dass ich sie nicht töten muss. Denn leicht ... leicht würde es mir nicht fallen.

\*\*\*

Als ich zwei Stunden später – die Sonne geht gerade über dem Regenwald auf – an der Unfallstelle ankomme, bin ich nervlich fertig.

Der Gedanke, dass Liz in irgendeiner Form mit Easton Panait zusammenhängen könnte ... dass mein über Jahre ausgereifter Plan nicht gegriffen hat, das alles macht mich zu etwas, das ich nicht sein sollte. Einem noch schlimmeren Monster, als ich es sowieso schon bin.

Selbst nach diesen wenigen Tagen hat sich schon Gestrüpp in den Wagen geschlichen, und nachdem ich den Kofferraum gecheckt habe, der leer ist, steige ich auf den Rücksitz. Im vorderen Bereich hatte ich beim letzten Mal, als ich Liz hier fand, schon nachgesehen und mir war nichts Nennenswertes aufgefallen. Diesmal ist mein Fokus ein anderer. Ich suche Beweise.

Am besten welche, die beweisen, dass ich falschliege. Was aber, wenn ich hier rein gar nichts finde? Genau danach sieht es im Moment aus. Hier ist nichts. Alles in mir sträubt sich dagegen, Liz gezielt nach Easton Panait zu fragen. Denn wenn es Zufall ist, wenn sie nichts mit ihm zu tun hat … wie will ich das erklären? Ich will sie nicht in etwas hineinziehen, dass ihr schadet. Ich knurre aufgrund meiner lächerlichen Gedanken auf. Wem will ich eigentlich etwas vormachen? Es steht völlig außer Frage. Natürlich hängt diese Frau mit Panait zusammen. Nur wie genau, das muss ich wissen. Diese beschissene Lava! Sie wütet durch meinen Körper, sodass ich denke, jeden Moment einen Herzinfarkt zu bekommen.

Noch einmal durchsuchen meine Augen diese Schrottkarre, aber hier ist verdammt noch mal nichts. Mit einer fast unmenschlichen Kraft schlage ich meine Fäuste auf den Fahrersitz vor mir, so brutal, dass der Sitz ein Stück nach vorn ruckt. Ich stoße einen Fluch aus, springe aus der beschissenen Karre. Und als ich die Tür zuschlagen will, sehe ich im Fußraum, dort, wo ich gerade noch saß, vorher verborgen vom Fahrersitz, eine kleine schwarze Tasche. Eine Art Frauenhandtasche. Ich schieße wieder nach vorne, greife nach dem Teil und reiße es auf. Geld. Da ist so massenhaft Knete drin, dass ich im ersten Moment kaum sagen kann, wie viel es ist. Und Taschentücher, ein Lipgloss und ein Geldbeutel. Die Tasche werfe ich unachtsam auf den Boden und öffne den Geldbeutel mit zittrigen Fingern. Einige Dollar flattern mir entgegen, aber das, was mich interessiert, ist die kleine Karte. Die State ID. Ich ziehe sie heraus, erkenne Liz hübsches Gesicht auf dem Foto und lese dann mit weit aufgerissenen Augen ihren Namen. Elizabeth Panait. Meine Knie zittern. Mein Körper bebt. Vor Wut. Unglauben und Hass. Elizabeth Panait. Immer wieder lesen meine Augen diesen Namen ... Elizabeth Panait.

Elizabeth wird sterben müssen. Für das Panait-Mädchen war der Tod nicht zwangsläufig vorgesehen. Doch nach dem, was hier passiert ist, führt daran kein Weg mehr vorbei. Dieser Hass auf Liz, der mich gerade durchströmt, ist fast so stark wie die Rachegefühle, die ich seit Jahren spüre. Ich darf jetzt nicht völlig den Kopf verlieren. Liz wird sterben! Aber, sie darf es nicht sofort. Und damit genau das nicht geschieht, weil ich mich unmöglich unter Kontrolle halten kann, sobald ich ihr wieder gegenüberstehe, renne ich die letzten Kilometer bis nach Leticia und rufe Nicolo an. Ich brauche Elizabeth Panait noch. Sie ist alles und nichts. Und sie hat mich mit ihrer aufgesetzten unschuldigen Art an den Eiern bekommen.

*Du wirst sterben, meine Hübsche. Aber heute ist nicht der Tag, an dem deine Lichter erlöschen. Egal, wie hell sie sind.*

# 27

## $\mathcal{L}$ IZ

## ... VERLOREN

**M**ir ist kalt, ich habe Angst und das Mic hier eines seiner sexuellen Spielchen mit mir spielt … diesen Gedanken habe ich vor sicher mehreren Stunden schon aufgegeben.

Meine Arme, die in den Handschellen über meinem Kopf liegen, schmerzen. Meine Beine und Füße ebenso. Was aber am schlimmsten wehtut, ist der Gedanke, dass ich Mic niemals wiedersehen werde. Dass mein Bruder mich gleich nackt und gefesselt hier in Empfang nehmen wird. Ich weiß nicht, ob es wirklich so geschieht. Bei Mic weiß man das nie so genau. Vielleicht ist es auch doch ein Spiel, nur dass es für mich zu hart ist. Wenn er mich aber wirklich so an Easton übergibt … dieser Gedanke tut so sehr weh in meinem Herzen, dass ich mich am liebsten selbst ohrfeigen würde dafür, dass ich nicht sofort an dem Tag, an dem ich hier in dieser Hütte wach wurde, abgehauen bin. Wenn ich mich niemals auf diesen fremden Einsiedler eingelassen hätte … Wenn ich niemals zugelassen hätte, dass er mich berührt. Wenn ich mich niemals in ihn verliebt hätte … Owen Sticks wäre niemand gewesen, der jemals mein Herz erreichen könnte. Und vielleicht, vielleicht genau aus diesem Grund, hätte ich dieser Heirat einfach zustimmen sollen. Ich wäre aus den Fängen meines Bruders entkommen. Hätte nicht länger mit ansehen und ertragen müssen, was er wirklich macht. Dass er mit Menschen handelt, mit Drogen ... Und ... ich wäre niemals Michele begegnet. Ich hätte niemals mein Herz an ihn verloren. Hätte nie seine Stimme gehört und könnte sie auch genau aus diesem Grund niemals schmerzhaft vermissen.

In einem hatten mein Vater und mein Bruder immer recht: Ich bin nicht fähig zu einem Leben, außerhalb unseres Anwesens. Ich bin ein Kind. Weiter nichts. Und dazu noch ein sehr dummes, das sich in einen völlig Fremden, mitten im kolumbianischen Regenwald, verliebt hat.

»Hältst du das wirklich für die klügste Entscheidung?«

Ich schrecke dermaßen zusammen, dass meine Hände in den Schellen schmerzen, als ich sie automatisch an meinen Körper ziehen will, was zwangsläufig nicht funktioniert. Da draußen ist eine fremde männliche Stimme. Und sie gehört weder zu Mic noch zu meinem Bruder. Das dunkle Knurren allerdings, das ich als nächstes durch das halb geöffnete Fenster vernehme, kann ich jedoch sicher zuordnen. Es ist Mics.

»Dann war das alles hier umsonst?«, fragt die Stimme, und Gott sei Dank bleibt sie irgendwo vor der Hütte.

»Nichts war umsonst«, faucht Mic und seine Stimme entfernt sich wieder.

Wo geht er hin? Lässt er mich jetzt mit diesem Fremden alleine? Warum hört er sich so wütend an?

»Das wird nicht reichen«, höre ich jetzt wieder den Fremden.

»Wir nehmen die Flasche mit«, antwortet Mic und seine Stimme nähert sich der Tür.

Mein Körper zittert noch mehr als zuvor, und ich weiß

nicht, ob es daran liegt, dass ich ihn jetzt doch noch einmal sehen werde, oder weil ich nicht weiß, was überhaupt passiert.

»Das ist alles andere als klug, Michele.«

»Was denkst du, wo du hinwillst?« Mics Stimme rattert wie ein Maschinengewehr und bleibt direkt vor der Tür.

»Dir helfen?«, sagt der Fremde.

»Du rührst dich keinen Meter, bis ich dich rufe.«

»Du bist ja ganz schön dur…«

»Was?«, knurrt Mic.

»Nichts«, antwortet der Fremde.

Die Tür öffnet sich und ein völlig aufgelöster Michele steht dort. Ich kann ihn nicht sehen, weil ich in dieser Position meinen Kopf nicht richtig drehen kann. Doch ich spüre es bis hierher zu mir. Sein Atem geht stoßweise und eine Welle tiefster Abneigung schleudert mir entgegen. »Mic?«, frage ich zaghaft. »Was hast du vor? Wer ist der Mann da draußen?«

Schwere Schritte sind seine Antwort, und als er in meinem Sichtfeld erscheint, zieht sich mein Herz zu einer ausgetrockneten Traube zusammen.

»Das hättest du nicht tun sollen, meine Hübsche.« Seine Stimme ist dunkler als die Nacht.

»Mic«, kommt zitternd über meine Lippen. Ich weiß wirklich nicht, was ich getan habe. Doch ich komme nicht dazu, ihm zu antworten, denn im nächsten Moment holt er seine Hände hinter dem Rücken hervor. In der einen ein Tuch, in der anderen eine Flasche.

Er tränkt den Lappen mit der Flüssigkeit aus dem Behältnis und ein süßlicher Geruch steigt in meine Nase. »Was hast du vor? Mic?« Sein Name ist das letzte Wort, das über meine Lippen kommt, bevor er mir den Lappen unnachgiebig auf mein Gesicht drückt. Ich meine, ersticken zu müssen und mir wird fast schlecht, unter dem penetranten Geruch. Ich kann mich nicht wehren, kann meine Arme und Beine nicht bewegen und meinen Kopf hält er mit bloß einer Hand so fest, als ob er ihn festgetackert hätte. Als er endlich den Lappen von meinem Gesicht nimmt, bin ich nicht fähig, etwas zu sagen. Mir ist schummrig, schlecht und ich fühle mich seltsam. Einzig meine Augen schaffen es, Mics Bewegungen, die meines Erachtens nach, immer fahriger werden, zu verfolgen. Er greift nach der Decke und wickelt sie fest um meinen Körper. Nicht langsam, nicht zärtlich. Er tut mir weh. Tränen steigen in meine Augen und ich kneife sie fest zusammen, ich will nicht, dass er sie sieht. Als ich sie jedoch wieder öffne, ist Mic gar nicht mehr da. Ich will schreien, will ihn schlagen, will, dass er mich von diesen Handschellen befreit. Und ich will, dass dieser seltsame Schwindel aufhört, der meinen Kopf immer stärker einnimmt.

»Soll ich sie tragen?«, höre ich die fremde Stimme.

Sie scheint sich jetzt mit im Raum zu befinden, aber ich schaffe es nicht mehr, meine Augen zu öffnen.

»Du fasst sie nicht einmal an.«

Mic … warum so? Warum muss er so grob sein, wenn er mich doch gleich an meinen Bruder übergibt.

»Hast du überhaupt so viel von dem Zeug hier? Du musst sie sicher alle zehn Minuten neu betäuben und es ist einiges an Strecke.«

»Es wird reichen.«

»Nimm lieber das hier«, sagt der Fremde. »Das andere ist ungesund.«

»Als ob das noch eine Rolle spielt. Also gib den Scheiß her.«

Ich höre seine Stimme kaum noch. Doch plötzlich fühle ich seine Hände unter mir. Spüre seine warmen Finger. Und als er mich auf seinen Arm nimmt, denke ich für einen Augenblick, dass er doch noch zärtlich sein kann. Vielleicht macht mir mein benebeltes Gehirn aber auch einfach etwas vor. Unsere Zeit ist vorbei und Mic wird nie wieder freundlich zu mir sein.

\*\*\*

Ein Rauschen dringt an meine Ohren und mein erster Gedanke gilt Mic. Es dauert einige Sekunden, bis mir in den Sinn kommt, was als Letztes passiert ist. Mic hat mich mit irgendwas betäubt. Mic …

Ich reiße die Augen auf und das helle Licht blendet mich im ersten Moment. Ich will etwas sagen, aber in meinem Mund steckt ein Knebel. Als ich Hände und Füße bewegen will, geht auch das nicht. Das hier ist nicht die Hütte. Das hier ist ein verdammtes scheiß Flugzeug.

»Bemüh dich nicht«, höre ich seitlich von mir eine Männerstimme.

Sie kommt mir bekannt vor. Ich hebe meinen Kopf leicht an und sehe in die schlammbraunen Augen eines Mannes. Ich habe ihn niemals zuvor gesehen. Würde ich ihm auf der Straße begegnen, ich würde ihn sogar als sympathisch beschreiben. Er sieht mich fast etwas mitleidig an. Auch dieser Mann hat wie Mic dunkles Haar, nur eine Nuance heller. Seinem Akzent nach könnte er ebenfalls Italiener sein. Er trägt legere Kleidung. Jeans und ein rot-weiß kariertes Hemd. Der Typ sieht gut aus. Aber was zählt das schon in Eastons Welt?

»Wir werden gleich landen. Ist dir übel oder kommst du klar?«

Der Typ ist lustig, wie soll ich mit einem Lappen im Mund antworten? Wütend wende ich mein Gesicht von ihm ab und sehe mich um. Das hier ist definitiv ein Flugzeug. Ein Privatjet, der Größe nach, würde ich sagen. Mehrere beigefarbene Sitzplätze befinden sich links und rechts des schmalen Ganges und mir gegenüber in etwa fünf Metern Entfernung, wird der Eingang zum Cockpit sein. Direkt daneben ist eine schwarze geschlossene Tür. Davor, zwischen Sitzen und Cockpit ist eine kleine freie Fläche, auf der ein runder Tisch mit ein paar Stühlen davor zu finden ist. Ich weiß, dass Easton einen Jet besitzt. Er gehörte vorher schon meinem Vater, aber ich habe ihn nie weder von außen noch von innen gesehen.

»Ich finde es erstaunlich, dass du ihn so an der Nase herumführen konntest«, sagt der Typ, aber ich wende ihm schon aus Trotz mein Gesicht nicht zu. »Normalerweise wittert er Betrug schon auf hundert Metern Entfernung. Wenn man vom Teufel spricht«, murmelt er und vor meinen Augen öffnet sich die schwarze Tür.

Eine junge Frau, mit blondem langem Haar und einem engen, kurzen Kleid, welches sie sich in diesem Moment geraderückt, kommt heraus. Ihre Augen treffen auf mich und sie verzieht den Mund. Sofort habe ich eine Abneigung gegen sie. Außerdem fühle ich mich unwohl, weil ich nichts weiter als eine von Mics Jogginghosen und eines seiner Shirts trage. Ich denke lieber nicht darüber nach, wer sie mir angezogen oder wer dabei zugesehen hat.

»Ah, die Kleine ist wach«, sagt sie abfällig, während die Tür hinter ihr zufällt.

»Lass sie einfach in Ruhe und halt die Klappe«, sagt der Typ mir gegenüber.

»Der barmherzige Nicolo«, säuselt die Frau und setzt sich genau auf seine Lehne. »Ich frage mich, wie du so lange in diesem Job überleben konntest.«

Sie ist wirklich ein gehässiges Biest.

»Wahrscheinlich, weil ich hundertmal mehr Grips habe als du, Benevita. Und jetzt ...« Nicolo verstummt, denn in diesem Moment öffnet sich die Tür erneut und Mic tritt heraus.

Mein Herz schlägt sofort um ein tausendfaches schneller und ich kann nichts weiter tun, als ihn einfach nur anzustarren. Sein dunkler Blick fällt nur für den Bruchteil einer Sekunde auf mich, bevor er sich den Reißverschluss seiner schwarzen Baumwollhose zu und den Kragen seines weißen Hemdes hochzieht.

»Verzieh dich, Ben«, raunt er der Blonden zu, die wieder eine Fratze macht und sich dann weiter hinten auf einen der Sitze fallen lässt. Mic nimmt den Sitz hinter Nicolo, der sich zu ihm wendet.

»Zehn Minuten. Alles okay?«, will er wissen.

Ich beobachte das Ganze nur mit seitlich abgewandtem Kopf. Ihm in die Augen zu sehen, zu erkennen, wie wenig er für mich übrighat, das ertrage ich nicht. Zeitgleich macht es mich so furchtbar wütend. Ich kann diesen Zorn kaum in Schach halten. Offensichtlich hat Mic diese Ben gefickt. Wahrscheinlich war er froh, nach den ganzen Tagen sein Geschlecht wieder in eine Schlampe schieben zu können. Am liebsten möchte ich ihm gerade die Augen auskratzen. Schon alleine dafür, dass er in diesen Klamotten noch viel heißer aussieht als draußen im Wald. Ich schüttle mit dem Kopf. Wie kann ich mir über so etwas Gedanken machen, wenn ich gleich meinem Bruder übergeben werde? Ich verstehe sowieso nicht, warum ich in diesem beschissenen Flieger sitze und was Mic hier noch macht.

»Alles noch so, wie besprochen?«, fragt Nicolo beinahe mit sanfter Stimme, während Mic mit seinen langen Fingern auf der Lehne herumtippelt.

Er ist nervös, das spüre ich deutlich. Dabei muss er das

gar nicht. Solange ich gefesselt bin, kann ihm nichts passieren. Arschloch!

»Es hat sich nichts geändert«, knurrt er fast. »Fahrt ihr zuerst los. Ich geh noch mal nach hinten.«

»Sofort?«, höre ich diese Ben freudig fragen und tosende Galle steigt meinen Hals hinauf.

»Bleib, wo du bist. Ich gehe alleine«, antwortet Mic und mir fällt ein Stein vom Herzen.

Als er allerdings hinter der schwarzen Tür verschwindet, wird mir kalt.

»Ich fahre mit Mic«, ruft diese Ben von ihrem Sitz aus.

»Du kannst zu Fuß gehen«, murmelt Nicolo leise und zwinkert mir dabei zu.

Ich muss völlig wahnsinnig sein. Nicht fähig, Menschen zu durchschauen. Ich fühle mich diesem Nicolo doch wahrhaftig gerade verbunden. Nicht, wie ich es bei Mic empfunden habe. Aber gerade fühlt es sich an, als wäre dieser andere Handlanger meines Bruders mein Freund. Sollte ich das hier überleben, wäre es vielleicht sinnig, mir einen Psychiater zu besorgen.

»Wir landen«, kommt eine Stimme über den Lautsprecher und augenblicklich verliert der Jet etwas an Geschwindigkeit und geht tiefer. Zeitgleich erhebt Nicolo sich, öffnet ein Fach über seinem Kopf und zieht eine Art Kartoffelsack heraus.

Ich ahne nichts Gutes. Als er sich mir zuwendet und den Sack in Richtung meines Kopfes bewegt, bleibe ich entgegen meinem inneren Empfinden ruhig. Ich ändere sowieso nichts an der momentanen Situation. Was viel schlimmer ist, ich bin mir sicher, dass Mic weiß, dass mir ein Sack über den Kopf gestülpt werden soll. Und das, das tut weh.

»Tut mir leid«, sagt Nicolo leise, und als meine Sicht verschwindet, höre ich die Bitch laut lachen.

# 28

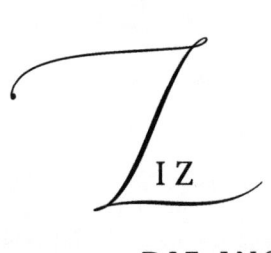

IZ

... DIE INSEL

Die Treppe herunter war es Nicolo, der mir geholfen hat. Meine Beine hatte er zumindest vorher noch von den Schellen befreit, sodass mir erspart geblieben ist, dass ein eigentlich fremder Mann mich an sich drückt und eine kleine Treppe hinunterträgt.

»Das ist sie?«, höre ich eine neue männliche Stimme abfällig fragen.

»Richtig. Lass uns fahren«, erwidert Nicolo, und ich höre, wie sich eine Autotür öffnet.

»Und der Boss?«, fragt der andere Mann.

Der Boss? Kommt mein Bruder jetzt?

»Der kommt nach. Wir sollen schon fahren.«

Nicolo drückt meinen Kopf sanft nach unten und schiebt mich in das Auto hinein, bevor er sich neben mich setzt. Wir sitzen auf weichem Leder, und als der Wagen anfährt, frage ich mich, ob Mic dabei sein wird, wenn Easton zu uns trifft.

»Wir fahren etwa eine Stunde«, wendet sich Nicolo an mich.

Zumindest gehe ich davon aus, da der Fahrer mit Sicherheit weiß, wohin er fahren muss.

»Sobald wir da sind, nehme ich dir den Sack ab.«

Ich zucke mit den Schultern, als wäre es mir egal, dabei möchte ich viel lieber wie eine Bombe detonieren.

\*\*\*

Bis das Auto irgendwann wieder anhält, mag eine schweigsame Stunde vergangen sein. Mein Kopf hat sich während dieser Zeit die verrücktesten Sachen ausgemalt.

Ein Owen Sticks, der bereits auf mich wartet und mit dem ich sofort verheiratet werde.

Mein Bruder, der mich erst brutal zusammenschlägt und mich dann als Prostituierte irgendwohin verkauft oder mich als Zuchtstute benutzt.

Und Mic. Immer wieder Mic. Der von all dem weiß und den es nicht im Geringsten interessiert. Fast ist der immer größer werdende Hass auf ihn gewaltiger als die naiven Verliebtheitsgefühle. Ich bin froh, diesen verdammten Sack über dem Kopf zu haben, damit ich nichts sehen muss. Die Bilder in meinem Hirn reichen bis zum Ende meiner Tage.

Als Nicolo mich aus dem Auto herauszieht und mir den Sack abnimmt, bin ich doch froh, dass er es tut, und ich ziehe, so gut ich kann, Luft durch meine Nase. Das Auto vor uns fährt davon und Nicolo hält ein klingelndes Handy an sein Ohr. Während er auf Italienisch mit jemandem spricht, sehe ich mich um. Eine dicke hohe Mauer befindet sich direkt in unserem Rücken. Sie besitzt beinahe dieselbe Farbe wie die Augen des Mannes neben mir. Schlammig. Der Boden unter unseren Füßen ist farblich kaum von der Mauer zu unterscheiden. Alle paar Meter sind hohe Wachtürme in diese Mauer eingebaut und jeder einzelne ist mit immer vier bewaffneten Männern besetzt. Bewaffnete Männer bringen mich allerdings nicht aus der Ruhe. Ich bin mit ihnen aufgewachsen. Selbst mein Dad war in unserem Haus niemals unbewaffnet. Nur bei Easton hatte ich deshalb immer ein schlechtes Gefühl. Ich wende mich leicht um, von der Mauer weg und erhalte Einblick in ein wahnsinnig groß aussehendes Gebiet. Überall wirkt der Boden wie Wüstenboden, allerdings sind für ein Wüstengebiet viel zu viele Palmen hier verteilt. Als ich mich etwas weiter drehe, entdecke ich hinter mir einen langen rot gepflasterten schmalen Weg, der zu einer Treppe führt. Die Treppe, die von hier unten aussieht, als ginge sie fast hinauf bis zu den blauen Wolken, endet in einem gigantischen Anwesen mit weißer Fassade. Der Weg an sich, der dort hinaufführt, ist nicht breiter als vielleicht einen Meter und mittig zieht sich in einem unendlich scheinenden Becken türkisgrünes Wasser hindurch. Dieser lange Wasserlauf hat etliche nebeneinander liegende Düsen, aus denen es plätschert.

Eine Hand legt sich auf meine Schulter und ich zucke zusammen.

»Wir müssen da hoch«, sagt Nicolo.

Ich schüttle mich, damit er mich nicht weiter berührt, aber er nimmt schon von selbst seine Hand weg und deutet mir mit dem Kopf an, auf die Treppe zuzugehen. Was bleibt mir anderes übrig, als seiner Aufforderung zu folgen. Das hier gehört definitiv nicht zu unserem Anwesen. Ich weiß nicht, wie lange ich bewusstlos war, aber ich bin mir sicher, dass wir uns noch in Kolumbien befinden. Und es würde mich auch nicht wundern, wenn mein Bruder noch einen zweiten Stützpunkt hier hat, als bloß unser Heim in Miami. Als wir nach etlichen Minuten die Treppe hinter uns gebracht haben, glaube ich schon fast nicht mehr, dass das hier ein weiteres Anwesen von Easton sein soll. Denn … es ist wunderschön. Ich glaube, wir befinden uns auf der Rückseite dieses Gebäudes, denn einen Eingang, wie er zu solch einem Gebäude passen würde, gibt es hier nicht.

»Wir müssen außen am Haus vorbei«, sagt Nicolo und gibt mir somit nicht die Möglichkeit, mich weiter umzusehen.

Er lässt mich nicht mal einen Blick nach hinten werfen, sodass ich von hier oben aus sehen könnte, was sich hinter dieser imposanten Mauer, die das Gelände schützt, befindet. Mit schnellen Schritten treibt er mich an, weiterzugehen. Ich erkenne einige hoch gelegene Fenster. Rund um dieses Haus sind Palmen angelegt. Eigentlich sieht all das, was ich sehe, nett aus. Nach einigen weiteren Minuten lassen wir das Anwesen hinter uns. Der Boden wechselt nun von gepflasterten Steinen und vielem Grün wieder zu sandiger Trittfläche und vor uns erstreckt sich eine riesige öde Freifläche. Ebenso sandig und wahnsinnig kahl. Hier sind nicht einmal mehr Palmen. Was ich aber glaube zu erkennen, ist in einiger Entfernung Wasser. Wie ein See, der die Sonnenstrahlen glitzernd reflektieren lässt.

»Jose wird dich jetzt übernehmen.«

Nicolo hält mich an stehenzubleiben, als um das Anwesen herum ein kleiner Jeep gefahren kommt. Ich sehe in die schlammbraunen Augen des Mannes neben mir und denke wieder, Mitgefühl darin zu erkennen.

»Mach einfach das, was Jose sagt. Er ist nicht so freundlich wie ich.«

Das Auto hält und der bullige Typ hinter dem Steuer sieht zu uns herüber. Ein Schauder läuft über meine Haut. Eine Narbe zieht sich über das Gesicht des Mannes. Von der Stirn an bis zum Hals hinunter.

»Und am besten tust du einfach genau das, was dir gesagt wird. Egal von wem. Vielleicht, wenn du einsichtig bist, verschont er dein Leben.«

Wen meint er? Diesen Jose oder meinen Bruder? Ich warte nicht, was er mir weiter zu sagen hat und bewege mich auf das Auto zu. Mir ist scheißegal, was Easton tut. Ich will von ihm nur noch wissen, was mit Allegra ist. Ob es ihr gut geht. Was mit mir passiert, ist mir allmählich wirklich egal. Mein Bruder hat mich nie in etwas mit einbezogen.

Nicht mal, oder schon gar nicht, nachdem unsere Eltern gestorben waren. Ich wusste bis vor ein paar Monaten nicht mal, dass er mit Menschen handelt. Dass er sie züchtet. Auf unserem Grundstück. Sollte er mir die Möglichkeit geben, eine Waffe in die Hand zu bekommen …

»Neben mich«, blafft der gruselige Fahrer mich mit einem starken Akzent an, als ich mich schon auf den Rücksitz setzen will.

Ich gehe um das Auto herum, warte, dass er mir von innen die Tür öffnet, und steige dann auf den Sitz. Er sieht mich an, als sei ich minderbemittelt und nicht fähig, eine Tür zu schließen. Als ich mit den Augen auf meine Handschellen deute, schnaubt er, gibt Vollgas und ich muss mich wie eine Verrückte in den Sitz drücken, damit ich nicht aus dem fahrenden Auto herausfliege. Gott sei Dank schlägt die Tür vom Fahrtwind alleine zu und ich atme etwas leichter.

Die Fahrt an sich dauert nicht lange, so wie der Typ aufs Gas drückt, und nach wenigen Minuten hält er tatsächlich vor einem großen See an. Keine Ahnung, wie groß er wirklich ist, aber er wirkt völlig deplatziert in dieser trockenen Einöde. Es gibt auch keine Liegefläche darum. Das Einzige, das ich sehe, ist ein winziges Boot direkt vor unserer Nase und mittig dieses großen Gewässers scheint sich eine Art winzige Insel zu befinden. Die ist aber so klein und der See dagegen so groß, dass ich es nicht genau ausmachen kann.

»Aussteigen und ins Boot«, weist der Gruseltyp mich an.

Will er mich hier ertränken? Ich kann mir kaum vorstellen, dass Easton so einen Aufwand auf sich nimmt, nur um mich dann mitten in der Wüste in einem See ersäufen zu lassen.

»Los jetzt, Schlampe«, keift der Typ und springt aus dem Wagen.

Neben mir reißt er an der Autotür und macht dann das Gleiche mit meinem Arm. Ich schnaube vor Ärger laut auf, aber das interessiert ihn nicht im Geringsten. Er verfrachtet mich in das kleine Boot, so, dass ich fast dabei ins Wasser falle, und schnappt sich dann die Ruder. Erst gibt er richtig Vollgas, doch als wir uns ungefähr in der Mitte des Sees befinden – ich kann es nicht genau sagen, da ich mit dem Rücken zu der winzigen Insel sitze – wird er langsamer und sein Blick fliegt zu mir. Er gleitet damit über meinen Oberkörper und ich möchte ihm zu gerne vor die Füße kotzen. Ich blinzle ihn so gut ich kann böse an. Wenn er denkt, ich mach mir vor ihm in die Hose, hat er sich geschnitten. Ich weiß selbst nicht, was mit mir los ist. Seit ich vorhin in dem Jet erwacht bin, ist das Einzige, das mir Angst macht, dass Mic mich nur benutzt hat. Und unweigerlich ist er auch der Einzige, vor dem ich mich fürchte. Es ist zweifelhaft, ob ich ihn noch einmal zu Augen bekomme, so hasserfüllt wie er mich in dem kurzen Moment im Jet angesehen hat …

Der Typ lässt die Ruder sinken und grinst mich dämlich an. Viel zu schnell für sein Gewicht, beugt er sich vor und reißt mir den Knebel aus dem Mund. »Was soll die Scheiße?«, zische ich.

»Ich zeige dir jetzt etwas, Schlampe.« Er greift in einen Sack neben sich und zieht einen großen toten Fisch heraus. Keine Ahnung, was für ein Fisch das ist. »Sieh gut zu, denn dasselbe passiert mit dir, solltest du auf die Idee kommen, dich hier verpissen zu wollen.«

Er wirft das arme Tier ins Wasser, holt noch zwei weitere

aus dem Sack, wirft sie in andere Richtungen und sofort ist die Hölle unter Wasser los. Ich drücke mich tiefer in das Boot.

»Bullenhaie. Der ganze See ist voll damit. Du kommst keine zwei Meter weit.« Selbstgefällig nimmt er die Ruder wieder auf, und das Boot trägt uns weiter der Insel entgegen.

»Du kannst ihm ausrichten, wenn er mir unter die Augen kommt, wird er das Fischfutter sein! Mir könnt ihr keine Angst damit machen.« Der Typ lacht, aber ich meine es bitterernst. Nach ein paar weiteren Minuten stoppt er das Boot erneut, steht auf, sodass das Teil viel zu sehr wackelt und tritt dann hinter mich. Im nächsten Moment lösen sich die Handschellen von meinen schmerzenden Gelenken, aber bevor ich dazu komme, meine Körperteile in Augenschein zu nehmen, werde ich hochgenommen und lande im Wasser.

Wie eine Wilde paddle ich mit Armen und Beinen und höre hinter mir den Drecksack lachen.

»Krabbel' mal lieber schnell aus dem Wasser, bevor du selbst das Futter wirst.«

Ich spüre Boden unter meinen Füßen und hieve mich durch den Schlamm, bis ich endlich auf der Insel stehe. Insel ist gut. Vielleicht ein zweihundert Quadratmeter Fleckchen. Ich sehe wieder zu dem Boot und der ekelhafte Typ ist schon wieder fast in der Mitte des Sees.

Was soll das hier? Mein Blick schweift über den sich langsam abdunkelnden See. Es bleibt vielleicht noch eine halbe Stunde, bis die Sonne untergeht. Schwimmen ist keine Option. Mir bleibt nichts anderes übrig, als hier zu warten. Zu warten, auf das, was mein Bruder für mich vorgesehen hat. Ich trotte auf die winzige Hütte zu und habe natürlich sofort wieder Mic und die Hütte im Regenwald vor Augen. Das hier ist nicht mal ein billiger Abklatsch davon. Die Tür knarzt, als ich sie aufschiebe, und ein modriger Geruch schlägt mir entgegen. Ein kleiner Tisch, noch kleiner als der Klapptisch von Mic. Ein Stuhl davor. In einer Ecke ein unbequem aussehendes Feldbett ohne Kissen, dafür eine kratzig wirkende grüne Decke. Auf dem Tisch liegen ein paar Streichhölzer und einige Kerzenstumpen stehen daneben. Ich zünde eine davon an und steige aus der durchnässten Jogginghose. Handtücher, Wechselsachen sind hier fehl am Platz. Dafür steht unter einem kleinen Fenster ein Schrank. Als ich ihn öffne, finde ich darin Wasserflaschen, Käse und Brot. Eine der Flaschen öffne ich sofort und lege mich dann unter die fürchterliche Decke, weil mir verdammt kalt ist.

Mein Kopf ist leer und voll zugleich. Ich verstehe alles und nichts. Aber am meisten … am meisten fehlt mir Mics Umarmung. Seine Wärme, seine Nähe … doch all das, werde ich wohl niemals wieder fühlen. All das war sowieso nicht echt und ihn zu vermissen, ist wirklich das Letzte, das ich tun sollte.

***

Ich merke erst, dass ich nicht träume, als meine Arme von dem harten unnachgiebigen Griff furchtbar schmerzen. Ein starkes Gewicht lastet auf mir, und als ich die Augen aufreiße, ist genau der Mann über mir, den ich vor dem Einschlafen noch schmerzlich vermisst habe.

Doch was ich sehe, ist nicht der Michele, der mich die Liebe gelehrt hat. Auf mir sitzt ein Tier mit funkelnd bösen Augen und einem Messer in der Hand. Seine Stimme ist so dunkel, als er beginnt sie zu nutzen, wie die, die ich mir immer als die Stimme des Monsters unter meinem Bett vorgestellt habe, als ich noch ein Kind war.

»Und jetzt, Elizabeth Panait, wirst du wirkliche Schmerzen kennenlernen.«

TO BE CONTINUED
IN PART II

B. B. STIFFERS

*Unnoticed*

ICH WILL NUR DICH

# *T* HANKS TO

## FÜR EUCH ZUM SCHLUSS ...

A n dieser Stelle danke ich allen, die diesen Roman gelesen haben – und ganz besonders meinen Lesern, die eine Rezension auf den gängigen Portalen dalassen!

Und da sich solch ein Projekt natürlich nicht ganz alleine bewerkstelligen lässt, bedanke ich mich bei:

Meinen Testleser-Hasen Anika F., Carina W., Daniela K., Eva S., Jacky G., Jen V., Kathrin F., Maida E., Mandy J., Mel G., Michaela S., Nadine R., Nicole Q., Sabrina M., Sanny R., Saskia P., Tina B. – ohne euch – und das wisst ihr!– wäre meine Arbeit nur halb so gut. Ich habe euch über den doch schon längeren Zeitraum, den wir jetzt bereits miteinander arbeiten, so sehr ins Herz geschlossen! Danke dafür!

Jetzt würde ich mich auch gerne bei meinem Blogger-Team bedanken, kann es aber nicht. Klingt komisch? Ist aber so ... smile ... Während ich diese Danksagung hier schreibe, besteht mein neues Blogger-Team nämlich noch nicht. Aber: Michaela S., ich weiß, du wirst dabei sein und nach deinen Kräften das Zepter in die Hand nehmen.

Dann möchte ich meine Korrektorin Yasmin auf keinen

Fall vergessen. Ich arbeite wirklich so, so gerne mit dir, eben weil es so wunderbar unkompliziert ist. Vielen Dank dafür, meine Liebe!

Meine neue Cover- und Buchsatz-Fee: Danke, Chaela, dass du dich meiner angenommen hast. Deine Arbeiten sind der Wahnsinn, und ich hoffe, du bleibst mir auch für die anderen B. B. Stiffers Projekte erhalten.

Und jetzt ... und die beiden dürfen nicht fehlen: Ruby June und Ambra Kerr ... danke, dass ich euch kennenlernen durfte. Danke, dass wir uns so gut verstehen und mittlerweile durch dick und dünn gehen. Danke, dass ihr seid, wer ihr seid!

Und das gilt für euch alle da draußen! Macht das, was euch am Herzen liegt, vertretet eure Meinung, ohne dabei über Leichen zu gehen. Seid empathisch und einfach nur Menschen aus Fleisch und Blut.

Jetzt hör ich aber auch auf ... ich immer mit meinen langen Danksagungen ...

Ich hoffe, wir lesen uns wieder in Unnoticed 2, und demnächst wird es unter meinem anderen Pseudonym Roxy Bennett auch meinen ersten Deep Dark Erotic Roman zu lesen geben. Ich hoffe, ihr seid dann dabei.

Die Geschichten von Ambra und Ruby kann ich euch übrigens auch wärmstens empfehlen.

Folgt mir gerne auf meinen Social Media Seiten, ich freue mich über jeden von euch!

**Instagram:** @roxy.bennett_b.b.stiffers
**Facebook:** facebook.com/BBStiffersAutorin
**Facebook-Gruppe:** facebook.com/groups/181102940711947
**Website:** www.b-b-stiffers.com

# B. B. STIFFERS

## Unnoticed

### ICH WILL NUR DICH

## BAND 2

**Er ist ihr Verderben. Vielleicht sogar ihr Tod.**

Vor Jahren beschloss ich, mir zu holen, was mir gehört. Zu rächen, was
es zu rächen gibt. Ich plante akribisch jeden einzelnen Schritt. Und
dann - steht sie vor mir. Und ich will sie. Alleine für mich. Ich will sie
besitzen und zeitgleich zerstören, denn nur sie ist
der Schlüssel zu meiner Rache.

**Sie könnte seinen Seelenfrieden bedeuten.**
**Wenn es dabei nicht um ihr Leben ginge.**

Er nimmt mir alles, was mich ausmacht. Was ich bin.
Lutscht mich aus wie einen Drops und ich fiebere doch jedem Mal
erneut entgegen. Er ist nicht der, für den ich ihn gehalten habe
und ist trotzdem so viel mehr. Aber Vertrauen kann ich ihm nicht.
Niemals, denn er wird mich zermalmen wie einen Stein.
Und das, bis nichts mehr von mir übrigbleibt.

Alles was Elizabeth Panait wollte, war die Freiheit.
Doch nachdem Michele D'Angelo sie vom Regenwald Kolumbiens auf
sein Anwesen verschleppt hat, gleicht das Ganze eher einem goldenen
Käfig. Einem brutalen und doch lustvollen Käfig. Denn Michele ist
nicht der Mann, der Elizabeth Rosen zu Füßen legt. Eher ist er der, der
ihr die Dornen noch extra tief ins Fleisch treibt. Aber diese Dornen sind
genau das, was Elizabeths Lust entfacht. So verrückt das auch klingt.
Erst, als sie versteht, warum Michele sie überhaupt gefangen hält,
kommt ihr Leben wirklich ins Wanken. Denn alles, was er sagt, klingt
für sie plausibel und an seiner Stelle würde sie es ganz genauso tun.
Das Problem ist nur, dass Elizabeth dafür ihr Leben geben müsste und
ist sie wirklich bereit, für diese Liebe mit dem Tod zu zahlen?

*Im September 2021*

# NEUES VON AMBRA KERR

**Emilio de Archard ist der Boss der italienischen Mafia und regiert über das halbe Land. Sein Regime ist blutig und skrupellos. Nichts geschieht, ohne dass er davon weiß. Bis er Flavia in einem Käfig bei einem seiner Feinde aufgreift ...**

Flavias behütetes Leben findet ein jähes Ende, als sie entführt wird und fortan ein Dasein im Käfig fristet. Ihr Entführer hat nur ein Ziel: Sie zu brechen, ihre Unschuld zu rauben und sie zu seinem Besitz zu machen. Sie hofft auf Rettung, doch niemand scheint ihr Verschwinden zu bemerken. Bis plötzlich Emilio vor ihr steht und sie aus ihrer schrecklichen Lage befreit. Flavia ist dankbar ... und wünscht sich dennoch nichts sehnlicher, als zu ihrer Familie zurückzukehren.

Diese Rechnung hat sie jedoch ohne den knallharten Mafiaboss gemacht. Er bringt sie zu seiner Familie, um in der Zwischenzeit mehr über ihre Entführung zu erfahren. Völlig unerwartet für Flavia ist allerdings die Anziehung, die sie Emilio gegenüber verspürt. Er verkörpert alles, worauf sie sich nicht einlassen sollte: Verboten heiß, dunkel und absolut gefährlich geht er ihr mit jedem Tag mehr unter die Haut. Doch kann es wirklich die richtige Entscheidung sein, sich auf ihn einzulassen? Und was wird passieren, wenn Flavia erst von all den schrecklichen Dingen erfährt, die Emilio bereits getan hat, um sie zu schützen?

# NEUES VON RUBY JUNE

Morrison Reed – Sergeant und Teamleader bei der San Francisco FAL-CON SWAT-Einheit küsst nicht. Niemals! Die Frauen liegen ihm trotzdem zu Füßen, weshalb er auch jede nimmt, die sich ihm anbietet. Nur Gefühle, die kennt und will er nicht. Bis zu dem Tag, an dem er Taryn Sagal das Leben rettet ... Was hat diese Frau, die er doch eigentlich abgrundtief hassen sollte, nur an sich, dass er ihr einfach nicht widerstehen kann?

Taryn Sagal – Tochter eines Kriminellen, führt nach außen ein perfektes Leben.Doch ihre Fassade bröckelt und selbst als der heiße SWAT-Sergeant mit dem eiskalten Blick ihr das Leben rettet, scheinen ihre Probleme nur größer zu werden. Denn der Schatten eines schizophrenen Serienkillers fällt über Kaliforniens Fog City. Nachdem er Morrison's Team nur um Haaresbreite entwischt ist, gerät nicht nur die FALCON SWAT-Einheit ins Visier des Psychopathen, sondern auch sämtliche Menschen, mit denen das Team in Verbindung steht ...

SECONDS – Explosive Hearts ist der erste Teil einer SWAT Romance-Dilogie, in deren Folge eine mehrteilige Reihe mit unterschiedlichen Protagonisten aufbauen könnte!

⊘ Bei dieser Geschichte handelt es sich um Romantic Thrill mit Happy End-Garantie.Ein toxischer Beziehungsaufbau zwischen den beiden Protagonisten kann allerdings nicht komplett ausgeschlossen werden!